www.bbulmedia.com

보 / 통 / 의
연   애

DAHYANG
ROMANCE STORY

보 /통/ 의
연   애

사란 장편 소설

Contents

프롤로그

새까만 정적이 내려앉은 밤.

인혜는 어둠 속에서 웅크리고 앉아 있기만 할 뿐 달리 움직이지 않았다.

그런 그녀를 깨우는 것은 다른 때와 별반 다를 바 없는 아주머니였다. 아버지의 아내에게 그녀의 모든 생활을 보고 하기 위해 이 집에 들어온 타인.

"아가씨."

사무적인 얼굴로 그녀를 부르는 아주머니의 얼굴을 마주하고서도 그녀는 얼굴에 감정을 집어넣을 수 없었다.

지금 이 시간들이 견딜 수 없도록 싫다거나, 짜증난다거나 하는 그런 감정들이 배제된 얼굴에는 무료한 마음만이 투영되어 있었다.

"그만 돌아가서 쉬세요."

차라리 아버지가 저를 잊었더라면, 아버지의 아내가 죽을 때까지 자신을 찾지 않았더라면 지금보다는 조금 더 숨을 쉴 수 있는 공간에서 생활을 하고 있었을지도 모른다.

창밖으로 보이는 야경을 넋을 잃고 바라보는 인혜의 모습을 가만히 지켜보다 늘 같은 모습으로 돌아서는 아주머니.

그녀는 달라지지 않는 집 안의 풍경과 무료한 시간들을 떠올리며 한숨을 내쉬었다.

아버지의 아내가 자신을 찾은 이유와 목적은 분명했다. 아마도 자신이 한국으로 오는 사이 그나마 몇 마디 주고받은 게 다인, 같은 수업을 들었던 애들에게 돈을 쥐어 주고 굳이 그들의 입을 막았을 것이었다.

그녀가 이상한 무리와 어울려 학교를 다니지 않았다는 걸 알면서도, 아버지의 아내는 늘 그랬다.

대외적으로는 딸이라고 했음에도 자신이 아이를 가지자 가차 없이 자신을 홀로 외국으로 쫓아내 버릴 정도로 저를 싫어했다.

아버지가 한국 기업 순위 10위 안에 드는 유명한 회사 회장이 될 사람이라는 것도, 또한 자신에게 그러한 아버지가 있다는 것도 5살이 되던 해 어머니에 의해 알게 됐을 뿐, 그 세계와 무관했다.

그럼에도 불구하고 자신을 찾았다는 건, 어딘가로 확실히 치우고자 하는 그 마음이 선명하게 드러나 있음을 대변해 주고 있는 것만 같았다.

유명한 술집 마담이었던 어머니와의 추문이 물 위로 올라오지 않게 하기 위해 그녀는 어머니에게서 버려졌다. 그리고 그길로 아버지의 손에 이끌려 아버지의 아내가 있는 집으로 들어가게 되었다.

하지만 그도 잠시, 그녀는 아버지의 얼굴을 채 익히기도 전에 떠밀리듯 유학길에 올랐다. 아버지와 그녀의 엄마 사이를 두고 수군거리는 사람들의 이야기를 덮어 버리기 위한 어른들의 판단이 빚어낸 결과였다.

그녀는 오랜만에 자신을 집으로 부른 아버지의 부름이 썩 달갑지 않았다. 이 집에는 그녀를 인정하지 않고 심지어 멸시하는 사람이 있었기에, 인혜는 가급적이면 밖으로 나가는 것도 자제하고 싶었다.

서울에 돌아온 후로 그녀는 밖으로 나가지 않았다. 밖으로 나가고 싶어도 그럴 수 없었다. 그녀가 기억하는 서울은 지금과 같지 않았기에 어색했고, 어디를 어떻게 가야 하는지조차 몰랐기 때문이다.

가끔 집으로 불러 잔소리인지, 명령인지 모르는 말들을 하는 박 여사의 부름이 아니라면 그녀는 벌써 5달째 꼬박 집 밖으로 나가지 않았을 터였다.

"부르셨어요?"

그녀가 떠나기 전에는 동생이라고는 없던 집안에, 공부를 마치고 돌아오니 동생이 있었다. 그것도 장성한 사내가.

사실 아이를 가졌던 사실은 알고 있었지만, 이토록 장성한 사내일 줄은 몰랐다.

가족이라 부르기 민망할 정도로 애매한 사이이기에, 그녀는 남동생 인호에게 말을 걸고자 했지만 매번 적절한 대화를 찾지 못했다.

"앉아라."

그리고 이제 그 아이는 스무 살이 되어 자신을 겁박하고 위협하는 존재가 되어 가는 중이었다. 아버지의 아내처럼 누나라는 존재를 인정하지 않았다.

"네."

아버지의 옆에 앉아 자신을 내려다보는 박 여사를 슬그머니 보다가 고개를 돌렸다. 보나마나 별 볼 일 없는 집안의 별 볼 일 없는 사내를 붙여 주려고 부른 자리가 분명할 것이라는 생각을 하면서도, 자신의 앞으로 내밀어진 봉투를 차분히 열어 볼 수밖에 없었다.

안에 들어 있는 사진들과 시간, 날짜가 그녀가 예상한 바와 정확하게 맞아떨어진다는 사실에 웃음이 터졌다.

"경망스러운 행동은 밖에서 하지 말고."

"네. 어머니."

그녀는 박 여사의 심기를 거스르지 않기 위해 고분고분 답했다.

처음 아버지를 만나던 날, 박 여사의 얼굴을 잊을 수 없었다. 딸이라고 부르면서도 스스로의 화를 이기지 못하는 얼굴을 하고서 웃던 여자는 독을 품은 꽃과 같아 보였다.

"네가 코넬 대학교에서 호텔 경영학을 마치고 돌아왔다고 하니 관심 있어 하는 사람들이 몇 있어서 그쪽들도 함께 포함시켜 놨다. 호텔 경영은 무슨, 집에서 살림이나 하면 그만이지. 쓸모 없는 대학교에 가서는."

"인호는 학교 잘 다니죠?"

박 여사가 하는 말이 듣기 싫어 말을 돌린 것뿐이었지만, 인혜는 그 작은 물음에도 다시금 싫은 소리를 듣고 말았다.

"네가 알 바 아니지 않니. 이번 달 안에 그중에서 누구든 한 명하고 결혼 날짜 잡을 거다. 그렇게 알고 약속 시간 잘 지켜라."

또다시 그녀는 자신의 의사는 철저하게 제외된 삶을 영위하게 되었다. 아버지는 그걸 가만히 지켜보는 관망자이기만 할 뿐, 어떤 행동도 취하지 않았다.

이런 상황들이 지금보다 더 익숙해지기 전에, 인혜는 이 상황들로부터 하루 빨리 탈출하고 싶었다.

제대로 된 차림새로 나가지 않았다고 두어 번 타박을 듣고 난 뒤에야, 그녀는 자신이 묵고 있는 집으로 차례차례 들어오는 옷과 구두, 그리고 가방들을 받아들였다.

그녀는 박 여사가 자신을 잘 포장해서 팔아 보겠다고 두 팔을 걷은 사람인 것만 같아 왠지 모를 오기가 생겼다.

오늘 나가서 만나야 할 사람이 호텔 사장이라는 것을 알고 있었음에도 그녀는 나가서 단 한마디도 하지 않으리라 생각했다.

그 남자와 마주 보고 웃으며 대화라는 걸 한다면, 박 여사는 분명 잘 알지도 못하는 그에게 자신을 넘길 테니까.

이렇게 떠밀리듯 결혼하고 싶지는 않았다.

결혼은 적당한 사람을 선택해 적당한 선에서 하루하루의 평온을 바랄 수 있는 남자와 하고 싶었다.

바라는 것이 있다면 단지 그뿐이었다.

처음 만나게 한 남자는 부모의 돈을 갉아먹고 사는 전형적인 사람이었고, 다음에 만난 사람은 집안에서도 내놓은 망나니였다.

오늘 만나는 사람이라고 다를까 싶어 그녀는 대충 준비하고, 적당히 시간을 맞춰 약속 장소로 나갔다.

호텔 내에 있는 레스토랑 안에 앉아 그녀는 가만히 있었다. 약속 시간이 다 되었음에도 남자는 아직도 나타나지 않고 있었다.

직원이 다가와서 주문을 할 건지, 어떻게 할지를 물었지만 그녀는 직원을 그저 돌려보내기만 할 뿐 다른 행동은 하지 않았다. 다른 사람들처럼 선을 보기 위해 누군가를 기다리는 것 같아 직원이 사람을 찾느냐는 물음을 던졌을 때에도 그녀는 가만히 앉아만 있었다.

그때 그녀의 앞에 검은 정장을 차려 입은 멀끔한 사내가 섰다.

"명인혜 씨?"

자신의 이름을 부르는 것을 보니 오늘 나오기로 한 남자가 맞는 것 같았다. 사실 그녀는 박 여사가 보여 준 사진을 자세히 보지 않았다. 슬쩍 스치듯 보기만 했던 인혜로서는 그 누구의 얼굴도 기억이 나지 않아, 이 사람이 그 남자가 맞는지조차 확신할수 없었다.

"아, 안녕하세요."

어색하게 인사를 하고 마주 앉아 할 이야기가 없어진 인혜는어제 만났던 사람을 대했을 때처럼 밖의 풍경에만 관심을 둘 뿐이었다.

이런 행동들이 무례하다는 걸 알면서도 그녀는 달리 무슨 말을 해야 하는지 몰랐다. 다만 박 여사의 머릿속에는 제대로 된사람과 자신을 결혼시킬 생각이 없는 것처럼 보였기에 지금까지내내 그렇게 행동해 왔다.

이런 그녀의 생각들을 멈추게 한 것은 앞에 마주 앉은 남자의물음이었다. 이름도 기억 안 나는 남자는 단정했고, 예의를 갖춰자신을 대했다.

"차, 드시겠어요?"

"커피. 커피면 될 것 같아요."

이런 남자라면 자신을 선택할 리 없다는 생각에, 그녀는 이내 관심을 접었다. 결혼을 못 해 안달 난 것도 아니고, 그저 떠밀려 이렇게 몇 명 만나고 있는 상황도 마음에 들지 않았거니와 스스로가 처한 현실은 더더욱 마음에 들지 않았다.

차라리 철저하게 혼자였던 외국 생활이 나을 지경이었다.

그 외로움이 그리울 줄은 몰랐는데, 정말 그리워지기 시작했다. 하지만 인혜는 이미 한국에 발을 디딘 순간부터 그 순간으로 돌아갈 수 없다는 걸 정확하게 인지하고 있었다. 혼자였기에 할 수 있었던 수많은 것들 중 그 어느 것도 마음에 들었던 건 없었지만, 이런 상황이라면 그때가 나을 수도 있다고 생각했다.

그런 생각을 하고 있는 스스로가 모순덩어리처럼 느껴져 그녀는 속으로 자기 자신을 비웃었다. 상황이 바뀌니 전혀 마음에 들지 않았던 이전이 나았다며 지금을 비관하는 꼴이라니, 우습기만 했다.

자신이 그런 사람이라는 것이 마음에 들지 않았지만 어쨌든 방향은 박 여사가 원하는 대로 흘러가게 될 것이 분명했다.

결혼한다고 돈 몇천만 원을 쥐여 주고 흠 있는 남자에게 떠넘기듯 자신을 치워 버리려는 그녀의 바람대로 흘러가, 한 달 뒤에는 결혼해 있을 것이 분명했다.

그렇다면 눈앞의 남자와 결혼을 하게 되는 것이 가장 낫다고 생각했다. 조용하고 말이 없는 남자는 어딘지 모르게 진중해 보였으니까.

지금껏 만났던 남자들 중에 가장 믿을 만하지 않을까, 하는 일말의 기대감이 마음속에서 일어나고 있음을 인식하지는 못했다. 하지만 인혜는 적어도 그런 남자이지 않을까 하는 생각은 했다.

　그럴 수도 있지 않을까, 라는 그 생각이 위험하다는 걸 알면서도 그녀는 바라 보고 싶었다. 적어도 그럴 권리쯤은 있으니까.

1
결혼 먼저

　말간 햇살이 창문을 비집고 들어오면 인혜의 하루가 시작된다. 결혼식을 올린 지 겨우 한 달밖에 되지 않은 새 신부라고 생각하기에는 단조로운 일상을 보내고 있었지만, 그녀는 불만이 없었다.

　가끔 집을 찾아와 들들 볶아 대는 동서와 시누이가 있었지만 그도 별것 아니었다.

　그녀는 결국 박 여사의 소원대로 봉투 안에 있던 후보들 중 한 명과 결혼식 날을 잡았다. 물론, 그 남자 역시 박 여사가 흡족해할 만한 집안의 흠이 있는 남자였다. 그러니 인혜는 그런 남자에게 시집가게 될 것이라는 건 너무 뻔하다는 생각을 했었다.

　그게 재계가 아니라 정계라는 사실이 조금 의외였지만, 어쨌든 이마저도 활용하려고 들 사람들이니 더는 신경 쓰지 않기로 했다.

남편이 된 정선우는 적어도 할아버지에게라도 인정받고 관심을 받는 모양이었으니, 나름 괜찮은 삶이라고 그리 판단했다.

"오늘, 할아버님이 오라고 하셔서……. 다녀올게요."

선을 보고, 만난 지 하루 만에 결혼식 날이 잡혔다. 호텔을 운영하는 선우로 인해 그녀는 결혼식을 올리자마자 신혼여행 없이 신혼집에서 신접 생활을 시작했다.

처음 아침상을 마주하고서도 그는 말이 없었고, 그녀도 말이 없었다.

처음 선을 본 날처럼 늘 같은 모습의 그였지만, 그녀는 평범한 나날들이 이어지는 기분을 조금씩 만끽하고 있었다. 그는 모르겠지만, 그녀는 이런 평범한 날들을 가지고 싶었었다.

어쩌면 그도 자신처럼 원하지 않은 결혼에 동의한 것일 수 있었다. 하지만 원치 않은 결혼과 보통의 나날을 바꾼 그녀는 지금의 상황이 제법 만족스럽기까지 했다.

비록 다른 사람들처럼 보통의 연애는 해 보지 못했지만.

하지만 한 가지를 손에 쥐고 나니 다른 것들도 가지고 싶어지는 것이 사람의 마음이라는 걸 새삼 느끼게 된 인혜는 처음으로 그에게 요청했다.

"선우 씨……. 저 데리러 와 줄래요?"

　　　　＊　　　＊　　　＊

　정 의원을 마주하는 것은 이로써 네 번째이지만, 그녀는 여전히 선우의 할아버지로서 마주하는 그가 낯설었다.

　"할아버님, 차 좀 내올까요?"

　일주일에 한 번꼴로 자신을 부르기에 그녀는 정 의원이 아버지에게 바라는 바가 있으리라 생각했다.

　하지만 동서와 시누이의 대화를 엿들은 후로 그게 사실이 아니라는 걸 눈치챌 수 있었다. 아마 지난주에 있었던 저녁 식사 자리가 아니었더라면 여전히 알기 힘들었을 것이었다.

　"잘하면, 선우 씨가 데리러 올 것도 같아요."

　느릿하게 움직이던 정 의원의 손이 읽던 책의 다음 장을 넘기지 못한 채로 가만히 있는 모습을 보고 인혜는 행동을 멈춘 채로 조근조근 말을 이어 갔다.

　"호텔이니 일이 일찍 끝나기는 힘들겠지만, 그래도 오늘 하루쯤은 일찍 끝날 수도 있는 거니까요."

　일개 사원이라면 삼교대 근무가 원칙인 고된 호텔 근무에서 일찍 끝나는 날을 바랄 수 없다. 하지만 그는 경영자이니 하루쯤은 그가 원하는 대로 저녁 일찍 일을 마무리 짓고 집으로 돌아올 수도 있다는 걸 다른 누구보다 잘 알고 있었기에, 그녀는 자신이 한 말에 어폐가 있다고 생각했다.

　"그놈이 잘도."

무뚝뚝한 그보다 평소에 더 말이 적은 정 의원의 입에서 나온 답에 인혜는 결국 말갛게 웃었다.

갑작스레 찾아온 평범한 가족들 사이에서 그녀는 이전에는 알지 못했던 새로운 기분을 맛봤다. 무뚝뚝한 남편, 툴툴거리는 시할아버지, 시기심이 많은 손위 형님과 시누이까지…….

순식간에 찾아든 가족들 틈에서 그녀는 새롭게 적응하기 시작했다.

해가 뉘엿뉘엿 넘어가기 시작하자 인혜는 집으로 돌아갈 준비를 서둘렀다. 집안일을 돌보는 아주머니를 도와 정 의원의 저녁상을 함께 차리며 소소한 이야기를 주고받던 그녀는, 문을 열고 들어오는 선우와 마주치자 입가를 비집고 나오는 웃음을 애써 꾹 눌러 참았다.

들어줄 리 없다고 생각해서, 그가 오지 않아도 서운해하지 않으려 했지만 그럼에도 불구하고 혹여 그가 데리러 와 주지 않을까 싶은 마음은 버릴 수 없어 내심 기다리고 있었다.

"아주머니, 저희 밥도 같이 준비해 주세요."

그녀는 정갈하게 놓인 정 의원의 수저 맞은편으로 두 벌의 수저를 더 내려놓았다. 그사이 그는 어느새 할아버지께 인사하러 들어갔다.

단조로운 일상에서 자신이 느끼는 평온함과 자유로움은 그가 미처 모르는 감정이리라.

"그래도 새댁 걱정돼서 선우가 왔네."

듣기 좋은 놀림도 있다는 걸, 그녀는 처음 알았다.

공부를 마치고 한국에 들어오자마자 박 여사는 한강이 보이는 전망 좋은 복층 아파트를 내어 주더니 그대로 모든 사회생활을 접을 것을 종용했다.

그 말을 듣지 않고 국내에 있는 여러 호텔에 이력서를 넣어 봤지만 모두 허사였다.

박 여사의 입김이 뻗지 않은 곳이 없어, 그녀는 계약직 사원으로도 들어갈 수 없었다. 그런 일련의 상황들에서 들었던 이죽거리는 말이 아닌, 순수하게 즐거운 상황에서 건네어지는 장난 같은 말들이 아직은 낯설었다.

좋았지만 금방 허공으로 흩어질 것만 같아 선뜻 손을 뻗어 잡기 어려웠다.

이렇듯 선우와 마주 앉아 함께 밥을 먹는 저녁에도 그녀는 이 모든 일상을 어려워하는 스스로의 모습이 마음에 들지 않았다.

당장에라도 바꾸고 싶었지만 모든 것들이 하루아침에 바뀌지는 않았다.

＊　　＊　　＊

마침내 명가에서 벗어났다고 생각했던 인혜는 연락도 없이 집으로 찾아온 박 여사의 행동에 기함했다.

혼자 생활했었을 때야 직장생활을 하지 않았으니 박 여사가 언제고 들이닥쳐서 멋대로 휘둘러도 상관이 없었다.

하지만 이제 선우가 있었으니 그녀의 휴일도 조금은 달라지는 것이 맞다고 생각했다.

"어머니, 오신다고 미리 연락을 주시지 그러셨어요."

기분 좋았던 휴일, 아침을 먹고 가능하다면 그와 함께 시장으로 나가 장을 보고 싶다, 하고 고심하던 그녀는 이른 아침의 불청객으로 인해 불유쾌해졌다.

"내가 꼭 그래야 할 이유, 있니? 차나 좀 내오렴. 결혼식 올린 지 벌써 한 달이 넘었는데 친정으로는 걸음도 하지 않아 어찌 사나 궁금해서 왔다."

고압적인 태도와 변함없는 말투는 언제나처럼 그녀 스스로가 약자라고 생각되도록 만들었다.

"장모님."

말수가 적은 사람이니, 그녀는 그가 불쾌함을 느끼기 전에 이 상황을 해결하고 싶었다. 스스로 할 수 있는 것이 있다는 걸 보여 주고 싶어 하는 어린아이처럼……. 그녀는 그를 신경 쓰지 않는다고 하고서 사실은 과하게 신경 쓰고 있음을 절감했다.

그의 부름에 박 여사의 시선이 모난 사람처럼 뾰족하게 바뀌었다.

그 모습에 인혜는 혀를 차고 싶었다.

"연락하시고 다음에 다시 오시죠. 오늘은 할아버님께 가기로 해서 함께 차 마실 시간은 나지 않을 것 같습니다."

"본데없이 어디 어른이 말하는데……."

툭, 하면 박 여사가 잘 내뱉던 말 중에 하나가 튀어나오자 인혜는 그 입을 막아 버리고 싶었다.

"전 할아버님 손에서 자랐습니다만. 그분이 가르친 게 부족하다 느껴지셨다면 제가 부족한 탓이겠죠. 그러니 다음번엔 평균적인 예의를 차려서 와 주시죠."

그의 말에 대꾸를 하지 못하고 돌아서는 어머니의 모습을 본 인혜는 새삼, 자신의 무력함과 가족이라는 울타리 안에 들어섰다는 것을 실감했다.

이만 정리하고 준비하죠, 라는 그의 말에 멍하니 서 있던 그녀가 분주히 움직였다. 그러다 문득 예정에 없던 일이라는 사실에 정말 시할아버님 댁에 가는 것인가 싶어, 소파에 앉아 기다리는 그와 시계를 번갈아 바라봤다.

이 시간이라면 할아버님이 일어나셨을까, 집에는 계신 걸까 하는 의문이 들었다.

물음이 꼬리에 꼬리를 물어 답을 알 길이 없어졌을 때, 그녀는 결국 그에게 묻는 것을 선택했다.

"근데, 정말 할아버님 댁에 가는 거예요?"

"네, 가요."

명료한 답에 그녀는 알겠노라며 고개를 끄덕이는 것으로 대답을 대신했다.

다시금 찾아든 정적이 반갑기까지 했다. 이곳이 교양 있는 척 클래식을 틀지 않아도, 휴일마다 박 여사의 히스테리를 견디지 않아도 되는 자신만의 집이라는 사실이 그녀를 안도하게 했다.

힘이 없으니 도망친 것이지만 그녀로서는 그 도피처를 꽤 괜찮게 선택했다는 생각이 들었다.

문득 그는 아내가 된 여자를 넋을 놓고 바라볼 때가 있다. 요리에 집중하거나, 집안일에 집중하는 아내는 결코 눈치채지 못하지만, 그는 그런 스스로를 볼 때마다 놀라곤 한다.

"휴일에는 안 오겠다더니. 무슨 바람이냐."

할아버지와 마주 앉아서도 정원에 있는 상에 앉아 아주머니와 함께 만두를 빚는 아내의 존재를 떠올릴 때면 그는 그녀가 제 아내라는 것도 잊고 물끄러미 여자를 바라본다.

명인혜.

그 이름 세 자만 듣고는 할아버지가 잡은 다른 선과 같을 거라 생각하고 별다른 감흥 없이 나갔었다. 그리고 고요히 앉아 단한마디 말도 없이 창밖만 뚫어져라 바라보는 여자의 모습을 보며 그는 생각했었다.

아름다운 여자라고…….

"그냥, 그렇게 됐어요. 할아버지 안 계실 줄 알았는데요."

부모, 형제가 있었지만 그는 할아버지의 손에 자랐다. 보통 다섯 살이면, 입양도 꺼리는 나이였다. 그런 상황에서 정씨 집안의 호적에 오른 그를 온전히 받아들이고 맡은 것은 정 의원뿐이었다.

"네가 명 회장 딸과 결혼하겠다고 말할 줄은 몰랐다만."

그런 정 의원에게 장성한 손자의 결혼이 꽤나 골칫거리로 여겨졌다는 것은 모르는 사람이 없었다.

하지만 그는 그런 할아버지의 마음을 알면서도 좋은 혼처들을 거부했다.

그녀들은 모두 한결같이 부잣집 아가씨의 전형적인 성격을 따르거나, 알게 모르게 정 의원의 뒤를 이으려면 밖에서 낳아 온 아들이 아닌 그의 동생과 만나는 것이 이득이라는 태도들이 전부였기에 그는 미련을 두지 않았다.

"명 회장이 딸은 잘 뒀구나."

단 한 번도 공식적인 행사나, 자선 모임에서조차 모습을 드러내지 않는 명 회장의 첫째 딸을 두고 말이 많았지만, 모두 실제로 그녀를 보지 못하고, 알지 못하는 사람들이 지어낸 말이라는 걸 이제는 알 수 있었다.

언제나처럼 소문은 다시 소문을 만들어 내고, 루머는 끊임없이 돌고 돌아 종국에는 자신이 하지 않은 일들마저 한 것으로 뒤바뀌기 마련이었다.

그런 루머를 아내가 된 여자는 모르고 있는 것이 분명했다. 알고 있다면, 저토록 편안한 얼굴로 할아버지 집을 다닐 성격이 아니라는 걸 그는 안다.

"할아버지가 만두 드시고 싶다고 하신 거예요?"

정원의 인혜가 선선한 가을바람에 두어 번 재채기를 하는 모습이 걸려 물어봤지만, 만드는 만두의 양을 보니 비단 할아버지 때문만은 아니라는 걸 알 수 있었다.

"넌 잊었는지 모르겠지만 가족 모임 날이 내일 아니냐. 이번에는 그냥 한 그릇씩 뚝딱 비우고 일찍 돌아들 가라고 만둣국 한 그릇씩 내어 주자고 했다."

선우는 늘 귀찮아하면서도 가족들을 한 달에 한 번씩 보는 할아버지가 사실 외로움을 많이 타는 사람이라는 걸 잘 알고 있었다.

하지만 그는 사뭇 인혜의 모습이 신경 쓰여 자신이 쓰던 방으로 올라가 카디건을 가져다줘야 할지 고민하지 않을 수 없었다.

"곧 들어올 모양이다."

어느새 그마저도 알아차린 할아버지의 말에 그는 슬그머니 웃어 보이는 것으로 답을 대신했다.

찜기에 만두를 넣는 손길이 무척이나 조심스러워, 몇 번이고 아주머니의 농을 받으면서도 인혜는 그 앞을 떠나지 않았다.

마치 뉴욕에서 공부할 때와 같은 기분 좋은 하루하루를 노니는 기분이면서도 그녀는 문득 떠오르는 최근 몇 년간의 생활에 대한 기억을 떨칠 수 없었다.

상주하는 아주머니는 늘 박 여사에게 자신의 일과를 전화로 알렸고, 아파트 문 밖에는 박 여사가 시킨 사내들이 지키고 있어서 마음대로 나가는 것도 어려웠다.

그 안에서 알아서 시름시름 앓아 죽으라고 돌려 말하는 것 같아 그녀는 더욱 견딜 수 없었다.

순간 찾아든 상념에 정신을 뺏긴 인혜는 만두를 올려놓는 사발에 손가락이 닿아 화들짝 놀라 손을 바로 떼었지만 이미 새끼손가락은 붉어진 후였다.

"아이고, 부엌일 안 해 본 아가씨라 불안하다 했더니. 이제 내가 할 테니까 얼음주머니 올려놓고 좀 쉬어요."

안 비키려는 인혜를 보던 아주머니가 결국 선우를 부름으로써 상황을 일단락시켰다.

"색시 좀 데려가. 만두 찌다가 손 다 데이기 전에."

웃음기 가득한 말로 이야기했지만 선우의 시선에는 오롯이 붉어진 인혜의 손이 보일 따름이었다.

"참, 얼음주머니 좀 올려 줘. 잠깐 닿았는데 워낙 살이 무른 건지 약한 건지, 금세 붉어졌더라고."

처음, 그가 그녀의 손을 잡았다는 것을 인식하기도 전에 인혜는 선우의 손에 이끌려 거실로 나왔다. 하지만 그녀는 물론 그도 경황이 없어 인혜의 손을 잡아 거실로 데리고 나왔다는 것도 알아차리지 못했다.

그가 멀거니 거실에 서 있던 그녀의 손을 다시금 잡아 이끌어 소파에 앉힌 후 손가락에 얼음주머니를 올려놓아 주었다. 인혜는 이 모든 행동들이 다정하기만 해 평범한 가족이 이러리라 생각했다.

"이러고 좀 있어요. 나랑 결혼한 거지 만두랑 결혼한 거 아니니까."

말수가 적은 사람이 농담을 건넸다는 사실보다 더 그녀를 놀라게 한 것은 자신을 걱정해 주는 마음이었다.

그녀에게는 걱정해 주는 사람이 아무도 없었다.

＊　　　＊　　　＊

백화점에 간다며 불러낸 시누이의 전화에 결국 평화로운 오후를 뒤로한 채, 그녀는 선우가 운영하는 호텔에 발을 디뎠다.

"아가씨."

라운지에서 커피를 마시며 기다리고 있던 선주가 인혜를 보고는 인상을 찌푸렸다.

"먼저 들어가서 보시지 않고요."

"언니 덕에 내가 얼마나 기다린 줄 알아요?"

시누이들은 얄밉다 하더니 전부 그런 것인가 싶다가도 박 여사나 인호가 하는 행동에 비하면 애교로 넘어가 줄 만하기에, 그녀는 선주의 투덜거림을 한 귀로 듣고 한 귀로 흘렸다.

"쉬쉬해도, 알 만한 사람은 다 알아요. 정선우가 세진호텔 딸

27

아들이라는 거. 그래서 이 호텔도 같이 넘겨준 거잖아요. 넘겨줄 거면 할아버지한테 줘서, 잘 굴러가게 할 것이지. 암튼 그 집도 이상한 집이라니까요."

물론 철이 없다고 해서 가족사를 밖에서 떠드는 성격은 적응하고 싶지도, 그럴 마음도 없었다.

정 의원의 비호 아래 그가 편안케 살아온 줄 알고 있었던 인혜에게 선주의 말은 꽤나 충격적인 일이지 않을 수 없었다.

"아아. 할아버지가 입단속시켰다고는 해도, 알 만한 사람들은 소문으로 들어 다 알고 있어요. 언니는 사람들 잘 안 만나서 모르겠지만."

듣고 싶지 않았던 이야기를 굳이 꺼내는 이유야 뻔했다. 이들은 아직 자신이 밖에서 낳아 온 자식이라는 것도, 집안 내 위치가 일하는 고용인보다 못하다는 것도 모른다.

그러니 든든한 뒷배가 선우에게 생기는 것을 미연에 방지하고자 이야기하는 것이리라.

"네, 몰랐었네요."

적당한 대응과 적당한 태도. 선주를 만날 때 그녀가 기계적으로 취하는 몇 가지 항목이었다. 그렇지 않으면 더 피곤해진다는 걸 결혼식 날 알아차렸다.

앞서서 걷는 선주를 종종걸음으로 따라가니 그의 호텔에서 운영하는 백화점에 도착할 수 있었다. 선주가 물건들을 보기 위해 걸음을 늦추고 나서야 그녀는 느긋하게 걸을 수 있었다.

가방, 옷, 액세서리…….

시누이는 세진호텔에서 따로 운영하는 백화점 내에서라면 무엇이든 가리지 않고 골랐고, 직원들은 그런 선주가 익숙하다는 양 고분고분 따랐다.

사실 저 물건들 대부분은, 그의 것이라고 보기보다는 입점해 있는 입점사에게서 사야 하는 물건이 맞았지만, 어딘지 모르게 익숙한 직원들의 분위기에 그녀는 쉽게 파악할 수 있었다.

자주 있는 일이라는 듯 행동하는 직원들의 모습에 인혜는 선주가 사는 모든 물건들의 값을 어떻게 처리하는지 쉽게 알 수 있었다. 선주가 사는 모든 건 그에게 알려지고, 그가 해결하는 것이라는 짐작은 그리 어렵지 않게 할 수 있는 것이었다.

선주가 가지고 있는 모든 건 그의 주머니에서 나갔다고 보는 게 더 적절할 것만 같았다.

"아가씨."

그녀는 보다 못해 선주를 불렀다. 백화점에는 명품관부터 저렴한 브랜드까지 다양하게 있었다.

그중에서도 억 소리 나게 비싼 물건들을 생각 없이 고르는 선주로 인해 보는 사람이 더 진땀이 나는 이 웃을 수도 없는 상황에서 벗어나고 싶어, 그녀는 흐릿하게 웃으며 시누이를 다시금 불렀다.

"아가씨. 이러다 저녁 시간에 늦겠어요."

"아, 할아버지가 기다리는 건 좀 그렇죠. 네, 뭐, 그럼 이만 가죠."

선주가 그녀의 차에 물건들을 실어 놓을 것을 명령하자마자 걸어 나가는 모습을 본 직원들의 얼굴에 안도의 빛이 가득했다.

인혜는 평범하게 자랐더라면, 그래서 자신이 일을 하고 있는 처지라면 분명 저들과 같을 것이라는 사실을 부인할 수 없었다.

그래도 지금 자신에게는 그들과 달리 미미한 행동이라도 할 수 있는 힘이 있었다.

그것 역시 부인하고 싶은 마음은 없었지만, 평범하게 살고 싶었다. 바라는 것이 있다면 단지 그뿐이었다.

엄마의 손에 이끌려 아버지에게 팔리듯 거래가 되었을 때에도, 박 여사의 감시 속에 유학생활을 했을 때에도…….

보통 사람들이 하는 생활, 연애, 관계를 원했다.

사골 육수에 만두를 넣어 푸근하게 내어 놓은 아주머니를 따라 인혜는 슬그머니 자신이 빚어낸 만두가 터지지는 않았는지 살폈다.

다른 사람들은 모두 식사를 하기에 여념이 없었지만 그녀는 아니었다. 슬그머니 선우의 얼굴을 살피며 자신이 처음 만들어 본 만두가 맛이 있는지 궁금했다.

"다들 얼굴 보기 힘들구나."

"이렇게 자주 불러 주시면 되죠."

오늘도 참석하지 않은 오빠를 대변하기라도 하듯 시누이가 단번에 대답하는 것으로 더 이상의 대화는 이뤄지지 않았다.

물론 정 의원 역시 대화를 바라서 이런 자리를 갖는 것이라고 는 생각되지 않았다.

그녀의 생각보다 더 날이 갈수록 더 무료하고 단조로운 식사 자리가 되어 가고 있었다.

생각해 보면 그도 자신처럼 시간을 죽이며 살아왔을지 모를 일이었다. 처음 만났던 날, 그는 말이 없었다.

어느새 그가 앞에 앉아 있다는 것도 눈치채지 못하고 창밖을 바라보던 그녀에게 그건 처음 겪는 생경한 경험이었다.

조용한 남자, 라고 생각했던 것이 이내 말이 없는 사람이라고 각인되기까지는 채 삼십 분도 걸리지 않았다.

지금처럼 그는 별로 말을 하는 법이 없었고, 인혜는 그런 남 자를 천천히 살폈다. 고작 별것 아닌 처음이었지만 그녀가 이 결 혼을 하겠다고 한 가장 큰 이유…….

그게 이 남자였다.

"어디 불편해요?"

그녀는 꼭 필요할 때만 말을 하는 남자의 성격이 마음에 들었 다. 결혼을 하고서도 결혼을 하지 않은 사람처럼 행동하는 서로 의 행동과 생활을 그는 개의치 않아 할 것 같았다.

더불어, 자신이 박 여사의 친딸이 아니라는 걸 알아도 그라면 괜찮을 것 같았다.

"아니요. 괜찮아요."

그래서, 괜찮을 것만 같았다.

어이없는 이 믿음이 어디서부터 뿌리내렸는지는 모른다. 그러나 인혜는 그렇게 믿고 싶었다. 그는 자신의 엄마가 술집 마담이었다는 사실도, 그녀에게서 자신의 딸을 거래로 산 명 회장도, 그리고 그 집에서 벗어나고 싶다고 말하지만 단 한 번의 노력도 기울이지 않은 자신도……

모두 신경 쓰지 않을 것이라고 믿었다.

어딘지 온순한 그러나 조심스레 살피는 선우의 시선에 화답이라도 하듯 인혜는 입가에 웃음을 그려 넣었다.

집에서 일을 할 때면 언제나 그는 아내가 된 사람이 잠에 들었는지 확인했다. 끝나지 않은 업무로 인해 아내가 잠에 들지 못하는 일이 없도록 조심스럽게 움직이면서도 그는 늘 이렇게 깨어 있는 시간이면 인혜를 들여다봤다.

선우는 침대 맡에 걸터앉아 인혜를 바라봤다. 새근거리며 잠이 든 인혜의 얼굴을 보던 그는 문득 생각했다.

그녀는 할아버지인 정 의원의 뒷배경을 보고 온 여자라고 하기에는 지나치게 조용했고, 자신이 어머니로부터 받은 세진호텔을 보고 왔다기에는 명 회장의 지사들 중 하나를 가지는 편이 더 현명해 보였다.

그는 오늘도 선주에게 이리저리 휘둘렸다는 아내의 이야기를 호텔에서 쉽게 접할 수 있었다. 마지막엔 그래도 가족 모임을 핑계로 나온 모양이었지만, 다음번에는 막무가내인 여동생을 쉽게 구슬릴 수 없을 게 분명했다.

그럼에도 불구하고 인혜는 자신에게 한마디도 하지 않았다.

사실 말을 한다면 해결될 수 있는 것은 몇 가지 있었다. 할아버지 댁에 가는 것이 불편하다면 혼자 다녀도 될 일이었고, 가족 모임이 아직은 어색하다고 하면 두 달에 한번 얼굴을 비추는 것으로 바꿔도 될 일이었다.

하지만 이 여자는 무엇이든 감당했다. 마치 그렇게 살아온 생활이 익숙하다는 양 행동하면서도 작은 자유에 말로 다 할 수 없는 행복한 표정을 지어 보였다.

인혜는 늘 그랬다. 그는 그런 아내가 신기하기도 하고, 생경하기도 했다. 그렇게 아내가 된 여자는 늘 사소하고 작은 것 하나에도 즐거워하고 행복해했다.

그 모습을 보면 몇 번이고 그토록 좋은 거냐고 묻고 싶었지만 그는 물어보는 법이 없었다.

어쩌면, 인혜에게 이 모든 순간이 선물처럼 좋은 것일 수도 있겠다는 생각에 물어보기는 힘들었다.

그렇게 할아버지 댁에서 아주머니와 장을 보러 다니고, 음식을 만들며 평범한 아내가 되는 일을 기꺼워하는 여자를 보며 그는 생각했다.

그날, 일을 핑계로 선 자리에 나가지 않았더라면 지금과 같은 평범한 일상, 고요한 평온을 손에 넣지 못했으리라고. 잠이 든 아내의 얼굴을 바라보며, 얻을 것이 없는 이 결혼에 응한 인혜의 속마음이 어떻든 그녀를 지켜 주겠다고 다짐했다.

어머니를 쉽게 저버린 아버지처럼 행동하지 않으리라고, 그렇게 굳게 다짐하지 않을 수 없었다.

∗　　∗　　∗

켜켜이 쌓인 먼지처럼, 친엄마의 존재를 까마득하게 잊었다. 유명 술집의 마담이었으니 지금은 돈도 많이 벌어 하고 싶은 거라면 뭐든 하고 살고 있을 것이라고 생각할 뿐이었지만…….

인혜는 가끔 문득 드는 생각을 멈출 수 없었다. 색이 바랜 사진처럼 흐릿한 기억이 문득 떠오를 때면 그녀는 엄마 생각이 났다.

그녀에게 있어서 엄마라는 존재는 늘 화장대에 앉아 진한 화장을 하고 있는 사람이었다. 그렇게 그녀의 기억 속에 남아 있는 엄마의 모습은 등뿐이었다. 다른 건 기억하고 싶어도 기억나지 않았다.

제가 낳아 길렀음에도 결코 단 한 번의 정도 주지 않은 양 굴었던 모진 여자였지만 인혜는 안다.

그 박 여사조차 인호라면 숨이 넘어갈 것처럼 애지중지하는데 유일하게 낳은 핏줄을 스스로 팔아 치우듯 남자에게 건넸으니, 최소한의 자존심이라도 챙기고 싶었으리라.

그녀는 이제야 친엄마였던 여자의 속이 꽤나 쓰라렸으리라는 생각을 했다. 그녀는 이불을 반듯하게 개면서 곰곰이 생각했다.

마지막, 여자의 얼굴이 기억나지 않는다는 사실이 서운하다거나 서럽지는 않았다. 다만 정리하지 못한 무언가가 남아 있는 기분이라 개운하지 못했다.

선우가 잠을 청하는 서재로 들어간 그녀는 그의 방에 놓인 작은 침상을 정리하기 시작했다. 남들은 겨우 얼굴에 붙은 잠을 치워 낼 새벽 여섯 시에 그는 멀끔하게 돌아다니며 호텔로 나갈 준비를 한다.

그런 그를 호텔로 보내기 전 그녀는 사흘에 한 번꼴로 정의원 댁 아주머니에게 배운 찬거리들을 만들어 아침상을 차린다.

그녀가 요리를 하고 그가 출근을 서두르는 보통의 광경이 매일 그녀를 사로잡는다.

그가 자신이 차린 아침을 먹고 나간 후에도 여전히 집 안에 사람이 있는 기분이 들어, 그녀는 아침 아홉 시 해가 내리쬐는 시간까지 거실에 가만히 앉아 시간을 죽인다.

서두를 것 없는 스스로의 일상은 무료하다가도 괜찮았다. 별스러울 것 없는 하루라, 외려 그녀는 이 하루가 평온하기만 하면 좋다고 생각했다.

폭풍이 몰아치기 전에도 고요한 날씨라는 걸 까마득히 잊은 채로 인혜는 온전한 하루를 즐기기만 했다.

　　　　　*　　　　*　　　　*

　인호는 배다른 누이가 마음에 들지 않았다. 곱상하게 생긴 얼굴과 여린 몸은 술집에서 일했던 친모를 닮아 천하다는 생각을 했으며, 그 목소리 역시 청량하다고 여기기보다는 끼를 부린다고 생각했다.

　엄마를 닮아 아무에게나 입술을 대 줄 수 있는, 자신보다 낮은 그런 존재.

　인호에게 인혜의 존재라는 건 인정하기 어려운 난제였다. 그랬기에 그는 엄마가 인혜에게 하는 모든 행동들이 정당하다고 생각했다.

　그래서 그는 인혜의 이야기가 좋게 들리지 않거나, 아예 왜곡되어 들리는 걸 좋아했다.

　아니, 그냥 처음부터 존재하지 않는 사람처럼 들리지 않는 걸 선호하는 편이었다. 그런 그에게 오늘 친구들과 함께 어울려 노는 자리에서 '명인혜'라는 이름 석 자가 나왔다는 사실만으로도 화가 나기 충분했다.

　"네 누나 예쁘더라? 나 그날 그 결혼식 갔었잖아. 꼰대가 정 의원님, 정 의원님 하는데……. 거기서 정작 보이는 건 애 누나더라고. 못생겼다던 소문 순 뻥이더라. 완전 예뻐."

　'맞아, 맞아'라는 말이 여기저기서 튀어나오자 인호는 더는 들어 주지 못하겠어서 금기어를 꺼내 들었다.

"누나는 무슨. 술집 여자랑 바람나서 데려온 사람인데. 너네들 수준이 그거밖에 안 되냐? 딱 봐도 싸 보이잖아. 난 싼티 나는 여자 싫더라."

인호는 이 말이 돌고 돌아 다시 소문으로 부풀려져, 결국 명인혜가 전처럼 없는 사람으로 살기를 원했다.

동인식품의 막내아들같이 망나니로 소문난 사람과 결혼하는 것이 어울린다고 여기던 인호에게 정 의원이 품에 끼고 돈다는 정선우는 인혜에게는 아까운 사람이었다.

사실상 정선우도 밖에서 데려온 손자라지만, 이쪽이 어느 양반 집에서 노비가 주인과 배 맞아서 낳은 것에 해당한다면 정선우는 성골쯤은 되니까. 인호는 정선우가 아깝다고 생각했다.

그보다도 더 억울한 마음을 꼽자면, 밖에서 누나인 척 대우해 줘야 한다는 점이 가장 컸다. 하지만 그동안 사교 활동을 전혀 하지 않은 인혜로 인해, 그는 그런 가면을 쓸 일이 없었다.

며칠 전 친구들을 만난 자리에서 인혜의 결혼식 때 이야기가 나오지 않았더라면, 그는 스스로가 평정을 제법 잘 유지하고 있었다고 생각했다.

"미련하기는."

아버지의 매서운 시선에도 아랑곳하지 않던 그가 이번엔 소파에 가만히 앉아 있던 어머니의 말에 움찔거렸다.

한없이 자신에게 약하다가도 어떤 때에는 엄하게 돌변하는 어머니는 도무지 종잡을 수 없는 존재였기에 살짝 눈치를 살피지 않을 수 없었다.

"그 아이가 정 의원 집에서 쫓겨나면, 이제 어디로 치울 수 있을 것 같니."

"그야……."

"적당한 선에서, 적당히 흠 있는 놈에게 던져 주면 수군거리기야 하겠지만 탈은 없겠지. 또 명호그룹에 발도 못 붙일 게 뻔하지만 다시 돌아오면, 제아무리 내 딸이 아니란 소문이 돌아도 자리 하나쯤 또는 뭐라도 그 아이 앞으로 돌려줘야 집안에 흠이 되지 않게 된단다."

인호는 어머니의 말에 그가 미처 생각하지 못한 것을 알아차리고는 입술을 앙다물었다.

거실 소파에 불려와 앉게 된 것은 명인혜가 정선우와 이혼하게 될지도 모르는 데에 일조한 것 때문이 아니라, 집안의 재산을 떼어 주게 될지도 모른다는 이유 때문이었다.

"그럼 어떻게 해요?"

"어떻게 하긴. 다시 돌아오지 않기를 바라렴. 정선우, 보기보다는 예절도 이목도 중요하게 생각하는 사람 같아 보였으니 쉽게 버리지는 않겠지."

만일 명인혜가 돌아와 온전히 모두 그가 가져야 할 것을 탐한다면……. 그는 스스로 인혜를 아버지가 술집 마담하고 정분이나 밖에서 낳아 데려온 자식이라고 말한 사실을 깊이 통탄할 수밖에 없을 것이다.

그러니, 그는 그녀가 지금처럼 아무것도 탐하지 않는 상태를 고수해 주길 바랐다. 흡사 밀랍인형처럼 생각 없이 움직이는 상태로 쭉 살아가기를 간절히 원했다.

＊　　＊　　＊

정확하게 말하자면 한 달 반이라는 시간 동안 평온한 나날을 보낸 대가가 인호의 변덕스러운 마음으로 조각나기 시작했다.

인혜는 자신이 꽤 처량하게 보이리라고 생각하면서도 가벼운 몸놀림으로 행동했다.

"어쩜, 그렇게 감쪽같이 우리를 속일 수 있어요?"

그가 지방으로 출장을 간 사이에 일이 벌어졌다는 사실이 저를 더 편안하게 해 준 것일지도 모른다. 그녀는 이것이 언젠가 벌어질 일이라고 생각했다.

인혜는 자신이 만약 박 여사의 친딸이었더라면 제아무리 이 결혼을 원했다고 해도 박 여사가 결혼을 가만히 두고 보지 않았으리라고 확신했다.

차라리 그 성격이면 다른 집안의 서자와 결혼을 하게 내버려 두는 것보다는 아예 늦게 가게 만드는 편을 택했을 것이 분명했다. 그러니 이 일은 언제고 벌어져도 이상하지 않을 일이었다.

선주가 나서서 얄미운 소리를 해 댔지만 정 의원의 시선이 향한 유일한 곳은 자신이었다. 차를 마시는 그 행동을 관찰하듯 살피던 인혜는 잔이 비어 가고 있음에 입을 열었다.

"할아버님, 차 더 내올까요?"

평소와 다를 것 없이 말하는 그녀의 모습에 선주는 물론 득달같이 달려온 동서도 기가 막히다며 소리를 죽이지 않고 떠들었다.

"그래, 더 내와라."

그녀는 정 의원이 무슨 생각을 가지고 있는지 알지 못한다. 그럼에도 고요히 앉아 있는 것은 그가 아직 아무런 말도 하지 않아서였다.

적어도 그는 이런 이야기가 아닌 다른 얘기를 하지 않을까, 라는 일말의 기대가 그녀를 보통 때처럼 앉아 있을 수 있게 만들었다.

"할아버지!"

날 선 선주의 부름에 그는 시끄럽다며 안방에 들어섰던 사람들을 모두 내보냈다. 그러고 나서야 그녀는 정 의원과 단둘이 마주 앉아 있을 수 있었다.

"선우한테서 연락은 왔고?"

"아니요. 오늘 올라오는 날인데, 말도 없이 집 비워져 있는 걸 보면 놀랄까 봐, 여기 온다고 연락은 남겼어요."

여전히 거실에서 모여 앉아 제 얘기를 하는 것이 분명한 소리가 안방 문을 타고 넘어 들어올 정도였지만, 정 의원은 개의치 않아 보였다.

"신경……안 쓰세요?"

"내가 데리고 살 것도 아니고. 네가 나와 살 것도 아니고. 그
녀석이 알아서 하지 않겠니. 내 뭐 하러 그런 신경까지 쓰나."

인혜는 안도했다. 진심으로 안도해 본인 스스로가 숨을 크게
내쉬었다는 사실조차 알아차리지 못할 만큼 그렇게 안도했다.

웅성거리는 소리가 멎었다는 사실을 뒤늦게 알아차린 그녀는
시할아버지의 시선이 향한 곳으로 고개를 자연스럽게 돌렸다.

그곳이 문이라는 사실을 알면서도, 그녀는 그를 지금 당장은
마주할 자신이 없었다. 어쩌면 이상하리만치 줄곧 그를 믿어 온
마음이 틀렸음을 깨닫게 될지도 모른다는 불안감이 그녀의 움직
임을 느리게 만들었다.

"이 사람이 여기 있다고 해서 왔습니다."

"그래."

자신을 배제한 말들이 오고 가는 동안 그녀는 정신을 차릴 수
없었다.

"궁금해하실까 봐 말씀드리는데, 저, 이혼 안 합니다."

상황을 정리한 그의 등 뒤에 대고 미쳤다며 이죽거리는 선주
를 제외하고는 그 누구도 토를 달지 않았다.

그러기엔 그의 표정이, 행동이, 말들이……. 그 모든 것들이
무엇도 허락하지 않는다고 말해 주는 것만 같아 끼어들 수 없
었다.

작은 여행 가방을 내려놓은 선우의 뒷모습을 바라만 보던 인혜는 내내 참았던 물음을 토해 냈다.

"왜 이혼 안 해요? 내가 정선우 씨에게 도움이 되지도, 앞으로도 될 사람이 아니라는 걸 알았으면서."

고집을 피우는 아이처럼, 그녀는 그의 답을 듣기를 졸랐다. 집으로 오는 내내 참았던 물음이 집 안으로 들어서자마자 막힌 숨을 뱉어 내듯 토해져 나왔다.

고집스러운 그 얼굴에 결국 선우가 갑갑한 타이를 벗어 침대에 던지며 되물었다.

"내가 왜 얻는 게 없다고 생각해요?"

그는 여전히 그녀를 돌아보지 않았다. 그럼에도 그는 인혜가 어떻게 서 있을지 어렴풋이나마 짐작할 수 있었다.

살을 맞대고 함께 잔 적도 없었고, 그녀와 그를 가족으로 엮어 줄 만한 아이도 그들에게는 존재하지 않았다.

그럼에도 불구하고 그는 한 달 반이라는 시간 동안 그녀의 사소한 것들을 알아 왔다. 그랬기에 그는 그녀가 거짓이 아님을, 또한 자신이 마주하고 생활한 여자는 그냥 명인혜일 뿐임을 분명하게 인지하고 있었다.

처음 이 이야기가 들불처럼 번져 동해에 있는 세진호텔 증축 현장으로 가 있던 그의 귀에 들어왔을 때에는, 놀란 마음보다 박 여사의 행동과 인혜의 선택이 이해가 됐다.

어쩐지 호텔과 백화점이 있다고는 해도 어디까지나 그들이 보기에 자신은 흠이 있는 배우자였을 텐데, 명 회장이 쉽게 딸을 주겠다고 내어 놓은 사실이 이상했다.

더욱이 요전 날 본 박 여사의 행동은 더욱 이해하기 어려웠다. 친딸을 그렇게 대하는 부모는 없으리라는 것이 그에겐 상식적으로 느껴졌기에, 할아버지를 핑계 삼아 박 여사를 집에서 내몰았다.

"그럼 얻는 게 뭐예요?"

"인혜 씨가 말해 봐요. 이 결혼으로 인혜 씨가 얻는 게 뭐죠?"

다들 이런 결혼을 하니 당연한 것이라고 해도, 그는 온건하고 평범한 가족을 가져 보기를 갈망했었다.

사랑에 목숨 걸었던 어머니의 그 마음이 아닌, 가족이지만 서로를 할퀴는 데 더 도가 튼 생각들이 아닌…….

아침에 상을 차려 주고, 저녁에는 자신이 일하느라 함께 잠에 들지 못해도 늘 같은 곳에 있어 주는 포근한 감정을 맛볼 수 있게 해 주는 가족.

그런 가족을 가지고 싶었다.

그 가족에 이 여자를 넣고 싶었던 건 순간 일렁였던 강한 충동 때문이었다. 어머니를 닮았지만, 어머니를 닮지 않은 여자를 향한 호기심과 갈망이 그로 하여금 그녀를 선택하게 만들었다.

이 여자라면 가족을 외면하고 스스로의 이기심을 충족하지 않을 것 같았다.

"갇혀 있지 않게 됐어요. 그러니까, 선우 씨가 생각하는 그런 배경의 여자가 아니라서, 그래서 나와 이혼한다고 해도 괜찮아요. 어차피 이런 결혼이 그렇잖아요. 서로의 배경을 보고 하는 거니까."

"고작 그걸 얻기 위해 나와 결혼했어요?"

그는 일순 화가 났다. 사람들의 말들을 듣고 보면 아무것도 얻지 못한 인혜가 마치 자신의 호텔이라도 취한 듯했다.

그 사실이, 인혜를 그렇게 대한 그녀의 가족들이 그를 화나게 만들었다.

"단 한 번도 어머니의 시선에서 자유로웠던 적이 없었어요. 그러니까……."

"인혜 씨가 원하는 게 뭐예요."

그는 그가 바라는 바는 이미 그녀가 이뤄 주고 있으니, 그녀가 바라는 바를 듣고 싶었다.

"내가, 바라는 건……."

조심스러운 그녀의 행동에서 미루어 짐작할 수 있었다. 그동안 그녀는 살얼음판을 걷듯 조심스럽게 살아왔을 것이라고.

"평범하게. 그냥, 평범하게. 그거면 충분해요. 나는 평범한 가족과 평범한 생활들이 가지고 싶었어요. 선우 씨가 보기에는 이런 내가 이상할지 모르겠지만."

인혜의 대답을 들으며 그는 의외로 그녀가 자신과 비슷한 구석이 많을지도 모른다고 생각했다.

지금의 생활에 그녀 역시 만족하고 있을지도 모른다고.

"그거면 충분해요?"

그는 진심으로 궁금했다.

과연 그것 하나면 진정으로 충분할 수 있을지. 이 사람 역시 자신과 같은 생각을 하고 있는 것이 맞는지 궁금했다.

"저는 늘 그런 생활을 바라 왔어요."

"하죠."

대화가 이미 본래의 궤도에서 한참 벗어나 있다는 걸 먼저 깨달은 것은 인혜였다. 그녀는 이래서는 안 된다고 판단했는지 제법 확고하게 그를 제지시켰다.

"선우 씨. 지금 이혼한다고 해도 아무도 당신을 탓하지 않아요."

"내가 연민하는 걸로 보입니까?"

확고한 시선이 그녀를 꿰뚫어 보기라도 하는 것처럼 그녀를 옭아맸다. 어느 틈엔가, 그녀는 알아차리지 못했지만, 그가 돌아서 있었다.

등을 보고 있었던 걸 까마득히 잊은 사람처럼 그녀는 그의 얼굴을 익숙하게 바라보고 있었다.

"내가 그렇게 한심하게 보입니까? 여자에게 기대어 무언가를 요구할 사람처럼?"

그녀는 그가 그럴 사람이 아니란 걸 알고 있었다. 하지만 그걸 입 밖으로 꺼내기까지는 많은 용기가 필요했기에 그녀는 주저했다.

그녀의 주저를 본 그가 다시금 말했다. 이미 어둠이 내려앉은 집에 끼어든 불청객은 달빛뿐이었다.

"나는 명인혜라는 사람을 선택했지, 명 회장님을 보지 않았습니다. 그러니까 결정해요. 앞으로 어떻게 하고 싶은지. 내가 도와줄 수 있어요."

그가 '가족이 되어 줄게요.' 라고 말하는 음성이 그녀의 귓가에 달라붙어 떨어질 줄을 몰랐다. 생애 처음, 그녀는 진심을 다해 자신을 염려하는 사람의 음성을 들을 수 있었다.

그 음성에 곧바로 답하지 못한 스스로의 우유부단함과 아둔한 마음에 한탄하면서도 그녀는 답할 수가 없었다.

사람들이 이제 그만 보면 수군거릴 것이라는 걸 알면서도, 그는 개의치 않았다. 마치 그녀의 믿음을 무너트리지 않게 해 주려는 듯 행동하는 것만 같았다.

생애 처음으로.

그녀는 스스로를 칭찬해 주고 싶었다.

그를 선택했던 스스로를……

오늘도 어김없이 인혜는 새벽 다섯 시에 일어나 간단하게 씻자마자 검은 고무줄로 머리를 질끈 묶었다.

그리고 이내 서재를 살피고, 그 안에서 아직 자고 있는 선우를 보고 나서야 그녀는 부엌으로 들어가 밥을 안친다.

칼이 도마를 총총 두드리는 소리, 불 위에서 맛있는 찌개가

끓는 소리, 달그락거리며 식기를 꺼내는 소리…….

모든 소리가 고요한 집 안에 음악처럼 번지기 시작하면 그는 그제야 눈을 뜨고 움직이기 시작한다.

사실 매일 벌어지는 이 순간들이 처음에는 익숙하지 않아 불편했지만, 시간이 지날수록 기분을 따스하게 만들어 안방 문이 열리는 소리가 들리면 눈을 뜨게 된다.

가만히 누워 그 모든 소리를 듣고 있노라면 그는 늘 기분이 좋았다.

선우는 마치 지금 일어난 것처럼 태연하게 움직이며 은밀하게 아내의 움직임을 주시했다. 드레스 룸에서 옷을 갈아입고 나올 때까지 단 한마디도 주고받지 않았음에도 그는 그녀가 있다는 그 자체만으로 치유받는 기분이었다.

사소한 사실, 그것도 마주 보고 있는 순간 외에 서로에 대해 잘 알지 못하는 사이였다. 알지 못하는, 잘 모르는 사이.

딱 그 정도의 관계가 된 부부였지만, 그는 그녀가 지금의 현실에서 벗어나지 않기를 바랐다.

어제 있었던 모든 소요가 없었던 것처럼 그는 어제와 같이 움직였다.

그리고 새로운 행동을 하나 추가했다. 문 앞까지 배웅 나온 그녀를 보며 그는 꽤나 담담한 어투로 말했다.

"다녀올게요."

새로운 변화에, 놀란 눈을 하고선 서 있는 여자.

그 여자를 그는 놓고 싶지 않았다.

시작이 어찌 되었든 그는 그녀의 손을 잡기를 선택했고, 그녀가 곁에 더 머물기를 바랐다. 그녀가 자신의 어머니처럼 약하지 않기를 바랄 뿐, 그는 자신이 할 수 있는 것이 없다는 것도 알고 있었다.

그랬기에 그는 오늘도 어제처럼 집을 나섰다.

인혜는 선우가 집을 나가고 나서도 한참이나 더 문 앞에 서 있었다.

'다녀올게요.'

평소와 다를 것 없는 일상에 추가된 조금은 특별한 행동이 그녀의 머릿속을 헤집어 놓았다.

식탁 위를 치우고, 침대를 정리하며 집안일을 갈무리한 뒤, 오늘은 어제 미처 듣지 못한 아버지의 의견을 들으러 나가야 한다는 것도 까마득히 잊은 채로 그녀는 오도카니 서 있을 뿐이었다.

서둘러 준비를 해야 점심때 맞춰 가기로 했던 아버지와의 약속 시간에 늦지 않을 수 있다는 걸 알면서도 그녀는 도무지 움직일 생각을 하지 못했다.

가족이 되자던 그의 말이 허언이 아니라는 듯 그는 평소와 다

름없었다. 평소와 같을 수 없는 사람은 스스로였음을 누구보다
잘 인지하고 있었기에, 그녀는 자조했다.

박 여사가 그토록 바랐을지도 모르는 상황이 눈앞에 떨어졌
다. 그랬지만 결과는 자신이 바라는 대로 흘러가고 있었다.

그 사실에 기뻐해야 옳았는데 무언가 뒤바뀐 기분이었다.

무언가, 잊고 지나간 것이 있는 것만 같았다.

그게 뭔지 몰라 여러 차례 곰곰이 생각하고 고민하고 나서도
그녀는 눈치채지 못했다. 그토록 바라던 것을 잊고 있다는 것
을……

문을 열고 들어섰을 때에도, 심지어 함께 밥을 먹는 자리에서
도 그녀는 아버지와 한마디도 섞지 않았다.

외려, 룸이 아닌 일반 테이블에서 식사를 했어야 분위기가 조
금 덜 삭막했으리라 생각할 정도로 부녀는 말이 없었다.

정적이 깨진 것은 커피가 나온 후였다.

"어떻게 됐니."

"바라시는 게 제 이혼이라면, 그 사람은 그럴 생각이 없는 것
같아요."

그녀는 아버지가 원하는 걸 여전히 알지 못했다. 그게 무엇이
든 자신이 이뤄 줄 수도, 이룰 수도 없는 것이라고 여길 따름이
었다.

"네 생각은 어떠냐."

"새삼스럽게 제 생각을 물으시네요. 하라는 대로 하지 않으면 아무것도 할 수 없게 하셨잖아요."

정확하게 말하자면 그렇게 행동하는 아내를 말리지 않은 방관자였을 뿐이다. 인혜는 그에게 큰 잘못이 없다는 걸 안다. 하지만 애초에 이런 상황을 만든 것은 그의 잘못이었다.

"명호 계열의 작은 업체 정도는 하나 내어 줄 수 있다. 그걸로……."

"아버지는 끝까지 이기적이시네요."

인혜는 처음 돈으로 자식을 거래하려 들었던 사람이 엄마가 아니라는 걸 그제야 떠올릴 수 있었다.

그리고 끝내 그 고운 얼굴로 자신을 끌어안은 채로 고요히 울던 그 모습을 쉽게 잊어버린 자신을 힐난하고 싶었다.

매섭게 욕이라도 퍼부어 소리치고 싶은 마음이었다.

"잊었는데, 정말 잊으면 안 되는 거였는데."

그 사실을 잊으니 자연스럽게 기억은 엉망이 되어 엄마를 원망하게 했다. 이런 지옥 같은 곳에 자신을 던져 버렸다고. 하지만 그녀는 자식이 없던 아버지가 결국 자신을 찾아낸 것이라는 걸 알고 있었다.

모든 이유를 막론하고 엄마는 그래서는 안 된다고 생각했던 스스로가 너무나 한심할 정도였다.

"아버지가 엄마에게서 절 떼어 놓았던 그 사실을 저는 왜 잊었던 걸까요."

그걸 기억했더라면 조금 더 반항할 수 있었을 텐데, 라고 짧게 덧붙인 인혜의 얼굴은 그 어느 때보다 고왔다.

반듯한 이마, 붉은 입술, 작은 얼굴.

뚜렷한 그 얼굴을 따라가 보면 젊은 시절 엄마의 모습이 들어 있다는 사실을 인혜는 알지 못했다.

아버지의 시선이 늘 비켜서 있는 이유가 그 때문이라는 것 역시 알 수 없었다.

그녀는 엄마가 자신을 버린 적이 없다는 것과 팔아 치우듯 아버지에게 넘긴 적은 더더욱 없었다는 사실만은 확실히 알게 됐다.

이제야 떠오른 그 기억에 그녀는 울 것 같은 얼굴을 하고선 결코 울음을 터트리지는 않았다. 그저, 엄마에 대한 기억이 제대로 떠올라 흐릿한 웃음을 터트렸다.

끝내 울지는 않는 자신의 표정이 이상했으리라는 건 거울을 보지 않아도 알 수 있었다.

"아무것도 주지 않으셔도 돼요. 더 이상 제 삶에 들어오지 마세요. 이제 더는 그럴 일 없어요."

"너는 그럴 수 있다만, 정 군이 그럴 수 있을 것 같다고 생각하냐."

"그 사람, 다 필요 없다고 했어요. 그러니 선택은 오롯이 제 몫이라고 한 것도 그 사람이에요. 이제 더는 그런 말에 속지 않아요."

아버지와 대화를 하면서 끊임없이 엄마의 얼굴이 떠올랐다. 그토록 떠올리고 싶어도 기억나지 않았던 엄마의 얼굴이 선명하게 떠올랐다.

고운 그 얼굴을 온전히 아는 건 언니들과 아버지뿐이었음에도 아버지는 모질었다. 엄마에게 남은 것이 자신밖에 없다는 걸 알고 있으면서도 그녀에게서 자신을 데려갔다.

그리고 이내 거래라는 양 돈까지 쥐 가며 데려갔으면서 인호가 이윽고 다음해에 태어나자 쓸모가 다했다는 듯 외국으로 보내 돌아오지 못하게 했다.

얼굴도 모르는 누나를 성년이 될 때까지 미워하고 증오한 인호의 마음은 온전히 박 여사로부터 기인했음을 알면서도, 그녀는 인호를 쉽사리 이해할 수는 없었다.

"그러니까 이제 절 두고 계산은 그만하세요."

이 모든 것이 서로를 이해하지 않고 계산하는 사람들 사이에 섞여 생활했기에 벌어진 일들이라는 걸 이제는 안다.

그러니 그녀는 더 이상 이들의 손에 휘둘리고 싶지도, 돌아가고 싶지도 않았다.

그녀는 그랬기에 진정으로 마지막을 고했다.

"더는 제 삶을, 저를 휘두르지 마세요."

선택을 하라던 그의 음성이 그 순간 귓가를 두드리듯 울렸다. 귓가의 울림을 따라 뛰는 심장소리에 인혜는 손가락으로 찻잔을 두드리며 생경한 기분을 천천히 느끼기 시작했다.

낯선 이 기분을 따라, 충동적으로 그를 보고 싶어 한 자기 자신을 이해하기 위해 자상했던 선우를 떠올리며…….

그녀는 처음으로 그를 만나러 호텔에 가고 싶다는 충동에 휩싸였다.

멍하니 거리를 걷다 보니 어느새 세진호텔 앞에 다다른 그녀는 호텔 앞에 놓인 벤치에 앉아 사라져 가는 단풍을 빤히 바라보기 시작했다.

호텔 앞까지 왔지만 막상 그에게 가는 건 적지 않은 용기가 필요한 일이라는 사실에, 또 자신이 그런 용기가 없는 사람이라는 사실에 그녀는 몹시 슬펐다.

"여기서 뭐 해요?"

오늘 그가 신고 나간 신발이 먼저, 이윽고 잘 다림질된 정장이 인혜의 시선 안에 가득 들어오고 나서야 그녀는 그의 얼굴을 마주할 수 있었다.

"그냥요."

한창 바쁠 시간에 그가 밖에 있다는 사실이 이상하면서도 그가 눈앞에 있다는 사실이 반가웠다.

엄마에 대한 기억을 떠올리고 난 후 들쭉날쭉했던 마음이 그의 얼굴을 본 순간 거짓말처럼 진정됐다.

남산이 보이고, 인근에는 명동이 있어 관광객들이 자주 왕래하는 곳이라 한적하지는 않지만 그 순간만큼은 주위가 한산한 것 같다 생각했다.

"밥……먹을래요?"

저녁이 되려면 앞으로 세 시간이나 남았고, 그가 무슨 일을 하다 이곳에 서 있는지조차 알지 못하면서도 인혜는 선우에게 물었다.

주저하면서도 꼭 그렇게 해 달라는 것 같은 인혜의 음성을 그는 거절하지 못했다.

"그래요. 먹어요."

＊　　＊　　＊

처음 라운지를 돌아보다 사무실로 올라가려던 선우의 발길을 붙든 건 믿기지 않는 풍경이었다.

집에 있어야 할 여자가 제 호텔 앞 벤치에 앉아 멍하니 나무만 쳐다보고 있다는 사실이 좀처럼 믿어지지 않았다.

비서가 무어라 말하는 것도 듣지 않은 채로 오늘 해야 할 모든 일들을 미루거나 취소했다. 내일 하루가 고단해지더라도, 그는 지금 스스로의 선택을 후회하지 않을 자신이 있었다.

가만히 서서 인혜가 있는 풍경을 눈에 담아 내던 그는 결국 걸음을 옮겼다. 그녀에게 가는 그 걸음이 오랜만에 가볍다는 걸 인지한 그는 입가에 일렁이는 웃음을 막지 않았다.

그는 평소처럼 웃음을 지우고, 사무적이지 않은 얼굴로 아내를 바라봤다.

그 앞에 서서 그는 그녀의 모습을 바라봤다. 한참을 바라보다, 결국 묻고 싶은 이야기가 아닌 평범한, 특별할 것이 없는 물음을 토해 냈다.

"여기서 뭐 해요?"

천천히 인혜의 시선이 자신에게 향할수록 그녀에게 어딜 다녀오는 길이냐고 묻고 싶었다.

"그냥요."

돌아오는 답 역시 별스러울 것 없는 무난한 답들 중 하나였다. 그는 잠시 고심했다. 그녀에게 어떤 말을 꺼내야 하나 고민하고 있던 그를 사고할 수 없게 만든 건 의외로 덤덤한 인혜의 말이었다.

"밥……먹을래요?"

선우는 밥, 이라는 단어가 이토록 마음을 덥혀 줄 수 있다는 걸 알지 못했다. 그녀가 집에서 아침을 차리고, 저녁을 내어 주기 전까지 그에게 밥을 먹는다는 것은 고작 필요한 영양분을 섭취하는 행위에 그치지 않았다.

그는 할아버지의 따뜻한 보살핌이 있었음에도 이 모든 일련의 행위들이 살아가기 위한 요소를 충족시켜 주는 과정일 뿐이라고 여겼다.

그의 삶에 유일하게 정을 주는 할아버지는 바빴고, 어렸던 그는 외로웠으니까. 어쩌면 그 외로움을 어쩌지 못하는 마음은 당연한 것일 수 있었다. 그래서 그에게 밥을 먹는 것은 살아가는 데에 있어서 필수적인 요소가 아니라면 굳이 하지 않을 행위였다.

결혼 전 그에게 식사를 한다는 의미는 그러했다. 하지만 그는 변했고, 이 미묘한 변화를 기꺼이 받아들였다.

결혼 전과 후의 변화를 그는 스스로 인식하지 못하고 있었다. 하지만 그는 이미 변화에 발맞추며 반걸음 느리게 걷기 시작하고 있었다.

"그래요. 먹어요."

그는 간절히 바라던 것을 이루기라도 한 사람처럼 성급하고 조급하게 대답했다. 그렇지만 그 대답에 어색함을 느낀다거나, 쑥스러워하지 않았다.

그냥 말없이 손을 내밀었고, 그 손을 보던 그녀가 천천히 손을 마주 잡았다.

단지 그뿐, 더 이상의 말은 없었다. 그럼에도 기분이 말간 바닷물처럼 시원해졌다. 속이 훤히 보일 만큼 말간 바닷물 속에서 발가락을 움직이기라도 하듯 간질거리는 기분 같기도 하다고 여겼지만, 그는 담담히 그녀의 손을 잡아 이끌 뿐이었다.

그저 그뿐이었다.

갖은 밑반찬이 즐비하게 나오는 식탁을 바라보다가, 그를 한 번 바라본 뒤, 더 이상 시선을 둘 곳을 찾지 못해, 그녀는 창밖을 바라보았다.

그것이 한국에 돌아온 이후 생긴 습관이라는 것을 모르는 인혜는 그런 자신을 바라보는 그가 이상할 따름이었다.

마치 응시하는 것 같기도 하고, 관찰하는 것 같기도 한 그 시선은 어딘지 모르게 이전과 달리 부담스러웠다.

"다 나온 것 같네요."

그의 관심을 돌리기 위해 상 위에 차려진 밥과 찌개를 입에 올렸지만, 외려 그가 더 자신을 쳐다보는 것만 같아, 시선을 어디에 둬야 할지 모르고 허둥거렸다.

고작 시선이 흔들리는 것뿐이라 그가 알아차리지 못했을 것이라고 되뇌이면서도 불안했다.

마치 불안한 자신의 마음을 대신하기라도 하듯 흔들리는 시선으로 인해, 그가 들쑥날쑥한 제 마음을 알아차릴까 봐…….

"인혜 씨."

그의 부름에 그녀는 아무렇지 않게 밥뚜껑을 열고 김이 모락모락 나는 순두부찌개를 그릇에 덜어 그의 앞에 놓아 줬다.

"먹어요."

순두부찌개를 덜어서 그의 앞에 놓은 것도 자신이고, 밥을 먹을 준비에 여념이 없는 것도 자신이었다.

그는 아무것도 하지 않은 채로 있을 뿐이었는데, 그의 단 한마디가 마음을 두드릴 줄은 몰랐다.

"선우 씨도, 먹어요."

사실 그녀는 아버지와 함께 점심을 먹은 뒤라 배가 고프지 않았다. 하지만 이렇게 그를 보면, 그의 얼굴을 마주하면 문득 밥을 짓고 함께 앉아 식사를 하고 싶다는 생각을 한다.

그렇게 함께 앉아 있다 보면 느껴지는 온기가 서늘했던 머리와 마음을 덮혀 주는 것만 같아 인혜는 그의 얼굴을 마주할 때면 늘 식사를 권했다.

말이 없는 식사 시간.

그녀는 그녀의 앞에 놓인 밥을 고작 두어 숟가락 먹었을 뿐, 더 이상 입도 대지 않았다. 그 모든 소문을 알고 있으면서도 더 이상의 질문을 하지 않은 그에게 무언가 말해야 할 것만 같은 기분이 일렁였다.

사실 그래서 그가 일하는 호텔 앞으로 걸음이 간 것일 수 있다고 생각하며 천천히 입을 뗐다.

"오늘 아버지를 만났어요."

수저 소리만 나던 식탁 위에 얼마간 정적이 흘렀지만 그녀는 앞에 놓인 찌개 그릇만 바라보며 입을 열었다.

아직은 그가 어떤 얼굴로 자신을 보고 있을지 확인하고 싶지 않았다.

"선우 씨가 어떻게 하고 싶어 하는지, 그걸 궁금해하시더라구요."

그녀는 가만히 듣기만 해 주는 그가 지금 이 순간 너무나 고마워 마음 가득 눈물이 차올랐다. 그 마음이 겉으로 드러나지 않게 하려 입술을 몇 번이나 짓이기듯 깨물면서 인혜는 천천히 입을 열었다.

"이혼 안 한다고 했으니, 그렇게 말했어요."

이 말을 시작한 목적이, 그 궁극적인 이유가 아버지와의 만남을 설명하기 위한 것이 아니었음에도 그녀는 서둘러 말을 할 수밖에 없었다.

인혜는 천천히, 그렇지만 너무 느리지 않게 선우에게 말했다. 제아무리 상황을 감안해 본다 해도 그를 속인 것에는 감히 토를 달 수 없었으니까.

그녀는 그 사실을 덜어 낼 수 있다는 것이 좋으면서도, 불안했다. 행여 그가 모든 사실을 알게 되고 나서도 지금과 같지 않을까 봐 불온전한 마음을 가득 끌어안으면서도 입을 열었다.

"가족, 해요."

하지만 뒤바뀐 순서만큼은 바꾸고 싶었기에 그녀는 다시금 말하지 않을 수 없었다.

"들어서 알겠지만, 선우 씨가 아는 나는 엄마가 따로 있어요. 이제는 기억하려고 노력해야만 겨우 떠올릴 수 있는 엄마. 미국에서 공부한 이유는 이 사실이 밝혀질까 봐 보내진 것뿐이었고요. 지금의 어머니는 제가 일하는 걸 싫어하세요. 그 집에서 전 힘이 없었으니까……. 할 수 있는 것이 많이 없었어요."

"짐작했어요."

어느덧, 자연스럽게 그의 시선을 마주하고 있는 자기 자신의 모습에 그녀는 의외로 침착했다. 그의 눈을 보면 당황할 줄 알았지만 외려 그의 시선과 마주치니 종전과 달리 마음이 차분해져 좋기까지 했다.

"그러니까 선우 씨가 하자는 가족, 그거 하기 전에 순서대로 하고 싶어요."

간절히 바라 온 보통의 삶.

그런 평범한 순간들을 영위할 권리.

모든 순간들을 기억하고 행복해지기 위한 노력을 마다하지 않기 위해 그녀는 어제 그가 했던 물음에 답했다.

"보통 사람들이 하는 그런 보통의 연애. 연애부터 해요."

우린 서로 아는 게 없으니까, 라고 짧게 덧붙이며 그녀는 그의 답을 기다렸다.

"그래요. 오늘부터 인혜 씨가 원하는 거 해 보죠."

늘 명료했던 그의 말이 오늘은 조금 더 길어진 것처럼 느껴지는 건 비단 착각이 아니리라. 그녀는 그렇게 생각하며 그를, 그리고 그의 시선을 피하지 않았다.

"보통의 연애."

그녀는 그가 무엇을 좋아하는지, 어떤 것을 싫어하는지, 휴일이면 무얼 하고 쉬는지, 힘이 들 때면 하는 행동들이 있는지, 가족이 어떤 의미인지 알지 못한다.

그 모든 것들을 알아 갈 빛나는 시간을 가지기 위해, 그녀는 그의 손을 잡았다.

그는 자신을 절대 버리지 않을 것이라고 확고하게 믿기에 가능한 행동이었다.

＊　　＊　　＊

일이 밀린다는 핑계를 대고 그는 언제나처럼 서재에서 잠을 청했다. 사실, 일이 많은 날도 있었지만 그렇지 않은 날도 더러 있었다.

출장을 갈 때면 그날 아침에 말해 불안한 인혜의 시선을 마주했지만, 이제 그는 그렇게 하지 않을 생각이었다.

스스로 챙겨 다녀오는 것도 그녀를 편안하게 만들어 줄 수 있겠지만, 아내가 챙겨 주는 출장 가방이 어떤 느낌인지 알고 싶었다.

참고 견디는 것에 능한 여자라는 건 할아버지 집에서 무덤덤하게 앉아 있는 그녀를 보고 확신할 수 있었다.

뭐든 잘 참고 견디는 여자라고 확신하자마자 그는 명 회장의 집에서 그녀가 어떻게 생활했는지 짐작만 했을 뿐이었음에도 화가 났다.

타인에게 짜증도, 화도 잘 내지 않던 그가 그녀에게만큼은 뭐든 예외로 두고 있었다. 왜 굳이 이 여자여야만 온전한 가족을 이룰 수 있다고 생각한 것인지는 중요하지 않았다.

그녀에게만 적용되는 모든 이유들도 변명처럼 스스로를 설득하기 위한 합리화에 그치지 않다는 것을 안다.

그 끝이 결국 자신이 그녀를 좋아하기 시작했다는 그 감정에서부터 비롯되었음을 그는 이제야 깨닫게 되었다.

어리석게도 변하고 있던 스스로를 알지 못했다.

아둔하게도 그녀가 조금씩 그에게 중요한 사람이 되어 가고 있다는 사실을, 선우는 알아차리지 못하고 있었다.

오늘 이전까지, 그저 어머니와 닮아서라고만 여겼던 그 생각이 지독히도 멍청했음을 깊게 자인했다.

단순히 그래서 지켜 주고 싶었던 마음이라고 여기기에는 무언가 석연치 않다고 생각했으면서도 더 깊이, 한 번 더 되짚어 보지 않았던 스스로에게 그는 멍청하다 말하고 싶었다.

조금씩, 당신이 내게 중요한 사람이 되어 가고 있다고, 물론 그녀에게 소리 내어 전하지는 않았다. 손을 들어 자고 있는 인혜의 얼굴을 조심스럽게 매만지는 그 손길이 대신 말해 주고 있었다.

깨지기 쉽고, 소중한 것을 다루는 아이의 손과 같은 그의 손이 대신 말했다.

당신이 내게 조금씩 중요한 사람이 되어 가고 있다고…….

2

연애는 그다음

보통, 그 평범하고도 온당한 삶을 가져 보겠노라며 그와 평범한 연애를 하자고 말한 지 겨우 하루가 지났을 뿐인데, 인혜는 모든 것이 새로웠다.

장을 보러 가는 길이 다시금 보였고, 신혼집에서 늘 하던 일들이 모두 마음을 두드리는 일이 되어 설렘 가득한 하루를 보내게 만들어 줬다.

"왔어요?"

오늘은 늦을 것이라 생각한 그가 조금은 일찍 집으로 돌아오자 그녀는 분주히 움직였다. 엊그제에는 받지 않았던 그의 서류 가방으로 손을 내밀어 받아 든 뒤 총총, 그의 뒤를 따랐다.

"오늘 뭐 했어요?"

인혜는 자신의 소소한 일상을 묻고 듣기를 바라는 사람이 생겼다는 게 이토록 좋을 줄, 이전에는 미처 알지 못했다.

오늘을 맞이하기 전에는 알지 못했던 모든 감정과 사실들이 발끝을 간질이는 기분에 간혹 얼굴을 발그레 물들이기도 했다.

생기가 넘치는 스스로의 얼굴을 알아차리지 못한 그녀는 손에 쥐고 있던 서류 가방을 그의 서재에 가져다 놓고 나서야 말하기 시작했다.

"음, 오늘은 집에 먼지가 좀 있는 거 같아서 청소를 했어요."

재잘재잘거리는 인혜의 음성이 듣기 좋은 음악처럼 집 안을 가득 울렸다. 그녀는 말을 하면서도 끊임없이 몸을 움직였다.

반찬을 꺼내고 그릇에 밥을 담고 그가 나오는 동안 그녀는 빠르지만 느리게…… 그렇게 말했다.

오늘 하루 청소를 했고, 오후에는 산책을 갔다가 시장에서 장을 본 이야기로 집 안이 가득 찼다.

그가 옷을 갈아입고 나오자 어느덧 다 차려진 식탁에서, 그녀는 요전 날처럼 어색하게 말하지 않았다.

"밥 먹어요."

자연스러운 하루가 너무나도 감사해, 이 평범한 시간들이 빛이 나 행복하다는 감정을 맛볼 수 있게 해 준 덕분에 그동안 지나가 버린 시간들이 아까웠다.

"인혜 씨는 나만 보면 밥 먹으라고 하는 거 알아요?"

식탁에 나란히 앉으면 말이 없었던 지난날들과는 달리 드문드문 대화를 하기 시작했다는 사실이 슬그머니 말려 올라가는 입꼬리를 감추지 못하게 만들었다.

"그야, 선우 씨는 출근해야 하고……. 퇴근하고 돌아오면 서재에서 일해야 하니까 시간 맞춰서 밥을 먹는 게……."

맞지 않아요, 라고 말하던 그녀는 자연스럽게 밥을 먹으며 자신의 말에 귀 기울여 주는 그의 모습이 좋다고 생각했다.

그런 그녀에게 그가 물었다.

"인혜 씨가 산책했다던 길, 밥 먹고 같이 갔다 올래요?"

조용한 식사 시간, 간간히 이어지는 대화가 분위기를 유연하게 만들어 준다는 사실을 처음으로 깨달은 그녀는 그의 물음에 일 초도 망설이지 않고 대답했다.

"네, 좋아요."

남들이 하자던 보통의 연애를 하고 있는 지금 이 순간에도, 그녀는 다른 사람들이 하는 그런 연애를 하지는 않았다. 다른 사람들처럼 남자를 향해 투닥거리는 일이라든가 투정을 부려 본다든가 하는 행동들을 하지는 않았다.

그저 지금의 순간이 좋아 그 모든 것들은 이미 오래전 그녀에게서 잊혀진 지 오래였다.

대충 치운 싱크대를 뒤로하고 서둘러 그의 뒤를 따라 나가던 그녀는 슬그머니 곁에 서서, 나란히 걷기 시작한 그의 모습을 눈에 담아 냈다.

큰 키, 뚜렷한 이목구비, 굵은 선.

번다하고 시끄러운 뉴스에서 멀어져 이 남자와 함께 사는 집에만 있으면 언제나처럼 평온해 기분이 좋았다.

늘 곁에 아무도 없지만, 시끄러운 삶을 살았던 그녀에게 온전히 주어진 이 생활은 마치 선물과도 같은 것이었다.

이 생활을 유지하고 있던 이유가 단지 그 때문만이었던 처음과 달리 어제부터 그녀는 이 생활이 진정으로 좋아져 가고 있었다.

선선한 가을바람이 두 볼을 스치고 지나가 어느덧 추위를 느끼게 할쯤. 그가 그런 인혜의 상태를 알아차리고 입고 있던 카디건을 벗어 건넸다.

"입어요. 그러다 감기 들겠어요."

무심한 말이었지만 실상 그의 행동이 너무나 다정해 그녀는 말갛게 웃었다.

감정이 고스란히 투영되는 얼굴을 가졌다는 걸 모르는 그녀는 웃음을 숨기지 않았다.

"네."

도톰하고 커다란 카디건이 온기를 전해 줘, 마치 마음을 덮혀 주는 것만 같았다. 인혜는 문득 카디건을 얼추 걸치고 나자 아무 말 없이 내밀어진 그의 손을 보며 다시 시선을 마주했다.

'잡을래요?' 라고 말하는 것만 같은 그의 손이 마치 단단히 뿌리를 내린 나무처럼 믿음직스러워, 그녀는 주저하지 않고 그 손을 마주 잡았다.

함께 걷는 이 길이, 그리고 함께 하는 이 시간을 오래도록 기억하고 싶어 그 뒤로도 공원을 두 바퀴나 더 걷고 나서야 집으로 돌아갔다.

＊　　＊　　＊

분명하게 구분되는 몇 가지를 제외하고는 그는 일할 때 불필요한 것들을 챙기지 않는 편이었다.

세진 백화점의 매출 현황을 살피던 중 그는 문득 인혜가 떠올랐다. 어제저녁 집 근처의 공원을 걸을 때 추위를 타던 인혜의 모습이 떠올라, 그는 자신의 말만 기다리고 있던 비서가 좋아할 만한 말을 건넸다.

"오늘 일정은 이걸로 끝내죠. 일 끝나면 모두 퇴근하세요."

오랜만에 백화점에 직접 들러, 그녀에게 어울리는 외투 몇 벌을 사 가고 싶다고 생각했다. 충동적인 생각이지만 보통 사람들이 하는 그런 과정을 천천히 해 나가는 자신들에게 가장 좋은 생각이라고 여겼다.

오늘은 할아버지 댁에 다녀온다고 했으니, 그곳에 있을 인혜에게 좋은 추억을 만들어 주고 싶었다.

여느 연인이 할 만한 생각들이 자신의 머릿속으로 들어오기 시작했다는 사실이 생경하면서도 스스로를 즐겁게 만들자 기분이 좋았다.

누군가를 위해 무언가를 고르고, 사기 위해 노력을 기울이는 것이 꽤나 정성을 쏟아 내야 하는 일이라는 걸 그는 오늘 처음 알게 됐다.

늘 누군가가 사 오는 물건으로 선물을 했기에 알지 못했던 작고 가벼운 일상들을 하나씩 알아 가게 되는 과정 자체가 사람을 행복하게 만든다는 걸 이제야 깨닫게 됐다.

그러니 오늘 그는 직접 그녀의 선물을 사서, 그녀를 데리러 갈 생각이었다.

차를 우려내고, 달콤한 떡을 접시에 예쁘게 올려놓고 나서야 그녀는 차와 떡이 올라간 쟁반을 들고 시할아버지가 있는 안방으로 들어갈 수 있었다.

앙증맞게 생긴 떡을 보자마자 단번에 먹고 싶다는 생각이 들어 그녀는 생각도 없이 덜컥 떡만 세 박스를 구입했다.

선우와 둘이서 그 많은 양을 먹으려면 물릴 것 같아 그녀는 정 의원의 집에 들어서자마자 일하는 아주머니에게 한 상자, 정 의원에게 한 상자를 주었다.

남은 한 상자는 집으로 가져가 새벽녘까지 잠을 청하지 못하고 일하는 그의 책상에 올려놓을 생각이었다.

그렇게 차린 다과상이었다.

"웬 떡이냐."

어디서 났냐는 게 좋은 물음이겠지만, 인혜는 정 의원이 묻고자 하는 바를 알기에 굳이 토를 달지 않았다.

그 앞에 알맞게 우려낸 차를 올려놓고 떡이 담긴 접시를 함께 곁들이고 나서야 그녀는 쟁반을 바닥으로 치워 냈다.

"오는 길에 맛있어 보여서 샀어요. 저희 건 이미 있는데, 제가 욕심을 좀 부렸어요. 워낙 맛있어 보였거든요."

"자잘한 것에 신경 쓰지 마라."

워낙 잔 것에 신경을 쓰지 않는 분이라 그녀는 이번에도 시할 아버지가 된 정 의원이 말을 하지 않을 줄 알았다.

선우가, 그가 모두가 있는 자리에서 이혼은 없다고 밝혔으니 더는 입에 올리지 않을 줄 알았다.

"네?"

놀란 인혜가 반문하자, 슬그머니 장난스러운 웃음을 머금은 시할아버지의 물음에 그녀는 다시금 놀라지 않을 수 없었다.

"그 녀석이 뭐라든. 그도 아니라면, 그 녀석이 네게 뭘 보고 있을꼬."

그의 물음에 답을 할 수 없는 건 그녀 역시 마찬가지였다.

또한 궁금한 것 역시 마찬가지였다.

그가 자신과 이혼하지 않는 것은 이 상황을 악화시키지 않는 일이었고, 지금 자신들이 하는 행동은 평범한 사람들을 따라가는 것이라 인혜는 더할 나위 없이 좋았지만.

그가 좋은지 그녀는 확신할 수 없었다.

오늘 그가 돌아오면 물어보고 싶어질 만큼 문득 정 의원의 말에 맹렬하게 치솟은 의문을 떨쳐 내지 못했다.

그는 지금의 상황을 좋아하는 것일까, 라는 그 본질적인 물음을 마음 가득 품은 채 어제의 하루에 만족해하는 평범한 사람으로 돌아와 수줍은 미소를 지었다.

어제 그는 자신의 어깨에 카디건을 걸쳐 주고 함께 공원을 걸었다.

그것만으로도 행복한 하루였다.

난생처음 고르는 여자의 물건은 선우를 생경하게 했다. 가끔 여성 코너에서 전시되어 있는 것을 보면, 신기하다고 여기고 지나치는 일이 전부였었다. 하지만 그걸 자신이 꼼꼼하게 볼 줄은 몰랐다.

어느 사주가 직접 자신의 백화점에 나와서 물건을 사겠느냐만은, 인혜에게 줄 물건이니 망설이지 않고 직접 나섰다.

평범한, 그래서 더욱 값진 시간을 보내고 싶다는 아내를 위해서라면 그는 그럴 수 있었다.

자신이 틀리지 않았다는 걸 증명해 주기라도 하듯 명인혜라는 여자는 소탈했지만 분명한 사람이었다.

처음 시작이 어긋났다며 다시 제대로 순서를 밟고 싶다는 의견을 밝혀 주는 것까지 모두 마음에 들 정도로 그는 그녀의 모든 것이 좋았다.

옆집 계집아이가 마냥 좋은 8살 꼬마처럼 그는 그녀가 좋았다.

겉으로 내색하진 않았지만, 적어도 그녀가 알아주기를 바라는 마음 또한 그만할 것이라는 생각을 하면, 그는 자기 자신이 우습고도 신기해 입가를 비집고 나오는 웃음을 멈출 수 없었다.

그녀에게 어울릴 만한 크림 빛의 카디건, 그리고 붉은 루비가 인상적인 머리핀까지. 그는 어느새 자신이 생각한 것 이상으로 구입하고 있다는 생각도 잊은 채로 하나씩 사들였다.

보다 보니 전부 그녀에게 어울리는 것만 같았다. 그는 막상 전해 줄 자신은 없어도 사서 보관할 수는 있을 것 같아 망설이지 않았다.

붉은 루비가 세공된 머리핀이 검은 인혜의 머리 위에 놓인다면 아름다울 것 같았고, 크림 빛의 카디건은 그녀의 하얀 피부와 어울려 가을을 따뜻하게 날 수 있도록 해 줄 것 같았다.

그다음은 구두, 가방…….

처음에는 뭐가 뭔지도 잘 몰랐던 여자들 물건을 찬찬히 외울 정도로 보고 나서야 그는 백화점을 빠져나왔다.

할아버지 댁에서 함께 먹을 에클레어까지 사고 나서야 그는 그녀가 있는 집으로 갈 수 있었다. 비록 자신들의 집이 아닌 할아버지가 있는 집이라는 사실이 조금 다를 뿐이었지만 그는 그녀에게로 향하는 길이 무척이나 좋았다. 은근히 마음을 두드리는 느낌은 발끝을 간질이듯 기분을 즐겁게 만들었다.

별다를 것 없는 식사 시간이 지나가고 집으로 가는가 싶었던 인혜는 선우가 챙겨 온 에클레어를 보자마자 다시 일어나 차를 내갈 준비를 시작했다.

"새 신부 오기 전에는 이런 건 입도 대지 않았는데, 신부가 좋은 모양이야."

아주머니의 말에 인혜는 적당히 웃으며 너무 좋아하는 티를 내지 않으려 노력했다. 그가 이전에는 이런 사람이 아니었음에도 노력하고 있다는 말과 같이 들려 좋았다.

말로 형용할 수 없는 즐거움이란 말은 이럴 때 쓰는 건가 싶기도 했다.

달콤한 에클레어는 쌉싸래한 녹차와 먹으면 잘 어울리겠다는 생각이 들어 찻물을 내는 인혜의 손길이 더욱 분주해져만 갔다.

"아주머니, 아주머니도 좀 드세요."

그녀는 자신에게 한없이 잘해 주는 아주머니에게도 드셔 보시라며 에클레어를 챙겨 주고 나서야 쟁반을 거실로 내어 갔다.

"선우 씨가 가져와서요. 차와 함께 드시면 괜찮을 거예요."

정 의원이 달달한 빵을 좋아하는지, 아닌지 아직 모르는 그녀에게 이건 제법 어려운 미션이었다.

"별일이구나."

정 의원의 말이 무슨 뜻인지 몰랐던 그녀는 웃으며 넘어갔지만 그는 달랐다. 선우는 그런 정 의원을 보며 눈치를 살필 뿐 말하지 않았다.

조용한 건지, 과묵한 건지…….

인혜는 그가 종종 이럴 때마다 구분할 수 없다는 생각을 하며 그의 앞에도 하나, 자신의 앞에도 하나, 그렇게 각각 하나씩 알맞게 내려놓고 나서야 맛을 보았다.

속은 새콤한 레몬크림으로 채워져 있고, 겉은 바삭한 식감을 더한 에클레어가 신기해 인혜는 기분 좋게 하나를 다 먹었지만, 정 의원은 달기만 한 빵이 마음에 들지 않는 듯 한입 베어 물기만 할 뿐 더는 입에 대지 않았다.

그저, 그 모든 상황을 보던 선우가 슬그머니 자신의 접시와 인혜의 것을 바꿔 놓은 모습을 보며 속으로 웃을 따름이었다.

사내들만 사는 집에 달달한 주전부리가 있을 리 만무했다. 그가 단것을 좋아하는 성향도 아니었고, 그의 할아버지라면 더더욱 단 간식거리를 좋아하지 않았다.

그런 집에서 생활한 선우가 여자를 위해 입도 대지 않는 달콤한 빵을 샀다.

누군가를 위해 선물을 사는 일이, 그리고 그 선물은 건네는 것을 한 적이 없던 스스로가 이 모든 것들을 잊고 선물을 샀다.

그리고 지금, 깊게 고민하고 있었다. 이 선물들을 어느 순간에, 그리고 어느 틈에 그녀에게 가져다주면 좋을지……. 답을 찾는 어린 소년처럼 고민하던 그는 들고 있는 문서를 보면서도 그 내용이 머리에 들어오지 않았다.

딱딱한 보고가, 지금 그의 시선에는 단 한 자도 들어오지 않았기 때문이었다.

이런 게 아내가 말한 평범한 연애라면, 그래서 보통 사람들처럼 행동하고 있는 것이라면 그는 외려 이 삶이 더 좋다고 말하고 싶었다.

고용인들만이 집을 돌아다니고, 그들이 해 주는 음식을 먹고 정리해 주는 옷가지들을 입는 삶은 불편했었다.

그런 삶에서 벗어날 수 있어서, 그는 좋았다. 이 마음을 인혜가 알게 되면 더없이 좋겠지만 말로 다 표현하기가 어려워 그때마다 선물을 샀다.

정작 주인에게 가지 못하는 그 선물이 차 트렁크에 쌓여 조만간 해결해야 할 지경에 이르렀음을 다시금 자각하고 생각했다.

어떻게 선물을 전해 줘야 좋을지…….

＊　　＊　　＊

화려한 대문을 지나, 정원을 지나치는 동안 그는 잠시간 인혜의 모습을 바라보며 이 길을 혼자 걸었을 그녀를 그려 봤다.

어린 나이에 엄마의 손을 놓고 아버지를 따라 이 집에 들어온 그녀를 품어 주는 사람은 없었을 것이 분명했을 텐데…….

인혜는 홀로 이 적막함을 견뎌 냈다.

그녀가 집에 가야 한다는 말을 하던 순간 그는 앞뒤 따질 수 없을 만큼 급해졌다. 오늘 임원 회의가 있음에도 무리하게 일정을 취소하고 다시 잡으라고 비서들을 괴롭혔다.

그녀가 조용히 방에 들어가 옷을 갈아입고, 나가기 위한 준비를 하는 동안 그는 집을 나가지 않아도 좋을 이유를 만들어 냈다.

지금껏 그는 어머니가 준 것들을 유지시켜 왔고, 더 잘 되게 하기 위해 움직였다.

하지만, 오늘.

단 하루, 오늘만큼은 아내를 지키는 일이 먼저였다. 만일 어머니의 회사를 물려받지 않은 평범한 남자였더라면, 이런 생각 없는 행동은 하지 못했을 수도 있다.

모든 사람들은 자신의 의지와 상관없이, 마음과 관계없이 해야만 하는 일이라 아침에 분주히 움직이는 것이니까.

"선우 씨?"

그녀의 부름에 그는 생각을 지우고 옆에 선 인혜를 물끄러미 봤다. 어느 틈엔가 마음속에 자리 잡은 그녀가 이만큼 커졌다. 연애를 먼저 하고 싶다던 인혜의 바람과 달리, 그는 이미 그녀가 자신의 마음 가득 번져 있다는 걸 늦게 알아차렸다.

이토록 어리석고, 멍청한 사람이 스스로라고는 생각하지 않았기에 그는 웃었다.

"가요."

정원을 지나 언제 도착한 것인지 집으로 들어가는 문 앞에 선 그가 그녀에게 말했다. 하지만 선우는 어떤 아픔을 끌어안고 속으로 삭힐지 모르는 그녀를 혼자 보낼 수 없었다고 인혜에게 말하지 않았다.

그저, 가자고만 말할 뿐이었다.

그는 그녀에게 내가 옆에 있으니, 당신은 두려워하지 말라고도 말해 주고 싶었다. 모든 마음을 끌어안은 채로 문을 열고 들어가려는 인혜의 손을 잡았다.

작고 보드라운 그 손을 잡은 그는 그녀를 이끌고 안으로 들어섰다.

막상 손안에 넣은 평범한 하루는 깨지기 쉬운 것이라는 걸 그녀는 몰랐다. 그가 만들어 준 이 하루를 살아가는 일에 충실하기만 하면 될 따름이라 여긴 탓에 평온한 하루를 살아가는 일이 어렵다는 걸 알지 못했다.

그런 그를 위해 아침마다 식사를 준비하고 정 의원의 집에 틈만 나면 찾아가 말벗을 하는 건 어려운 일이 아니었다.

그녀에게 어려운 건 따로 있었다.

들쑥날쑥한 동생의 변덕과 아버지의 아내가 부리는 괴팍한 심술.

그건 견디기 어려웠으며 그에게 함께 견뎌 달라 청하기는 더욱 어려운 일이었다. 그랬기에 그녀는 부러 평일 아침에 가겠다고 통보했다.

그녀의 인생에서 처음 해 본 행동이었지만 두렵지는 않았다. 이미 아버지의 실수를 알게 되었으며 동생의 그 모난 심술이 빚어낸 일들을 겪어 냈다.

하지만 이제 이들의 바람처럼 살지 않아도 괜찮을 것이었다. 그렇게 살지 않아도 될 이유가 생겼기 때문이다.

"어머니."

그녀는 이미 선우도 알고 있다 말하지 않았다. 하지만 그 사실을 모르지 않는 이들이 아무것도 모르는 사람들처럼 앉아 있는 모습은 먹은 것을 게울 수 있을 정도로 구역질 나는 일이었다.

전에는 이러지 않았는데…… 그를 만난 뒤 그녀는 자신이 많이 약하고 어리석은 사람이라는 걸 종종 떠올리곤 했다.

문득문득 마주치는 이런 순간으로 인해 그녀는 깨달았다.

스스로가 한없이 나약하다는 걸. 그리고 그에게 아무것도 해 주지 못한다는 사실이, 도움이 되지 못한다는 사실이 발목을 무겁게 하고 있음을 쓰게 깨달았다.

두렵지 않다고는 했지만 스스로가 이 상황을 두려워하고 있다는 것이 질릴 정도로 역겨웠다. 그녀는 희게 질려 고른 숨을 내뱉을 수조차 없었다.

얼굴이 하얗게 질려 말하지 못하는 인혜를 보는 박 여사의 시선은 여전히 차가웠다. 그런 박 여사의 시선을 받아 낸 건 그녀가 아니라 선우였다. 그녀는 이 상황에 짓눌려 잊었던, 선우의 존재를 문득 손에 느껴지는 온기로 알았다.

귓가를 두드리는 듣기 좋은 음성으로 정신을 차릴 수 있었다.

"저희를 부르신 이유가 뭡니까."

그런 인혜의 얼굴에 다시금 혈색이 돌아오게 만든 것은 선우의 자잘한 행동이었다.

하얗게 질린 그녀의 낯을 보고는 찬 물이 든 잔을 인혜의 손에 쥐여 준 그의 사소한 행동과 다독이는 듯한 도닥임이 그녀를 현실로 불러들였다.

자신을 짓눌렀던 무거운 공기가 사라지자 인혜는 숨을 쉴 수 있었고, 그를 마주 볼 수 있었다. 그녀는 여전히 제 손을 놓지 않는 선우를 바라봤다.

"정 의원께서 앞으로 큰일을 하려면 다방면의 인사들에게서 도움을 받는 것이 좋을 걸세. 해서 내가……."

명 회장의 말이 의미하는 바를 알아차린 선우가 굳게 다물었던 입을 열었다.

"그만하시죠."

"무얼 말인가."

의뭉스럽게 되받아치는 명 회장의 모습에 그는 속으로 혀를 내둘렀다. 인혜가 살아온 삶이 고단했으리라는 건 짐작했지만,

이토록 이상한 관계 안에서 살아왔을 줄은 꿈에도 몰랐기에 그는 그녀가 가여웠다.

처음엔 어머니를 닮았다고 생각했고, 그다음엔 가족을 함께 이루고 싶은 여자라 생각했다.

하지만 그 모든 걸 뒤로하고 그는 다시금 생각했다. 명인혜라는 사람을 알고 싶다고……. 그렇게 조금씩 알아 가고 싶다고 생각했을 때 이미 그녀는 자신의 아내가 되어 있었고, 매일 얼굴을 마주 보고 사는 사이가 되어 있었다.

"저도, 저희 집도 그리고 이 사람도 더는 휘두르실 생각 마셨으면 합니다. 또한 그걸 두고 보지 않을 생각입니다."

"이 사람 점점 뜻 모를 말만 하는구먼."

명 회장의 말에도 그는 이제야 혈색이 돌아온 인혜의 모습을 보고 이제 그만 자리에서 일어날 수 있겠다고 생각했다.

그는 그녀의 손에 있던 잔을 들어 탁자에 내려놓은 후에야 자리에서 일어났다.

그런 그를 따라 그녀가 일어난 것은 두말할 일 없는 수순이었다. 그도 그녀도 붙잡은 손을 놓을 생각이 없었기에, 자연스럽게 인혜는 선우를 따라 일어섰다.

"할아버님이 이런 작은 잔재주도 못 알아보시는 분이라면, 장인어른께서 말한 그 큰일이라는 건 더욱 하시면 안 될 일이죠. 제 살림 하나 건사 못하는 사람에게 결혼하라 이르시는 분은 더욱 아니시니. 제 사업에 개입하려 들지 마시죠."

다른 건 몰라도, 그는 하나만큼은 확실히 말할 수 있었다.

또한 그녀를 둘러싸고 있는 것들 중 반은 명 회장의 아내, 박 여사가 만들어 낸 허황된 거짓이라는 걸 확신할 수도 있었다.

"한 번만 더 이상한 소문으로 이 사람 흔들려 드시면, 그냥 두고 보지만은 않을 겁니다. 이 사람의 어머니를 미끼로 휘두르 려 드신 거 압니다. 하지만 이제 그 일에선 물러나시죠. 이미 할 아버님께서 찾고 계십니다."

모든 소문을 듣고 그녀를 보았다.

그리고 그는 그녀의 입을 통해 이야기를 들었다. 단지 바란 것이 평범한 생활이었을 뿐인 자신에게 그를 기꺼이 행해 준 여 자를 놓는 일은 없으리라.

그는 인혜의 손을 잡고 저택을 나섰다.

숨 막히도록 호화스러워 고른 숨조차 내쉬지 못하게 만든 그 저택에서 나오고 나서야 그녀는 고른 숨을 내쉬었다.

"인혜 씨."

오늘 아내가 친정에 불려 가는 걸 미리 알지 못했더라면 동행 하지 못했을 것이다. 선우는 내일로 미룬 일들이 산더미라는 걸 알지만 괜찮았다.

이곳에 혼자 보냈더라면 저번처럼 호텔 밖에 앉아 멍하니 있 던 인혜를 다시금 볼 것만 같아 함께하지 않을 수 없었다.

"밥 먹을래요?"

이 모든 소요가 없었던 사람처럼, 그가 그녀에게 물었다.

"네?"

놀라 두 눈을 휘둥그렇게 뜬 인혜의 모습을 처음 본 선우는 웃었다. 처음으로 인혜의 앞에서 말갛게 웃고 있다는 것을 모르니 느끼고 있는 감정에 충실할 수가 있었다.

"우리 밥 먹어요. 집에 가기 전에 먹고 들어가는 게 좋겠어요."

그는 그녀의 놀란 모습이 귀여워 웃었고, 그녀는 그의 낯선 행동들이 싫지만은 않아 발끝을 간질이는 기분에 취했다.

살랑거리는 바람마저 기분 좋다고 생각할 정도로…….

딱 그 정도로, 그녀와 그는 조금 전 기분 나쁜 일이 있었던 사람들이라는 생각이 들지 않을 정도로 좋아 보였다.

사람 사는 냄새가 나는 집에 들어가고 싶었다. 선우에게 그건 어린아이가 무작정 커서 대통령이 되겠다고 대답하는 것과 비슷한 종류의 허황된 꿈이었다.

그게 이뤄질 리 없는 집에서 그는 살았고, 살아왔으며, 살아가야 한다고 생각했다.

하지만 이렇게 인혜와 마주 앉아 부대찌개를 앞에 두고 있는 상황에 놓이니 이뤄질 수도 있으리라는 생각이 문득 그의 머릿속을 비집고 들어왔다.

"먹어요. 이 근처에선 여기가 가장 맛있다니까."

"선우 씨도 안 와 본 곳이에요?"

그녀는 모르겠지만 그는 사실 먹는 것에 크게 연연하지 않았다. 늘 시간에 쫓겨 일하는 그에게는 먹는 것은 간단히, 가볍게 해치우는 종류의 일이었다.

집에서는 더더욱 먹지 않았다.

먹는 데 시간을 들여야 하는 백반이나 요리 같은 것은 더더욱 좋아하지 않았다. 밥을 먹을 그 시간에 그는 결재 서류를 봤으며, 다음 날 있을 회의 자료를 읽었다.

"아뇨. 와 봤어요."

하지만 그녀가 주는 식사는 이상하게도 좋았다. 처음에는 이상했으나, 점차 마음에 온기를 불어넣어 주는 인혜의 그 작은 행동들이 모두 좋아질 정도로 마냥 좋았다.

"어서 먹어요. 따뜻할 때 먹어야죠."

가뜩이나, 희게 질려 두려워하던 인혜의 모습이 잔상처럼 남아 있는 그에게 그녀는 아직 여리게 느껴졌다.

그녀가 약한 줄은 알고 있었다. 하지만 인혜가 이토록 작은 바람에도 크게 휘청일 정도로 사람들 사이에 던져진 적이 없다는 사실에 기쁘기도 했고 슬프기도 했다.

어머니와 닮지 않았기를 바라는 모순적이 마음으로 어머니를 닮은 그녀를 선택했다.

그는 자신이 그녀가 어머니를 닮지 않았더라면, 그 모습과 분위기가 어머니의 것과 흡사하지 않았더라면 이 결혼을 시작조차 하지 않았을 거라는 걸 너무나 잘 알고 있었다.

그러면서 어머니를 닮지 않기를 바라는 마음이 이토록 모순적이라는 걸, 한편으로는 눈치채고 있었지만 결코 아는 척하고 싶지 않았다.

그 어딘가를 헤매는 마음을 깨닫게 되면, 어머니가 겪었던 아픔을 알 것만 같아 그는 두려웠다.

이미 인혜를 두 눈과, 하나인 마음에 담아냈음에도, 그는 인정하지 않았다.

천천히 수저를 움직이는 인혜의 모습을 볼 뿐, 더 이상 그는 그녀에게 말을 걸지 않았다.

조곤조곤 주위에서는 가게를 들어온 손님들이 저마다의 사는 이야기를 해 대고 있었다. 그런 사람들 사이에 앉아 그는 그녀와 함께 서로의 얼굴을 바라보며 적당한 온기를 불어넣어 줄 수 있는 밥을 먹었다.

이전에는 몰랐을 이 행동이 중요하다는 걸, 아내로 인해 알게 되었다. 이제는 함께 있고 싶은 사람과 제때 밥을 먹는 것이 즐거운 일이라는 걸 조금씩 마음으로 이해할 수 있었다.

*　　*　　*

테라스에 앉아 있으면, 그녀는 모든 것을 잊을 수 있었다. 고요하게 앉아 있는 그 작은 행동만으로도 쉽게 안정을 찾는 스스로가 얼마나 약한지 순간순간 깨닫게 되었지만, 그렇다고 이 하루를 포기하고 싶은 마음은 없다.

내일도, 오늘도, 그리고 어제도 비슷한 하루였지만 인혜는 이 하루가 좋았다.

다만 그도 좋아하고 있기를, 그래서 어제와 같은 산책길도 행복하다 느껴 주기를 작게나마 소망했다.

눈앞에서 서서히 식어 가는 수정과를 바라보며 인혜는 조용히 눈을 감았다. 잘게 부는 바람을 맞으며 한적한 점심 무렵을 보내고 나면 그녀는 다시 움직인다.

이 시간이 짧고도 달콤한 휴식이라는 걸 어제로 미루어 알게 되는 오늘이 더없이 소중했다. 전에는 하라는 대로, 시키는 대로 움직였다면 이제는 스스로가 결정하고 행동했다. 그를 만나지 않았더라면 알 수 없었을 이 하루를 감사하게 여기며 아끼고 싶었다.

아버지를 만나러 가려던 날, 그가 함께 있어 줘 고마웠다. 그걸 입 밖으로 표현하고 싶었지만, 말처럼 쉬운 일은 아니었다. 쉬운 일이 되게 하고 싶었다. 표현을 하고 사는 사람들 틈에서 어떻게 하는지 배우고 싶은 마음이었다.

하지만 그녀는 명인혜였고, 그는 정선우였으므로 쉽게 변하지 않았다. 그게 싫으냐고 누군가가 묻는다면 인혜는 단호하게 아니라고 대답할 수도, 그들에게 지금이 얼마나 좋은지 설명할 수도 있었다.

다만 그가 그였기에, 자신은 자신이었기에 표현이 서툴렀다.

다른 사람들처럼 연애를 해 보자고는 했지만 맞게 하고 있는지도 알지 못했다.

그걸 알기에는 보고 자란 것이, 주위에 있는 사람들이 생각하고 행동하는 것이 너무나 평범과는 동떨어져 쉽게 알기 어려웠다.

이미 차게 식은 수정과가 담긴 잔을 바라보던 그녀는 생각을 털어 내고 다음을 준비했다. 어제와 같은 하루, 그런 오늘이 그녀에게는 있었다.

오늘도 무언가를 집에서 하며, 돌아오는 사람을 기다리는 작고 소박한 스스로의 바람을 지킬 수 있었다.

그래서, 그녀는 더없이 좋았다. 그 마음을 담아 오늘은 조금 더 신경을 써서 식탁을 차려 볼까, 하고 잠시간 고심했지만 이내 생각은 생각으로만 남겨 뒀다.

그렇게까지 능숙한 요리 실력이 아니라는 걸 그녀 스스로가 더 잘 알고 있었기에 인혜는 슬그머니 웃었다.

웃음으로 인해 작게 패인 볼우물이 사랑스러울 정도라는 걸, 그녀는 모르고 있었다.

만일 그가 그녀를 보았더라면 잠깐 하던 일을 멈추고 그림을 감상하듯 보고 있으리라는 건 보지 않아도 알 수 있는 일이었다.

평소와는 조금 다르지만, 그래서 싫지 않은 하루에 그는 티내지 않으려 부러 자연스럽게 행동했다.

명 회장의 집에서 돌아온 이후로 그는 그녀에게 말하지 않았다. 단지, 그녀가 하고 싶은 대로 내버려 둘 따름이었다.

하지만 마음이 쓰이는 건 어쩔 수 없는 일이었다.

표현을 잘하고, 말을 많이 하는 성격 같았더라면 진즉 그는 그녀에게 직접 말했을지도 몰랐다.

"오늘은 뭐 해요?"

그녀가 조금은 시끄러운 사람이었다면 성화에 못 이겨서라도 그는 그녀와 대화를 나눴을지도 몰랐다.

"글쎄요. 선우 씨도 집에 있으니까……. 할아버님 계시다면 가 볼까 하는데……."

연애를 하자던 여자는 오간데 없이 사라지고 단순히 아내가 되어 남은 여자만이 눈앞에 존재했다.

선우는 그런 인혜도 좋았다. 하지만 좋은 한편 마음속으로는 그런 그녀를 안쓰러워하고 있었다. 저런 모습으로, 명 회장의 집에서 버렸을 그녀가 바라는 것은 그가 어렸을 적 잠시 바랐던 삶보다 더 어려웠으리라.

그는 그리 확신했다.

그녀가 온 힘을 다해 그 집에서 버렸기에 지금 자신과 함께 있을 수 있는 것이었다. 그들에게 이제 그녀를 휘두를 권리는 없다. 이전에도, 지금도 그리고 앞으로도 그런 권리는 사람이 사람에게 주는 것이 아니다.

그러니, 그는 모든 것을 다해서라도 '가족'을 지킬 생각이었다.

"나랑 어디 좀 나갈래요?"

"어디요?"

아직. 선우는 인혜에게 선물을 전하지 못했다. 표현을 어떻게 해야 하는지, 선물을 직접 건네줄 때는 어떻게 하는 것인지 알지 못하는 그는 그녀에게 건네줄 방법을 여전히 찾지 못했다.

하지만, 그녀를 데리고 직접 고르게 하는 것도 괜찮은 방법 같았다.

"선물 살 게 있어서 몇 군데 들를까 하는데. 같이 갈래요?"

썩 괜찮은 방법은 아니더라도 일주일가량 고민하던 문제를 해결해 줄 유일한 방법 같아 선우는 주저 없이 그 방법을 선택했다.

"그래요. 잠깐 정리 좀 하고, 그러고 나가요."

그녀의 말에 그는 선선히 고개를 끄덕였다. 아무것도 방해하지 않는 지금의 시간이 얼마나 좋은지, 굳이 말하지 않아도 떠도는 공기가 대신 말해 주는 것 같았다.

인혜는 그런 선우의 얼굴을 한 번 바라보고는, 다시금 식탁을 정리했다. 식사가 끝난 식탁을 정리하고 깨끗하게 주방을 정돈하는 일이 그녀에게 있어서 중요한 일이 되어 가고 있다는 사실이 이따금씩 인혜를 일깨워 줬다.

그녀가 결혼을 했고, 지금 함께 사는 남자가 자신의 남편이라는 사실을······.

그는 아내의 놀란 얼굴을 보고 싶었던 마음에 선물을 사 주려고 했던 것은 아니었다. 하지만 선우의 생각과 달리 인혜는 놀란 것을 넘어 조금은 다른 반응을 보이고 있었다.

복합적인 그 얼굴에 그는 결국 그녀를 부를 수밖에 없었다.

"인혜 씨?"

인혜의 표정이 그가 예상했던 것보다 더 달라 무슨 반응을 어떻게 해야 하는지 몰랐다.

"아, 아니에요. 선물······사러 온다고 그래서. 그래서 다른 분 선물을 사는 줄 알았어요."

인혜의 말에 그는 웃었다. 처음 만났을 때에도, 그다음에도 그는 그녀의 앞에서 환하게 웃은 적이 거의 없었다.

자신이 딱딱한 얼굴을 하고 있어도 그녀는 별다른 말을 하지 않았다. 그것은 나름대로 그에게 있어 위안이 되었다.

웃지 않는다고 타박하던 사람들 사이에서처럼 험한 말도, 모진 말도 듣지 않아도 되었으니까. 그녀는 있는 그대로의 정선우를 봐 줬다.

그랬기에 그가 인혜에게 해 줄 수 있는 가장 큰 선물이 지금 그대로의 인혜를 보는 일이라고 여기는 건 어쩌면 당연한 일이었다.

"물론, 그건 이미 샀어요."

"아……."

"지금은 더 추워지기 전에 산책하면서 걸칠 숄. 보는 거잖아
요."

어제 산책길에 추워하는 인혜를 보면서 그는 날이 점점 추워
지기 전에 좋은 카디건을 건네주고 싶었다.

그녀에게 어울리는 고운 색의 카디건을 어깨에 걸쳐 주고 함
께 나란히 서서 공원을 걷고자 했다. 하지만 그보다 먼저 오늘
직접 고르게 하는 것도 좋을 것 같단 생각이 들었다.

"그게 마음에 들어요?"

선우는 웃고 있지만 어딘지 모르게 슬퍼 보이는 인혜의 모습
을 유심히 바라봤다. 그는 그런 아내가 자꾸만 잿빛의 숄을 만지
작거리고 있다는 사실에 웃음이 났다.

"그걸로 해요."

작게 고개를 끄덕이는 인혜의 모습이 수줍은 소녀처럼 아름다
웠다.

계산을 하면서도, 백화점에서 나오는 순간에도 그는 그녀와
함께 조금 더 시간을 보내기를 바랐지만 결국 별다른 말없이 할
아버지의 집으로 향했다.

선우는 할아버지가 오늘, 댁에 계시지 않기를 바라는 마음을
처음으로 가졌다는 사실에 속으로 헛웃음을 터트렸다. 자기 자신
이 이런 마음과 생각을 가질 수 있는 사람이라는 사실이 그저 신
기하고 낯설어 웃기만 했다.

감기에 걸릴까 봐 걱정해 주는 가족이라는 건, 기분 좋은 울림을 일으킨다는 사실을 이제야 알았다는 것이 슬펐다.

기쁜 한편 슬픈 그 마음이 그녀를 행복하게 했다.

"아이고, 곱기도 해라."

아주머니의 말에 인혜는 수줍은 새색시가 되어 다시 조심스레 웃었다. 그가, 저를 위해 오늘 한 행동은 그토록 바랐던 보통의 연애일지도 모른다.

평범한 사람들이 당연하게 겪어 내는 그 행동들이 그녀를 행복하게 만들었다.

하지만 그녀는 생각했다. 그 기준이라는 거, 그녀가 오래도록 바라지 않았던 생활들의 구분선을 결정지은 것이 과연 누구인지…… 인혜는 생각하지 않을 수 없었다.

그 선을 정한 것도 사람이었고, 그 기준에 맞추려 아등바등 사는 것도 사람이었다. 그러니 처음에 말했던 그런 기준쯤 조금씩 건너뛰어도 괜찮지 않을까 싶은 마음이 문득 스치고 지나갔다.

하지만 그녀는 이내 그 생각들을 털어 내고 숄을 벗어 잘 개켜 놓았다. 소파 한편에 잘 개켜진 잿빛의 숄은 그리 튀지 않았음에도 눈길이 갔다.

아마, 그가 처음으로 사 준 선물이라서 더 그럴 수 있다고 생각했다.

그녀는 처음 그가 준 선물을 받은 사실을 제외하고도 지금껏 누가 직접 산 선물을 전해 받은 경험을 해 본 것이 처음이었다.

　　생일이라고 선물을 챙겨 준 사람도 없었고, 축하해 주던 사람도 없었다. 그런 자신에게 생일도 아니었는데도 불구하고 선물을 해 주는 사람이 생겼다는 사실에 그녀는 좋으면서도 슬펐다.

　　이런 사소한 일상을 왜 자신을 이제야 알게 됐는지 서러웠다.

　　"인혜 씨?"

　　그의 부름에 그녀는 어느새 차가워진 가을바람에 상념을 날려 보냈다. 소파 위에 있는 숄에 눈길을 한 번 더 주고, 그녀는 이내 안방 문 앞에 서서 자신을 부르는 그를 바라봤다.

　　무심한 듯 신경 써 주는 그의 다정한 마음을 몰랐었던 때에는 그녀는 그도 적당선 거리를 유지하는 관계를 더 마음에 들어 할 것이라고 스스로를 자위했었다. 하지만 그게 아니라는 걸 알게 된 지금이 더 나았다.

　　"왜요?"

　　"오늘 몇 분 더 오신다고 했다는데, 괜찮아요? 우리 먼저 가 봐도 되니까. 내키지 않으면 가요."

　　인혜는 그의 가족들을, 지난번 인호로 인해 소동이 벌어진 뒤에 본 적이 없었다. 평생 이러고 살 수는 없지만, 정 의원도 어느 정도 편의를 봐주고 있어 가족 모임이 있는 날을 부러 알려 주지 않은 모양이었다.

　　다만, 타이밍 절묘하게 그녀가 그와 함께 집을 방문했다.

"괜찮아요. 신경 안 써도 돼요."

"정말 괜찮아요?"

하지만 인혜는 괜찮지 않았다. 그날은 그녀에게 있어서 끔찍한 기억의 한 조각일 뿐이었다.

"괜찮아요."

그럼에도 그녀는 괜찮다고 되뇌었다. 그게 사실인 양 입 밖으로 내뱉었다. 이제 괜찮다고, 눈앞에 선 남자와 함께라면 괜찮을 수 있다고 그녀는 자기 자신에게 주문을 걸듯 반복적으로 말했다.

"걱정 마요."

그가 이 이상의 걱정과 염려를 하지 않도록, 그래서 그가 지금의 상황에 지겨움을 느끼지 않도록…….

달그락거리는 수저 소리가 유달리 차갑게 들렸다. 선주가 먹고 싶다고 했던 아이스크림이 후식으로 올라왔지만 전혀 달콤하지 않았다.

선주의 오만한 마음과 모난 성정으로 인해 식사 자리에 있던 모두가 불편했다. 그리고 인혜도 그러하리라는 걸 짐작하고 있는 그는 조용히 아내의 옆을 지킬 따름이었다.

"언니가 이렇게 뻔뻔한지는 몰랐네요."

"다 먹은 거면 가라."

선주의 말에 결국 정 의원이 한마디 하고 나섰지만, 그녀는 멈추지 않았다. 마치 폭주하는 기관차처럼 다른 이들은 보지도 않은 채 내달리기 시작했다. 그 모습을 선우는 지금껏 수도 없이 봐 왔었다.

그리고 결론이 싱겁게 내려지는 것도 안다.

"그러니까 염치없이 우리 집에서 사는 정선우랑 결혼한 거겠지만. 정말, 둘이 잘 만났네요. 완전 천생연분이지 않아요? 그렇죠, 할아버지?"

"아가, 차 좀 내오려무나. 늙은이 입맛엔 네가 사다 준 차가 더 낫구나."

문득 선우는 이 상황에 인혜만 끼어 있지 않았더라면 괜찮다고 느껴졌다. 선주의 모난 말도, 할아버지의 언제나 같은 무시도 괜찮았다.

지금의 상황은 한편의 희극을 보는 듯했으니까.

"네."

고분고분하게 대답하는 인혜를 보자, 그는 무엇 때문인지 모르겠지만 답답해졌다. 그 답답함이 자신의 목을 옭아매는 것만 같아 기분이 나빴다.

"뭐, 보나마나 이 아이스크림도 보는 안목 없는 언니가 골랐겠네요. 맛, 없어요. 다음부터는……."

"게 먹기 싫으면 그냥 가면 될 일이지. 오늘따라 말이 많구나."

인혜가 부엌으로 간 뒤에도 선주는 그녀에게 불평이 많았다.

뭐라고 할까 싶어 틈을 보면, 인혜가 눈으로 저지했다.

그는 이 순간 그 점이 가장 짜증났다. 그녀는 이 상황에서도 더 이상의 불화가 생기는 걸 막고자 했다.

그 자잘한 행동이 보여, 마음은 진작 선주를 막아섰어도 현실의 그는 하지 못했다.

만일 그 생각을 현실로 옮겼더라면 그녀가 더 싫어했을 게 분명해 그는 할 수가 없었다. 하지 못하는 것보다 할 수 없다는 사실이 그의 기분을 저조하게 만들었다.

"그거 할아비가 샀다. 불만 있으면 네 손윗사람 되는 이한테 괜한 심술부리지 말고 나한테 해 보거라."

할아버지의 말에 결국 선주는 입을 조개처럼 딱, 다물었다.

"할아버님, 차 내왔어요."

그리고 절묘하게도 그녀가 상황이 정리된 후에 방 안으로 들어왔다.

그는 그 순간 매우 충동적으로 입을 열었다.

"선주가 가지고 있는 제 카드…… 돌려주셨으면 합니다. 아시다시피 이제 혼자가 아니라서요."

열다섯 살 이후로 아버지와 대화라는 걸 나눠 본 적이 없고, 그럴 일은 더 이상 없다고 생각했지만 산다는 건 그리 생각처럼 되는 일이 아니었다.

녹록한 건 하나도 없었고, 그 과정에서 그는 밖에서라면 남의 이목을 고려해 성심대학교 총장을 하고 있는 아버지의 착한 아들이 되어 줬다.

하지만 지금처럼 개인적인 자리에서 대화를 나눠 본 적은 없었다. 그런 그가 먼저 말을 걸었다는 것에 놀란 그들은 곧 그가 한 말을 기억하고는 다시금 놀라지 않을 수 없었다.

"미쳤니? 내 카드를 왜 너한테 줘?"

"굳이 주지 않아도 괜찮지만. 결혼한 제가 아내가 아닌 여동생에게 경제권을 준 기분이라서 말입니다."

선주의 의견은 그에게 중요하지 않았다. 할아버지가 동생이니 네가 좀 참아 달라 말한 것만 아니었더라면, 자신의 존재가 선주와 선인이에게 아픈 존재만 아니었더라면 지금처럼 견디는 일은 하지 않았을 터였다.

그는 제 말에 놀란 인혜를 바라봤다. 여전히 할아버지의 옆에서 다기를 정리하는 그 모습이 너무도 곱고 아름다웠다.

"그러니 알아서 정리해 주시죠. 솔직히, 선주가 한 달에 쓰는 카드 값 웬만한 회사원 연봉과 맞먹습니다."

"내가 알아서 하마."

결국 이 상황으로 인해 선주는 카드를 빼앗기게 될 것이었다. 하지만 그게 답답한 마음을 뚫어 주지는 않았다. 아버지의 확답에도 그는 뭔가 빠진 기분이었다.

그게 뭔지, 선우는 그제야 깨닫게 됐다.

"또, ……저희 여행 가려 합니다."

선우는 처음으로 집에 통보했다. 놀란 아내의 모습을 가만히 바라보다 결국 입가에 웃음을 머금고 만 그가 다시금 입을 열었다.

통보했다는 사실이 중요한 것은 아니었다. 그녀와 자신의 사이에 비어 있는 공간이 많다는 건 아직 할 일이 많다고 생각하면 괜찮았다.

괜찮았지만, 일 때문에 미뤘던 신혼여행만큼은 지금 다시 채워 넣어야 할 것 같았다.

"미뤄 뒀던 신혼여행, 지금 갈 생각이니 찾지 마시죠."

"그러마."

이 상황에서 덥석 대답하는 건, 오직 할아버지뿐이었다.

그래도 괜찮았다. 괜찮지 않아 보이는 얼굴로 괜찮다고 웃으며 답한 인혜를 생각하면 괜찮을 수밖에 없었다.

그녀가 단숨에 답할 성격이 아니라는 걸 알고 있으니 느린 아내의 박자에 맞춰 생각해 보기로 했다.

조금 느려도 인혜는 내일이면 가지 못했던 신혼여행에 대한 기대감에 설레어 할 것이라고 추측하며, 그는 그저 그렇게 놀라 두 눈을 동그랗게 뜬 그녀를 바라봤다.

그동안 수수방관했던 일을 다잡으려면 먼 길을 돌아간다고 해도, 그렇게 해야만 했다. 진짜 '가족'을 위해……

*　　　*　　　*

일반적으로 생각을 할 수 있는 사람이라면, 애초에 이런 생각들을 할 리 없었다. 그래서인지 그녀는 이 상황이 매우 우스웠다.

상식이 통하지 않는 세상에서 자신이 바란 것이 허황된 꿈이었다는 사실을 알게 되자 우습기만 했다.

"여기에 사인만 해. 그럼, 네가 원하는 대로 더는 관여 안 하마."

"아버지도 아시나요?"

이제 와서 아버지의 마음이, 결정이 중요하지 않다는 걸 알지만 그녀는 어딘지 모르게 서러웠다. 아버지는 단 한 번도 자신을 위해 무언갈 해 준 적이 없었다. 그 마음이 어떤지조차 말해 주지 않았다.

그게 새삼 서러워 그녀는 울 수조차 없었다.

"무슨 말을 하는 거니. 네가 내 자식이 아니라는 이야기가 나도는 마당에 단속하는 일을 말하는 거라면, 물론 회장님도 아신단다. 그러니, 사인하렴."

"엄마……에게 뭘 제안하시고, 뭘 제한하시고. 또 무엇을 협박하신 건가요."

"네 엄마가 널 버렸다고 기억하는 거 아니었니? 새삼 그 지긋한 기억을 되짚다니, 너도 너구나."

박 여사의 말에 그녀는 고개를 내저었다. 자신의 집에, 그리고 제가 가꾸는 공간에 들어와 함께 있는 여자를 이제 그녀는 무서워하지 않을 수 있었다.

뭐든 참고 견뎠지만, 그러지 않아도 괜찮다는 걸 알아차린 것은 선우의 말과 행동들 때문이었다.

그녀는 그가 곁에 있다는 걸 비로소 지난 가족 모임에서 깨달았다. 자신에게 누군가 험한 소리를 한다거나, 해를 가하려 든다면 바로 앞을 막아 내 줄 사람.

그는 자신이 그런 사람이라고 제게 말해 주는 것만 같았다.

"이렇게 불안해하지 않으셔도 명호와 관련된 것이라면 그 무엇이든 욕심부리지 않을 테니 걱정 마세요."

늘 이런 삶을 살았는데, 그랬음에도 불구하고 그녀는 마음 한편이 텅 비어 버린 기분에 자조했다. 고작 한 달이 넘는 시간 동안 자기 자신이 누린 삶이 이제 전부가 되었음을 인정하지 않을 수 없었다.

"하지만 이제 와서 이러신다고 달라지는 게 있겠어요? 제가 이토록 제한적인 삶을 살았다는 걸, 그래서 동생마저 절 경멸한다는 사실을 수긍해야 한다고 말하지는 마세요. 이제 그렇게 행동하고, 생각하며 살아가는 것이 더 사람들의 입방아에 오를지 모르는 일이니까. 오늘 이 이야기도 분명 사람들이 떠들어 댈 거예요."

"상관없으니 너는 사인이나 하렴."

"할 겁니다. 그리고 더는 이 집에 나타나지 마세요. 선우 씨도 찾지 마시구요. 원하시는 대로 호적에서도 나갔잖아요. 권하시는 남자에게 갔는데 대체 뭐가 이토록 싫으세요?"

그녀는 어머니의 행방에 대해 묻고 싶었으나 할 수가 없었다. 오랜 시간 동안 오해하고 미워했던 엄마가 사실 이 모든 비현실적인 세상에서 피해자였음을 자각한 순간 그녀는 선뜻 그 말을 입에 올릴 수 없었다.

"네 존재가 잘못되었다는 생각은 안 하는 모양이구나. 회장님께 아이가 없었으니 데려온 것뿐이다만. 뭔가 단단히 오해하고 있는 모양이구나."

"더는. 이제 더는 제 삶을 흔들지 마세요. 가둬 두고, 억압하고, 자유를 빼앗고. 그렇게 하면 다 잘 될 거라고 생각하시지 않았으면 좋겠어요. 더는 그걸 그냥 보고 있지만은 않을 거니까요."

"그러니 앞으로 얼굴 보고 살지 않도록 그 서류에 사인이나 하지……."

박 여사의 말에 인혜는 펜을 내려놓았다. 사실, 사인을 해야 할 이유 없었다. 이 모든 것이 아버지의 뜻이라면 자신의 사인은 필요하지 않았을 것이 분명했다.

지금 애가 달은 쪽은 지금껏 그녀의 인생을 쥐고 흔들려고 했던 아버지의 아내였다.

인혜는 문득 자신이 이렇게까지 해야 할 이유를 모르겠어서 마음을 바꿨다. 변덕스럽다고 해도, 쉽게 하라는 대로 했던 삶은 더는 살지 않겠다고 했었던 말대로 하고 싶었다.

"안 합니다. 그리고 인호가 가질 것들을 뺏지도, 가지고 싶지도 않다고 분명히 말씀드린 걸로 아는데요. 이만 가세요."

그가 올 시간이 얼추 다 되어 가기 시작했다. 인혜는 슬슬 박여사를 보내지 않으면 그가 또다시 이 지긋한 상황에 함께 놓이게 된다는 걸 깨닫고는 움직였다.

현관에 다가가 문을 연 인혜는 집 안에 있는 불청객에게 명백한 축객령을 내렸다.

"가세요. 그리고 더는 절 흔들 생각 마세요. 생각하시는 그런 좋지 않은 상황을 직접 만들 정도로 다시 보고 싶은 얼굴은 아니니까."

이전이라면 하지 못했을 행동, 말들을 그로 인해 할 수 있었다. 그래도 된다고 직접 보여 주는 그로 인해서…….

＊　　＊　　＊

신혼여행을 가겠다는 말을 들었던 날로부터 꼬박 열흘이 지나고 나서야 그가 건넨 티켓을 받고 알았다. 자신이 바로 사흘 뒤에 오사카에 간다는 사실을. 갑자기 알게 된 사실이지만 싫지만은 않았다.

결정을 같이 하지 않았다는 것보다는 그가 고심해서 고른 여행지가 오사카라는 사실에 조금은 즐겁기까지 했다.

어느덧 쌀쌀해진 날씨에 맞춰 일본에 있는 료칸에서 따뜻하게 쉬다 오려는 생각인 것처럼 보였다.

적어도 그녀가 생각하기에는 그래 보였다.

"참, 그럼 캐리어 하나는 필요하겠어요. 전 없는데, 선우 씨는 있어요?"

인혜는 다른 것보다 짐을 꾸리려고 머릿속으로 필요한 것들을 분류하기에 바빴다. 선우 역시 소파에 앉아 쉬고 있던 인혜에게 티켓을 건넨 뒤로 서재로 들어가 서류를 보기에 바빠 보였다.

"차 트렁크에 있을 거예요."

늦게 돌아온 대답이었지만, 그녀는 몇 가지 정도는 먼저 챙기고 싶어 현관 콘솔 옆에 있는 그의 차 키를 집어 들고 차고로 향했다.

총총 걸으면서도 인혜는 생각을 멈추지 않았다. 몇 걸음 되지 않는 차고로 향하며 내일 오사카에 대한 책을 사기 위해 시장에 갔다가 집으로 돌아오는 길에 서점에 들러야겠다고 생각했다.

생각 없이 선우의 차 트렁크를 열던 인혜는 놀라서 그 자리에 못 박힌 듯 서 있기만 했다.

"이게……."

그가 말한 캐리어는 트렁크에 없었고, 뒷자리에 있었다. 트렁크에는 쇼핑백과 상자들이 가득했다. 그녀는 그 쇼핑백과 상자들이 가득한 게 제 것이 아닐지도 모른다는 의구심 하나에 걸음을 돌릴 수가 없었다.

"그거 인혜 씨 거예요. 이렇게 주고 싶지는 않았는데……. 아무튼, 봤으니까 가져가요."

그때 네 걸음 뒤에 서 있는 그가 그녀에게 말했다. 인혜는 그런 선우를 보기 위해 몸을 돌려 그를 마주했다.

"제 건 왜요?"

"어울려 보였으니까."

"저번에 숄 사 줬잖아요."

선물, 차마 처음 받아 봤다고 말할 수 없어서 하지 않았다. 그런 말을 하면 그가 자신을 이상하게 여기지 않을까 생각했기 때문이다.

쇼핑백과 상자 안에 든 물건들은 종류도 다양했고, 각양각색이었다. 심지어 그가 골랐으리라고는 생각하지 못한 브랜드의 로고가 박힌 쇼핑백들을 하나씩 살펴보던 인혜는 놀라지 않을 수 없었다.

머리띠, 구두, 팔찌, 카디건······.

그 모든 걸 직접 골라 사 놓고 주지 못했던 그의 마음을 알 것도 같아 그녀는 자꾸만 번져 가는 웃음을 막을 수 없었다.

"그건 직접 고른 거잖아요. 나도, 뭐······. 이렇게 주고 싶지는 않았지만, 어울릴 거 같아 골랐어요. 다른 사람 선물 직접 골라 본 건 처음이지만, 그래도 나름 쓸 만은 할 거예요."

서로가 처음이라 허둥대는 걸 그녀는 그제야 알아차렸다. 그도, 자신만큼이나 지금 하는 모든 것들이 낯설어 조심스러울 뿐만 아니라 어찌할 줄 몰라 하는 것이었다.

"고마워요."

"뭘요."

여전히 다정다감하지 않은 말투와 행동뿐이었지만 인혜는 정말 그가 고마웠다.

"사실 선물 처음 받아 봐요. 아버지 비서가 사서 준 선물은 매년 받아 봤지만. 그 외의 사람이 준 건 처음이에요."

그녀는 흐릿하게 웃어넘겼다. 그가 그녀의 말에 다소 당혹스러워하더라도 그녀는 웃을 수 있었다.

"정말 고마워요. 지금 이렇게 내가 하고 싶다던 연애, 같이 해 줘서. 아버지처럼 결혼도 일종의 계약이라고 생각하지 않아 줘서."

그가 자신의 마음을 들여다봐 줘서, 너무 고마웠다.

언제나처럼 인혜는 부엌에 서서 밥을 짓는다. 자작자작한 국물이 있는 두부조림을 만들고, 고슬고슬한 하얀 쌀밥이 완성되고 나면 보기 좋게 밥을 담아낸다.

흩날리는 머리카락을 하나로 질끈 묶은 채로 종종거리며 새벽에 부엌을 돌아다니다 보면 말끔하게 정장한 그가 식탁 앞에 선다.

그녀는 이 순간이 가장 기분 좋았다.

"그만하고 와요. 괜찮으니까."

"그래도 반찬은 두어 가지 있어야죠."

그녀는 반찬을 접시에 담아내 식탁 위에 올리고 나면 자리에 앉는다. 이렇게 시작되는 하루가 그녀를 평안케 했다.

"참, 정말 이번 주 토요일에 출발하는 거예요?"

"오사카, 별로 마음에 안 들어요?"

그의 말에 그녀는 고개를 내저었다. 그가 맛있게 밥을 먹는 모습을 보다 자신이 너무 빤히 그를 쳐다보고 있었다는 사실이 쑥스러워 괜스레 물 한 모금으로 입을 축인 뒤에야 입을 열었다.

"아뇨. 오사카, 처음 가 봐요. 사실 오늘 서점에 가서 책을 사 올까 했거든요. 뉴욕이라면 잘 알지만 그 외의 도시는 가 본 적 없어요. 선우 씨는요?"

"어머니가 자주 밖에 계셨었어요."

처음, 그의 입에서 어머니라는 말이 튀어나왔다는 사실에 그녀는 놀랐다. 그는 이상하리만치 세진호텔의 유일한 후계자이자, 주인이 될 상속자였던 그의 어머니를 입에 올리지 않았다.

그냥 얘기하는 것조차 싫어하는 기색을 내비쳤기에 묻지 않았었다. 그도 저에 대해 묻지 않았었으니…… 처음 만났을 때는 서로 관여하지 않는 삶을 살기에 적당할 수도 있겠다 싶었다.

하지만, 인혜는 이제 묻고 싶어졌다. 그의 어머니는 대체 어떤 사람이었고, 무슨 생각으로 지금의 상황에 그를 몰아넣은 것인지 궁금하지 않을 수 없었다.

"외할아버지께서는 어머니가 사람들 눈에 띄는 걸 싫어하셨어요. 그래서 자주 해외를 돌아다니셨죠. 덕분에 어렸을 때는 종종 해외로 나가곤 했어요."

그의 입을 통해 나오는 이야기들은 그녀에게 조금 새로웠다. 그가 자신의 이야기를 하리라고 여기지 않았던 순간, 너무나 자연스럽게 흘러나오는 이야기는 마치 옛날이야기와 같이 듣기 편안했다.

"이따 그 책, 나랑 같이 봐요."

그의 말에 그녀는 입꼬리를 말아 올려 웃을 수밖에 없었다. 그에 대해 알게 된 것은 좋았지만, 어쩐지 슬픈 단면을 엿본 것 같아 그녀는 이전처럼 마냥 이 순간을 즐겁게 보낼 수가 없었다.

오늘 서점 대신, 장을 보는 것 대신 시할아버지에게 가서 물어봐야겠다고 생각했다.

밥을 먹고 난 뒤에 선우를 배웅하면서 인혜는 평소와 다름없이 집안일에 시간을 쏟는 것이 아니라 시할아버지의 집에 가야겠다고 마음을 먹었다.

이른 감이 있지만 마음이 급했기에 인혜는 서둘러 준비를 했다. 정 의원의 집에 가는 길은 이제 눈 감고도 갈 수 있을 정도로 익숙해 금세 도착하리라는 걸 알고 있었으면서도 어딘지 모르게 더 서두르고 싶은 조급한 마음이 들었다.

집 안에 들어서자마자 그녀는 그대로 정 의원이 있는 안방으로 들어가 그 앞에 바로 섰다.

조용한 정 의원의 앞에 5분을 서 있어도 상황은 똑같았다. 하필, 바둑을 두고 있을 때 도착했으니 못해도 한 시간은 기다려야 했는데, 인혜는 기다리기 싫어 조바심을 냈다.

"할아버님."

결국 그녀는 정 의원을 불렀다.

"알려 주셨으면 하는 게 있어서요."

재킷도 벗지 않은 채로 그녀는 정 의원의 앞에 마주 앉았다. 그녀가 매우 조급해하며 묻고 있다는 걸 아는지, 모르는지 정 의원은 그저 묵묵히 바둑돌만 보고 있었다.

"선우 씨 어머니에 대해 알고 싶어요. 어떤 분이셨어요?"

그의 어머니가 왜 이런 상황에 엮인 건지, 그래서 왜 그가 이런 상황에 놓이게 됐는지 그게 궁금했다.

"그건 내가 할 얘기가 아닌 것 같구나."

"하지만…… 선우 씨가 오늘 아침에 어머니 이야기를 꺼냈어요. 말씀해 주세요. 그 사람도 저희 집 일, 이제 다 아는걸요. 저도 그러고 싶어요. 그러니까……."

"그 녀석이, 주연이를 입에 올렸다고."

정 의원의 물음인지, 혼잣말인지 알 수 없는 말이 이어지자마자 인혜는 다시 채근했다. 그가 자신의 곁에서 힘이 되어 주었듯 그녀도 그가 상처받았을 상황을 알고 힘이 되어 주고 싶었다.

"그러니, 할아버님. 말씀해 주세요."

인혜는 정 의원이 말해 주기를 바랐다. 그가 스스로 말해 다시 슬퍼하지 않도록. 그렇게 그녀는 그가 말하기 전에 알고 있기를 간절히 소망했다.

“그 녀석이 제 엄마 이야기를 입에 올렸다…….”

“네, 그러니 말씀해 주세요. 전부터 이상하다고 생각하긴 했어요. 왜, 선우 씨 어머니께서는 아버님과 결혼하지 않으신 거죠?”

양쪽 모두에게 도움이 될 결혼이라면 지금 있는 선주의 엄마보다는 선우의 친어머니가 더 옳은 결정이었을 텐데, 일은 그렇게 풀리지 않았다.

“둘이 결혼하고 싶어 했고, 나도 반대는 않았다만. 세진호텔을 물려받을 그 아이에게 예보다 좋은 혼처가 더 들어오지 않으리라 생각하는 건 아니겠지?”

“하지만, 할아버님. 두 분이 결혼하고 싶어 했다면…….”

하는 게 옳지 않느냐는 말을 속으로 삼켜 낸 인혜가 눈앞의 식어 버린 녹차를 바라보기만 했다.

“그렇게 그냥 시켰으면 좋았을 텐데. 사실 그랬다면 저 녀석이 저리 겉돌며 살지 않아도 되었을 텐데 말이다. 그 아이도 평생을 후회하고 슬퍼하다 떠나지 않았을 텐데 말이다.”

“그럼 왜…….”

그녀는 왜 이런 상황이 벌어졌는지 알지 못했다.

“그 집안에서는 그냥 잠시 떨어트려 놓으면 괜찮을 거라고 생각했지. 거기에 대기업 며느리가 더 좋아 보였는지 호진그룹 첫째 아들과의 약혼식을 그대로 밀어붙이더구나. 명우는 일이 거기까지 갔으니 포기했고.”

정 의원이 거기까지 말했을 뿐 더는 말하지 않았음에도 그녀는 쉽게 머릿속으로 그 상황이 이후에 어떻게 풀렸는지 짐작할 수 있었다.

두 사람 중 어느 한쪽이 더 사랑했느냐고 묻는다면 단연코 그의 어머니라는 걸 알 수 있는 만큼 그녀는 쉽게 추측할 수 있었다.

"그렇게 외국으로 떠났기에 잘 살겠거니, 짐작만 했다. 한데, 그 아이의 파혼 소식이 사람들 입에 오르내리며 소문이 돌더구나. 외국에서 아이를 낳았다는……."

그 사람은, 아니 여자 최주연은 사랑을 포기하지 못했던 것이었다. 남자는 쉽게 포기했을지 몰라도 여자는 믿었고, 기다렸다.

그가 아버지에게 유달리 적대적이었던 이유, 거기에 정 의원이 매 순간 그를 안타깝게 바라보는 이유. 그 기반엔 오해가 낳은 결정들이 숨어 있었다.

"그 소문이 조금만 일찍 들렸더라면, 명우의 결혼을 엎어서라도 기다렸을 텐데……. 이미 결혼도 했고, 사람들에게는 명우의 처가 지금의 며느리로 소개된 지도 제법 되었으니. 시간을 돌릴 재주가 있는 게 아니라면 받아들여야 하지 않겠니."

"못……받아들이셨나요?"

인혜는 어느 여자가 이런 상황을 받아들일 수 있을까 싶었다. 하지만 그녀는 그럼에도 불구하고 여자가 받아들이고 적응해 선우와 행복하게 살았었던 시간들이 있었다고 말해 주기를 바랐다.

인혜의 그 작은 소망과 달리 정 의원의 입에서 나온 말은 다른 종류의 것이었다.

"이 동네 소문이라는 것이 과장되는 일은 있어도 한번 돌면 지워지지 않지. 결국 세진에서도 그 아이를 버렸단다. 그 아이가 낳은 선우만 집안에 두고 주연이, 그 아이는 외국에서 생활하게 하는 것으로 일이 끝났다고 생각했다. 하지만 말이다, 아가."

뒤이어 나온 말이 인혜를 슬프게 만들었다. 식어 버린 차가 더는 신경에 거슬리지 않을 만큼, 그녀는 그가 견딘 시간들이 선하게 눈에 그려져 슬펐다.

"그 아이, 결국 얼마 못 가 스스로 목숨을 끊었단다. 선우가 초등학교도 가기 전에 말이다."

그는 아버지에게서도, 어머니에게서도 환영받지 못했다. 처음 아이를 품에 안았던 순간의 여자는 아이를 환영하고 축하했으며 기뻐했을 것이 분명했다.

하지만 그토록 사랑했던 남자가 다른 여자와 결혼했다는 걸 안 순간 여자는 아이를 원망했을 것이다. 원망하고 슬퍼할 대상이 남자와 아이 단둘뿐이었으니 그 모든 감정들은 그들에게 쏟아졌으리라.

그렇게 원망하다가 그녀는 스스로 생을 놓아 아이도, 남자도 보지 않는 쪽을 택했다. 그 행동이 아이에게 얼마만큼의 상처를 주는지 알지 못한 채로……. 여자는 슬픔 속에서 허우적대기에 바빴을 테니까.

"그러니 티 내지 말고 행여, 또다시 이야기가 나오거든 묻지 말거라."

"할아버님."

그녀는 조심스럽게 정 의원을 제지했다. 그와 이런 이야기를 나눈 사람이 지금껏 없었다면, 그랬다면 그도 자신처럼 속으로 삭히고 아파했다는 말이었다.

이제 더는 그 삶을 그에게 권하고 싶지 않았다. 제 아픔을 같이 나눠 주려 기꺼이 귀 기울여 준 그의 행동이 있었기에 그녀는 그와 말하고 싶었다.

"저는 그러고 싶지 않아요. 선우 씨, 아프잖아요. 어머니가 버린 게 아니라고, 선우 씨 때문에 그렇게 된 게 아니라고 말해 줄 사람, 있어야 하잖아요. 제가 이 이야기들을 알고 있다는 걸 숨기지 않을래요."

숨김으로써 그의 마음을 어루만져 줄 수 없다면, 그녀는 그렇게 하지 않을 작정이었다. 엄마로 인해 슬펐던 자신의 마음을 기꺼이 들여다봐 준 그를 혼자 내버려 둘 수 없었다.

"저는 그 마음을 볼래요. 그래서 더는 아프지 않은 선우 씨와 함께 살래요."

저녁에 퇴근하고 돌아오는 그를, 안아 주고 싶다는 생각이 들 만큼 그가 걱정됐다. 동시에 안쓰러웠으며 조금씩 변하는 자신의 마음에 놀라기 시작했다.

어른들의 욕심이 그를 지금 이렇게 살게 만들었다. 그랬기에 그녀는 그가 지금과 같이 자라났음에 감사했다.

모나지 않고, 비틀어지지 않은 채로 자라서, 참 잘 참아 내 주어서 고맙다고 생각했다. 그래서 그녀는 오늘 저녁, 그가 돌아오면 잘 돌아왔다고 말해 주고 싶었다.

때때로 아이들의 면면은 잔인했다. 천진한 그 얼굴 이면에 자리 잡은 아이의 거르지 않은 생각과 말은 깊은 상처로 남아 오랫동안 그를 괴롭혔다.

그럴 때면 그는 늘 다른 생각을 한다. 어머니가 흐릿하게 웃던 얼마 되지 않는 순간들을 떠올리면 그런 좋지 못한 말들을 지울 수 있었다.

인혜의 어머니는 박 여사로부터 쫓기듯 도망갔다. 하지만 제 어머니는 스스로가 미쳐 갔기에 다른 사람들로부터 격리되었다.

만일 외할아버지가 어머니를 그냥 아버지와 결혼하게 두었더라면 상황은 달라졌을 것이었다. 이런 이야기들을 인혜에게 하고 싶었다.

하지만 오래 묵은 이야기들은 그에게 있어서 상처였고, 좋지 못한 기억만이 가득했다.

몇 안 되는 좋은 기억들은 이제 너무 오래돼 희미해져만 갔다.

하얀 얼굴, 고운 선, 붉은 입술……. 어머니를 기억할 수 있는 건 이제 단편적인 영상처럼 남아 있었다. 때로는 그 기억은 오래된 사진처럼 빛이 바래 기억하는 일조차 힘들었다. 그렇게 기억하기도 힘든 어머니를 붙드는 것이 그냥 평범한 미련일지도 모른다고 생각한다. 하지만 아직은 버릴 수 없는 미련이었다.

인혜가 얼마 전까지 어머니를 미워하며 삶을 지탱했듯 그도 무언가 이 삶을 지탱해 줄 것을 찾았다. 하지만 그 기억을 바꾸려면 많은 노력이 필요하다는 걸 알고 있었다. 알고는 있었지만 지금껏 살아온 사고방식을 흔드는 일이었기에 그는 아직은 머뭇거리기만 했다.

사실 그도 어머니를 미워하지 않고 싶었으나, 아직은 할 수 없었다.

그래서 아직은 그녀에게 말할 수 없었다. 가능하다면, 조금 일찍 말해 주고 싶었지만 지금 당장은 말해 줄 수 없기에 자조했다.

그런 마음으로 그는 그녀를 오사카로 데려가겠다는 생각을 했다. 그곳에 가면 직접 말해 줄 수 있지 않을까 싶었지만, 결국 하지 못할 것이라는 생각도 들었다. 그는 여전히 어머니가 아꼈던, 그래서 마지막을 그곳에서 보낸 그 별장에 가지 못했다.

근처에 가지도 못하는 이유를 그녀가 알게 되어도 괜찮았다. 괜찮았지만 그는 아직 어머니가 죽은 그곳을 마주하기에는 시간이 더 필요했다.

"어서 와요."

현관 앞에서 마중 나와 있는 그녀를 보며 그는 조금 쑥스러워 서둘러 그 자리를 벗어났다. 처음이라는 건 언제나처럼 그에게 있어서 어려웠다.

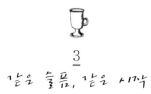

3
같은 슬픔, 같은 시작

유카타를 입은 인혜의 모습은 꽤나 잘 어울려 그의 시선을 사로잡았다.

"여기 주인 내외가 한국 사람이에요."

그는 굳이 하지 않아도 될 이야기를 꺼내며 남아 있던 어색한 공기를 날려 보냈다. 인혜는 '지금, 말해야 할까 아니면 조금 이따 말해야 할까.' 하고 고민하는 듯한 그를 알아차렸다.

그녀에게 있어서 그건 어렵지 않은 일이었다.

"나한테는 그러지 않아도 돼요."

하지만 곧게 앉아 있는 인혜는 그의 평범한 말에 답하지 않았다. 그의 말이 무엇을 의미하는지, 거기에 어떤 반응을 보여야 하는지 고심하던 인혜는 보통의 경우라면 익히 했어야 할 대답이 아니라 지금 그에게 필요한 말을 하는 것이 좋겠다고 생각했다.

　"선우와 오사카에 가거든, 별장에 한번 가 보거라. 그 아이가 가장 좋아했던 별장이 그 별장일 게다."

　할아버님이 말해 주지 않았더라면 오사카에 별장이 있다는 사실도, 그의 어머니가 그곳에서 지긋한 슬픔을 달랬었다는 사실도 몰랐을 터였다.

　"가족이잖아요. 그러지 않아도 돼요."

　슬픔을 그렇게 묻어 두다가는 겨우 만든 유일한 가족을 잃을 것만 같았다. 인혜는 그러고 싶지 않았다.

　"선우 씨가 묻고 싶은 게……. 선우 씨 어머니 이야기를 알고 있느냐는 물음이라면, 알고 있어요. 선우 씨의 입에서 어머니 이야기가 나온 그날 알았어요. 선우 씨도 나한테 이렇게 해 줬으니까. 나도 똑같이 하고 싶어요."

　낯선 도시는 약간의 용기를 불어넣어 준다. 지금의 인혜처럼, 익숙한 공간 안에서라면 주저했을 법한 말을 할 수 있도록 도와주기도 한다.

　"나는 어디 가지 않아요. 여기 그대로 있을 거예요. 그러니까, 너무 애쓰지 마요."

　"할아버지가 말했어요?"

그의 물음에 그녀는 가만히 웃었다. 그 웃음이 얼핏 주연의 것을 닮았다는 걸 인혜는 몰랐다. 그만이 아는 사실이었기 때문에 그녀가 알 수 있을 리가 없었다. 그는 그런 인혜의 모습을 보며 마음이 평온해지는 것을 느꼈다.

"제가 여쭤 봤어요. 할아버님께 말해 달라고 했어요. 선우 씨가 기억하고, 말하는 건, 그건 선우 씨를 더 힘들게 만드는 일이니까. 그래서 여쭤 봤어요. 그러니까, 그렇게 힘들어하지 마요."

그가 힘들어하고 있음을 어렴풋이 알아차릴 만큼 차츰 알아가고 있었다. 그녀는 어느 정도는 그의 마음과 분위기를 알아차릴 수 있을 것 같았다.

같이 지내다 보니 지금처럼 힘들어하는 것 같다거나, 좋아한다거나, 쑥스러워하고 있음을 알 수 있게 되었다.

"선우 씨가 나를, 내 생각을, 그리고 마음을 들여다봐 줬잖아요. 그러니까, 이제 그거 내가 할게요."

주고받기, 너무나 평범한 연애의 한 가지를 하는 것뿐이라고, 그래서 긴장할 필요는 없다고 인혜는 자기 자신에게 되뇌이듯 말했다.

속으로 끊임없이 말하면서도 그녀는 이 상황이 싫지 않았다. 그가 자신을 조금씩 알아 갔듯, 그녀 역시 이 상황이 그를 조금씩 알아 갈 수 있는 기회라고 생각했기에…….

나란히 누워 천장을 바라본다. 나란히 누워 서로 다른 생각을 하지만, 이내 곧 잠이 들 것이라는 사실도 안다.

그는 그녀가 어머니에 대한 사실을 안다는 게 다행이라고 생각하면서도 슬펐다.

자신보다 더 평범한 가족 속에서 자란 사람과 결혼을 했더라면 인혜는 조금 더 평온하게 생활하지 않았을까, 라는 생각이 그의 머릿속에서 떠나지 않았다.

그렇게 조용히 누워서 서로의 움직임에 귀 기울이지 않는 것처럼 행동하지만, 그는 알고 있었다. 그가 그녀를 향해 두 귀를 열어 두고 있는 만큼 그녀 역시 자신의 작은 움직임에 귀를 기울이고 있다는 사실을.

"어머니는 늘 슬퍼하셨어요. 적어도 제 기억 속의 어머니는 늘 우울해하셨고, 슬퍼하셨고, 또 절 싫어하다가도 좋아하셨어요. 인혜 씨가 생각하는 것처럼 저는 그렇게 아프지 않았어요. 너무 오래전이라 이제 기억마저 희미하지만."

이 상황이라면 그녀는 대답하지 않을 것이었다. 선우는 너무 느리지 않게 천천히 입을 열었다.

"이제는 괜찮아요. 아버지가 어머니를 기다렸다면 조금은 다르지 않았을까 싶은 마음이 이따금씩 내 머릿속을 헤집기는 하지만요."

아프지도, 그렇다고 누군가가 원망스러운 것도 아니라고 말하는 그의 말은 지극히도 담담했다.

자신의 기억을 헤집어 내 말하는 것이라고는 여겨지지 않을 정도로 담백해 외려 인혜가 불안해질 정도였다.

이불을 꽉 쥔 그녀는 그의 말에 귀를 기울였다. 선우가 하는 말을 더 듣고 싶었다.

"하지만 어느 정도는 아버지를 이해해요. 그래서 더 싫었지만."

선주가 어린아이처럼 함부로 행동하는 것이 무언가 확인 받고 싶어 하는 마음에서라는 걸 알기에 그는 여동생을 쉽게 나무랄 수가 없었다. 애초에 그 불안감이 자신과 자신의 어머니로부터 시작되었다는 사실이 오래도록 그의 발목을 잡았었다.

"인혜 씨는 이해할 수 없겠지만. 할아버지는 나뿐만 아니라 이런 상황에서 함께 자라게 된 선주와 선인이를 안타까워해요. 그 아이들에게는 내 존재가 싫을 테니까. 오빠라고 갑자기 나타났으니, 좋지 않았겠죠."

어머니가 돌아가시기 전 그는 호적이 필요했다. 어머니의 호적에는 올라 있었지만. 외할아버지는 일이 이렇게 틀어졌으니 자신의 손자에게 제대로 된 호적을 만들어 줘야겠다는 생각에 정 의원과 몇 번이고 이야기를 나눴다고 했다.

자세한 내용은 알 수 없지만, 대충 그가 할아버지의 집에 가기 전 두 분이 저택에서 설전을 벌이던 모습이 그 때문이 아니었을까 추측할 뿐이었다.

"곧 초등학교에 들어갔어야 할 나이에 할아버지 댁에 보내졌어요. 어머니와 외할아버지에게 주말마다 간다는 조건이 있었지만, 나쁘지 않았어요. 할아버지 집은 조용해서 혼자 앉아 있어도 뭐라 하는 사람이 없었으니까."

선우는 인혜가 이해하리라는 것도, 선주와 선인이 역시 어느 선까지는 이해하리라는 것도 알고 있었다. 원래 잘 견디고, 참는 것이 익숙한 사람이니까 앞으로도 선주가 조금씩 무례하게 굴어도 오늘의 이야기 때문에 적당한 선까지는 참아 줄 것이다……

그러니 이 이야기의 끝은 그러지 말라는 말로 맺어야 했다.

"하지만, 인혜 씨는 그 애들을 이해하지 마요. 그건 내 몫이니까. 내가 할게요. 만일 그 아이들이 인혜 씨에게 조금이라도 무례하게 행동한다면, 그 행동들이 잘못되었다는 걸 알려 줘요. 그래서 더는 그렇게 하지 못하게 해요. 그 아이에게 보상처럼 내어 줬던 카드를 뺐으니 지금 골이 많이 났을 거예요."

하지만 그는 이 이야기의 끝을 자신은 참아도 그녀는 참지 않았으면 싶다는 말로 끝내고 싶었다.

사실, 그가 참아야 할 이유는 마음의 빚에서 비롯되었다지만 인혜가 선주나 아버지의 아내를 견뎌내야 할 이유는 없었다. 그는 그녀에게 자신의 가족이라는 이유만으로 참아 달라고 하고 싶지는 않았다.

"그걸 인혜 씨가 견디지 말았으면 좋겠어요."

굳이 그러지 않기를 그는 바랐다. 그때, 오늘 밤 누워 있는 동안 단 한 번도 대답하지 않았던 그녀가 작게 스치듯 그에게 말했다.

"같이해요."

그 대답에 그는 결국 웃을 수밖에 없었다. 어머니를 닮은 것 같으면서도 닮지 않았으며, 그래서 좋은 여자.

아내가 된 여자는 그런 여자였다.

행복이 찾아오는 것이 어렵지 않은 일이라는 걸 인정하기까지는 오랜 시간이 필요했다. 선우는 엄마가 그렇게 된 것에는 자신도, 그리고 아버지의 몫도 있다고 생각했다.

그에 따라 동생이 자신을 미워하는 것을 어쩔 수 없는, 당연한 일이라고 받아들였다. 아프지 않은 것은 아니었지만 그는 무시했다.

마음이 외치고 소리치는 일을 무시하고 외면했다. 그렇게 무덤덤하게 행동하며 그 껍질이 바로 자신이 된 것 같은 착각 속에서 살아왔다.

"난바에 갈래요?"

그는 어제의 일을 까마득히 잊은 사람처럼 굴었다. 그녀 역시 그렇게 행동해 줬기에 고마웠다.

착각을 깨고, 스스로 인정을 했지만……. 그럼에도 불구하고 그는 아직 별장에 가 볼 수가 없었다.

그 흐릿한 기억 속에서 여전히 아름다웠던 어머니만을 기억하고 싶어 하는 그로서는 당장 인혜를 데리고 그곳으로 달려가 볼 수가 없었다.

"난바요?"

"네, 거기 여행자들이 많이 가는 곳이니까, 먹을 것도 구경할 것도 많을 거예요. 아니면 오사카 성에 가 볼래요?"

오사카가 처음이라는 그녀에게 다른 여행자들이 많이 가는 여행지를 추천했다. 그는 이런 사소한 이야기를 하는 관계가 있을 수 있다는 사실이 새삼 놀라웠다.

방학 때마다 함께 지내 왔던 외할아버지는 늘 호텔과 백화점에 대해 말했고, 상속에 대한 이야기로 그를 다그쳤다.

또한 할아버지의 집에서는 아버지의 무정한 시선과 그 옆에 있는 여자의 불안한 시선에 상처받았다. 소소한 이야기를 할 수 있는 사람이 그의 주위에는 없었다. 그랬기에 그는 이런 이야기를 할 수 있는 관계가 존재한다는 것도 알지 못했다.

"오사카 성에 가요."

벚꽃이 날리는 따스한 봄의 황홀한 풍경은 아닐지라도 제법 아름다운 그 풍광에 인혜의 마음이 풍요로워지리라고 생각했다.

"그래요."

그는 그런 인혜를 마주하고 싶었다. 자신을 이해하고, 이해하려고 하며 또한 그렇게 평범하게 살고 싶어 하는 아내가 좋았다.

이제 어느 정도는 어머니를 이해할 수 있을 것도 같았다.

아버지와 함께 발맞춰 걸어가고자 했었던 그 마음이 컸기에 감당할 수 없었던 어머니는 결국 현실을 인정하지 못했다.

인정할 수 없었으니 현실에서 살기를 부정하고 거부했다.

그는 그런 어머니를 더는 싫어하지 않았다. 어머니에게 잘못이 있었다면 그건 외할아버지의 욕심으로 인해 오해를 겪은 것밖에 없었으니까.

자신의 삶에는 적어도 그런 오해를 만들어 낼 어른은 존재하지 않았다. 만일 그랬더라면 인혜를 만나지 못했으리라는 건 분명한 사실이리라.

그는 이런 삶이, 그래서 더 낫다고 생각했다.

* * *

길을 무턱대고 걷다 보면, 언젠가는 그 끝이 있을 것이라 믿어 의심하지 않았다. 어떤 형태로든 끝은 존재하기 마련이었고, 자신은 그 마지막을 충분히 감상할 수 있을 만큼 자랐다고 여겼다. 하지만 인혜는 뒤늦게 그 모든 생각들이 자신의 착각이었다는 걸 인정했다.

오사카 성을 구경하고, 길을 내려오다 그녀는 그와 함께 카레를 파는 작은 가게에 들어갔다. 일본인 노부부가 느긋하게 운영하는 그 가게에서 인혜는 그를 살폈다.

어제의 이야기들이 모두 거짓인 것처럼 아무렇지 않게 담담히 행동하는 그가 걱정되었다. 가족이라면 당연히 해야 할 걱정들이 머릿속을 복잡하게 만들었다.

그에게 연애를 하자고 한 것도 자신이었고, 그에게 다른 사람들처럼 살아 보자고 제안한 것도 자신이었다.

그 제안에 후회는 없었다. 다만 그녀는 미묘하게 변화한 지금의 관계와 생각, 그리고 마음들을 고려하지 못했었다.

그래서 그녀는 자신을 지키지 못한 엄마와 같은 삶을 살지 않고 평온한 생활만을 영위하기를 꿈꿨었다.

그 바람은 애초부터 잘못된 것이었다는 걸 이제야 알아차리게 된다. 하지만 그 점이 그녀를 두렵게 만들지는 않았다. 그런 점들은 바로 받아들이며 수긍하면 될 일이었다.

그를 선택했던, 그래서 정선우라면 자신을 버리지 않을 것이라 믿었던 그 이상한 믿음을 가진 스스로에게 잘했다고 말해 주고 싶다.

그녀는 그가 지금 두려워하는 것이 무엇인지 어렴풋이 짐작만 할 따름이었다. 그 이상을 알려면 그가 필요했다. 그의 마음이 두려움을 넘어 자신에게 말해야 했다. 그녀는 그 경계선 위에 있는 그를 응원하듯 선우의 두 눈을 마주 봤다.

"별장에 갈래요?"

지금, 변화된 마음과 생각을 가진 채로 그를 걱정하고 염려하며 반복되는 일상을 기꺼이 즐기면 될 일이었다.

그가 변하고 있었고, 자신도 변하고 있었다. 그 예로 그는 어머니를 마주하려 들었고, 자신은 아버지에 대한 미련을 버렸다. 어쩌면 아버지가 자신을 신경 쓰고 있을 것이라고 믿었던 작은 소망을 버렸다.

외려 그렇게 변하고 나니 마음은 한결 가벼워졌고, 평온을 찾은 것 같았다. 도망간다고, 수긍만 한다고 해결되는 일은 아무것도 없다. 그걸 알기까지 이토록 많은 시간이 지나 있을 줄은 몰랐다.

"지금……요?"

어제는 용기가 절반밖에 없어 가지 못한 별장이라면, 오늘의 그는 그보다는 조금 더 마음을 단단하게 먹은 듯싶었다.

인혜는 그런 선우의 손을 잡고 싶었다. 그를 이해하고 받아들이며 함께 걷고 싶었다.

어느 길을 가든, 자신을 버리지 않을 그를 놓고 싶지 않았다.

제 마음을 들여다봐 주고, 아프지 않은지 살펴 준 그에게 똑같이…… 혹은 더 많이 같은 행동과 마음으로 곁에 있어 주고 싶었다.

"같이 가요."

그래서 선우의 마음속에 자리 잡은 응어리가 풀릴 수 있다면 그녀는 그렇게 해 주고 싶었다. 그는 처음부터 정 의원의 집에서도, 외가에서도 골칫거리 취급을 받으며 자라지 않았어야 온당한 사람이었다.

세상 그 어디에서도, 잘못된 취급을 받는 것이 옳은 사람은 없다.

그게 자신이든, 그든…….

아니면 또 다른 누군가였든 그런 취급이 당연한 사람은 존재하지 않았다. 자라면서 그렇게 될 수 있을지는 몰라도.

그러니 인혜는 자신이 잘못된 것이라 생각하지 않기로 다짐했다. 선우가 그 별장에서 마주하는 것이 무엇이든 잘못되지 않았다고 말해 주리라 다짐했다.

흩날리는 벚꽃, 조용한 다다미방……. 마치 풍경화와 같던 그날의 기억들이 거짓이 아니라는 걸, 별장에 들어선 순간 알 수 있었다.

"도련님. 예 오시면 온다고 미리 연락이라도 좀 주시죠. 어제 시장에 못 가서 먹을거리가 없을 텐데요. 잠깐 계시면 저녁 찬거리 좀 사 오겠습니다."

집에 들어서면서부터 수선스럽게 굴던 아저씨의 모습에 선우는 마치 옛날로 돌아간 기분이었다. 곁에 선 인혜가 없었더라면 분명 그런 착각을 할 수 있을 정도로 아저씨는 변한 것이 거의 없었다.

"들어가요."

그는 인혜의 손을 잡아당겨 산책을 할 수 있는 작은 공간을 지나 미닫이문 앞에 앉혔다. 선우는 여기에 앉아 있던 어머니를 가장 좋아했었다.

이 공간에 다시 발을 디딜 것이라고 예상하지 못했다.

"여기, 이 공간을 좋아하셨어요."

선우는 인혜에게 그가 기억하는 어머니에 대해 말해 주고 싶었다. 느리지만 천천히 같이 걷기 위해 노력하는 여자를 위해 그 정도쯤은 해야 옳다고 믿었다. 그는 지금 그의 마음처럼 조심스럽게 인혜의 손을 마주 잡은 채로 말을 이어 갔다.

곁에 앉은 인혜가 조용히 자리를 지키며 그의 말에 귀 기울이는 건 당연한 수순이었다.

"내가 아니었더라면, 어머니가 외할아버지께 조금 더 일찍 알렸더라면 아버지와 결혼식을 올린 건 어머니였을 것이라고 다들 그렇게 말하지만. 그 사람들이 말하는 건 늘 같았어요. 어쨌든 유부남의 아이를 낳았다고 손가락질했겠죠."

그 사이에서 그는 어머니가 기댈 곳 하나 없이 홀로 모든 시간을 견뎠다는 것도 알고 있었다. 그 과정이 힘에 부쳐 서울엔 들어오고 싶지 않았을 것이 분명했다.

서울에서 아는 사람이라도 만나면 부른 배를 보고 수군거렸을 테고, 견디기 힘든 따가운 눈총을 받았을 것이었다.

선우는 그런 사실을 머리로는 이해했다. 하지만 인혜를 만나기 이전에는 진심으로 이해해 본 적은 없었다. 처음부터 그런 삶을 살지 않았으면 될 일이었다고 간단하게 여기고 말았었다.

아내가 된 여자를 만나고, 그는 조금씩 변하기 시작했다. 머리로만 이해했던 것들을 점차 마음으로 이해하기 시작했고 그 경계에 서서 수도 없이 고민했었다. 어렸던 그는 어머니에게 어떠했는지.

"내가 아니었더라면, 어머니는 그러지 않아도 됐을 텐데…….

왜 나를 끝까지 붙들었던 건가 종종 생각해요."

"선우 씨."

아내의 부름이 무엇을 의미하는지는 알고 있었다. 자신을 위로하는 그 음성에 어느덧 익숙해져 버렸다는 사실이 그의 마음을 설레게 했고 평온하게도 했다.

"만약 그랬더라면, 루머에는 시달려도 얼마간의 시간이 지난 뒤에는 다시 전처럼 살 수 있었을 텐데."

다른 남자의 아이를 가졌고, 낳았으며 그 아이가 누구의 아이인지 소문이 파다했음에도 오직 호텔 하나만을 보고 이 모든 사실을 모르는 척 덮어 둘 사람은 없었다.

"선우 씨 잘못이 아니에요. 선우 씨가 잘못한 건 아무것도 없어요."

그러니까 아프지 마요, 라고 나지막이 속삭이는 인혜의 말에 그는 끝내 그러겠다 답하지는 못했다.

"괜찮아요."

이제 오래전 일이었고, 별장에 들어올 수 있을 만큼 이곳이 전처럼 두렵지도 않았다.

"이제 어느 정도는 어머니를 이해할 수 있으니까 괜찮아요. 이렇게 낳아 준 덕에 우리가 만났으니까. 좋아하실 거예요."

만약 살아계셨더라면, 더 좋아하셨을 것이라는 말을 안으로 삼켜 낸 그가 웃었다. 꽃이 피는 계절은 아니었지만 어머니가 좋아했을 그런 날의 향기가 여전히 별장 안에 머무는 듯한 착각이

들었다.

곁에서 자신을 위로하고, 제 잘못이 아니라고 말해 주는 여자. 그 여자의 손을 잡고 그는 조금씩 천천히 걷고 싶었다.

"인혜 씨가 하자고 했던 연애도. 지금 우리가 보내는 이런 일상도. 그리고 변한 내 생각과 마음도."

문득 발끝이 간지러운 듯한 생경한 기분에 조금 이상한 기분이었음에도 말을 이어 갔다.

마주 잡은 아내의 손이 부끄러워하는 마음을 표현하듯 떨어졌다 닿기를 반복했다. 그 사소한 움직임마저도 좋다고 생각될 정도로 그는 이제 그녀가 좋았다.

"모두 좋으니까."

그녀가 옳았다.

그는 그 말이 하고 싶었다. 그녀의 말처럼 순서가 뒤바뀌었어도 자신들 나름의 순서를 밟아 나가니 다른 사람들이 사는 것과 다르지 않은 삶이 되었다.

그토록 원했던 그 생활은 가질 수 없었던 것이 아니라 멀지 않은 곳에 있었다는 걸 그는 알지 못했다.

결코 가지지 못할 것이라고만 여겼었다.

"좋아하는 거 같아요."

아름답다고 여겼던 마음이, 그래서 어머니와 닮아서 눈길이 갔던 여자가 아내가 되었고 그렇게 지켜 주면 된다고 생각했었다.

하지만 생각이 변하고, 마음이 조금씩 달라지는 것이, 이전에는 겪어 보지 못한 일들이라 낯설기만 했다. 서로가 낯설었던 시간을 보내고 나니, 기다리고 있던 건 어느새 인혜를 마음에 담기 시작한 마음이었다.

"아니, 명인혜라는 사람을 좋아하기 시작했어요."

그 변화와 그녀를 좋아하는 마음이 좋아졌다고, 그는 그녀에게 속삭였다. 곁을 지켜 주고, 마음을 덥혀 주는 인혜가 있어서 그는 괜찮을 수 있었다. 그렇게 선우는 자신을 놀란 눈으로 바라보는 인혜를 보다가 입술에 가볍게 입을 맞췄다.

사랑하지 않을 수 없는 날, 자신의 앞에 인혜가 있다는 사실이 너무도 좋아서.

＊　　＊　　＊

인혜는 종종 멍하니 창밖을 보다 소스라치게 놀라는 일이 잦아졌다. 오사카에서 그가 고백했던 그 순간이 좀처럼 머릿속에서 잊히지 않아 그녀는 혼자 있는 시간이면 종종 놀라곤 했다.

오늘은 혼자가 아니었음에도 문득 떠오른 그날의 기억에 그녀는 괜스레 수줍어져 슬쩍 두 볼을 붉혔다.

"인혜 씨?"

선우의 손끝이 인혜의 손등을 톡, 건드렸을 뿐인데 그녀는 금세 마주쳤던 시선을 피해 공원을 뛰노는 아이들을 바라봤다.

"추우면 들어갈까요?"

가벼운 입맞춤, 그보다 더 경쾌하게 울렸던 심장소리가 여전히 인혜에게는 모두 생생했다.

"아뇨. 안 추워요."

심지어, 그녀는 지금에서야 각방을 쓰고 있다는 사실이 거슬리기 시작했다. 그 생각이 조금씩 마음속으로 파고들어 불안해지는 것이 이상하다는 걸 알면서도 그녀는 멈출 수 없었다.

"그래요. 그럼 조금 더 있다가 들어가요."

이미 어둠이 짙게 깔려 있는 공원에 선우와 나란히 앉아 있던 인혜는 그의 말에 천천히 고개를 끄덕일 뿐 다른 말은 하지 않았다.

조용히 자리를 지키면서도 그녀는 끊임없이 생각했다. 그가 고백했고, 그 사실이 현실로 와 닿기도 전에 입을 맞췄다는 사실에 그녀는 심장소리가 어떤 음악 소리보다 더 빠른 박자로 들릴 수 있다는 걸 깨달았었다. 그런 생각들을 하자 기분이 좋았다.

하지만, 오사카에서 돌아온 이후로 그녀는 그가 서재에서 자는 것이 싫었다.

하지만 무작정 이제 와서 그것이 싫다고 말할 수도 없었다. 이런 상황을 편하게 여겼던 것도 자신이었기 때문이다.

오늘도 그는 서재에서 일을 하다 잘 것이 분명했다.

안방이 있음에도 그는 좀처럼 들어오지 않았다. 명확한 사실과 분명한 기분이 한데 어우러져 입을 열지 못하게 막았다.

열고 싶었지만 달싹이지도 못하는 자신이 참 용기 없는 사람이라고 여겨졌다.

그녀는 오늘도 그에게 말하지 못했다.

눈에 띄게 어수선해진 인혜의 행동을 알아차리지 못할 정도로 선우는 바쁘지 않았다. 더욱이 웬만한 것은 다 알 수 있을 정도로 이제 서로에 대해 어느 정도는 안다고 여겼기에, 오사카에서 돌아온 후 인혜의 행동이 몹시 이상하다는 것을 알고 있었다.

어머니가 지냈던 집에서 인혜가 돌아다니는 모습을 보는 건 좋았지만, 고용인들만 가득한 저택이 마음에 들지는 않았다. 늘 사람들 사이에 둘러싸여 원하는 건 뭐든 손에 넣을 수 있는 그런 삶이 감사하다거나 기쁘지는 않았다.

사람들의 온기가 그저 그리웠던 그에게 외할아버지의 태도는 더 이 집을 좋아하지 않게 만들었다.

그런 마음이었으니 그는 외할아버지가 계셨음에도 외가에는 자주 가지 않았다.

그런 그에게 외할아버지는 하나뿐인 외손자 노릇을 하지 않는다며 결혼 직후부터 지금까지 계속 사람을 보내오고 있었다. 결국 그는 그런 외할아버지의 행동에 백기를 들었다.

그는 혼자 가려고 했지만 인혜를 데려오라는 무언의 시위를 하고 있는 외할아버지를 알기에 차마 혼자 갈 수는 없었다. 결국 함께 외할아버지의 집으로 향했다.

이미 알 만한 것은 알고 있는 인혜라 걱정하지는 않았지만,

고압적이고 보수적인 외할아버지의 행동은 걱정이 됐다.

지금처럼 같은 공간 안에 앉아 나란히 차를 마시는 상황에 놓이니 그는 더욱 불편했다.

"차, 더 내오라고 할까요?"

인혜의 물음이 정확히는 외할아버지를 향했지만, 그는 중간에 그 물음을 가로챘다.

"괜찮아요. 30분 이따가 일어날 거니까."

"그럼 들어가서 아주머니 좀 도와 드릴게요."

정 의원의 집에 살게 된 이후, 그는 외가에 가는 날이면 한 시간 이상 머물지 않았다.

잠깐 얼굴을 비추고 다시 할아버지인 정 의원의 집으로 가거나 어머니가 있었던 오사카에 가 시간을 보냈다. 그도 아니라면 혼자 호텔에 가서 지냈다. 외할아버지와의 기억이나 추억을 짧게 설명하라면 단 세 줄로 요약할 수 있을 정도였다.

별장으로 가지는 않아도 그냥 그 공간 아래 있는 것만으로도 충분했다.

이제 노쇠한 외할아버지에게 이런 행동들을 하지 말아야 한다는 것을 알지만 마음처럼 쉽지가 않았다.

어찌 보면 오해는 외할아버지의 끝없는 욕심에서부터 시작되었다고 봐도 무방했기에, 그는 외할아버지의 욕심을 탓했다. 거기에서 그치지 않고 약속을 쉽게 저버린 아버지의 유약함까지 탓했다.

다른 사람을 원망하지 않았더라면 그는 자신이 언젠가 한번쯤은 탈선을 했거나, 일탈을 해 봤을 수 있다고 생각했다.

할아버지의 관심을 제외하고는 어른들 그 누구의 진심 어린 관심도 받아 보지 못했으니까.

아무리 생각이 변하고 마음이 유해졌다고 해도 여전히 외할아버지의 얼굴을 보면 어머니가 떠올랐다.

"저 아이……."

인혜가 들어간 방향으로 시선을 돌리고 있는 외할아버지의 모습에, 그가 인혜를 말하는 것이라는 걸 알아차릴 수 있었다.

"외할아버지보다……. 세진호텔, 백화점을 가지겠다고 아무도 남지 않은 이 집에 자주 들락거리는 먼 친척들보다 더 좋은 사람입니다. 아니, 아무것도 바라지도 원하지도 않는 사람이에요. 탐욕스러운 마음이라고는 단 한 자락도 가지지 않는 사람이니. 들으신 이야기에 대해 말하시려는 거라면 그만하시죠. 듣고 싶지 않습니다."

그는 외할아버지에게 끊임없이 사람들을 보냈기에 왔을 뿐이라는 것을 돌려 말했다.

"오라고 해서 왔고, 의무는 다 하라고 하셨기에 합니다. 그러니……."

늘 외할아버지와의 대화는 이렇게 끝났다. 풀리지 않는 도돌이표 노래처럼 같은 이야기만 끊임없이 돌았다.

"얼마 전에, 오사카 별장에 다녀갔다고 들었다. 그 아이랑 함께 갔다고."

그 도돌이표 노래에 변화가, 생각하지도 않은 시점에 찾아왔다.

"듣기론, 좋아했다고……. 그 아이 앞으로 별장 돌려놨다. 시외할아버지가 주는 결혼 선물이라고 하면 되겠구나."

어머니가 가장 좋아했던 그 별장. 그리고 어머니의 마지막이 있는 그 별장을 절대 놓지 않았던 외할아버지가 조금 달라졌음에 그는 이의를 제기할 수 없었다.

변하고 있었고, 이미 변한 모습이 많이 드러났음에도 그는 과거의 잔재에 사로잡혀 현실을 보지 않았음을 인정할 수밖에 없었다.

지금 외할아버지는 어렸을 때의 자신을 대할 때 같지 않았다. 그때는 거침없으셨던 분이 이제는 눈치를 보고 있었다.

세월이 어느 틈에 이만치 흘렀는지, 자신이 자란 만큼 외할아버지도 많이 늙어 계셨다. 그걸 인정하고 나니 조금씩 고개를 들기 시작한 죄책감에 그는 외할아버지의 얼굴을 외면했다.

"좋아하겠네요."

다만, 전이라면 하지 않았을 대답을 할 뿐이었다.

오늘 저녁으로는 고등어를 굽고, 저녁을 먹고 일하러 들어가는 그의 서재에는 어제 사 놓은 감을 깎아 따뜻한 오미자차와 함께 넣어 두면 되겠다는 생각을 하면서 종종걸음 치다 보니 어느새 집 앞이라는 사실을 깨달았다.

자신의 행동에 슬그머니 웃음을 짓다가도 입꼬리를 애써 내렸다. 너무 좋아하는 티를 내면 그가 자신을 가볍게 여길까 봐 저어되는 마음이 있었지만 결혼 직후보다 밝아진 분위기는 어쩌지는 못했다.

문을 열고 들어선 집 안, 인혜는 현관 앞에 가지런히 놓인 선우의 구두를 보고 의아해했다. 그가 오려면 아직 두 시간이나 남았는데, 이미 집 안에 있다는 사실이 이상해 걱정스러운 마음이 먼저 들었다.

"선우 씨?"

그녀는 식탁 위에 찬거리를 내려놓자마자 집 안을 돌아다니다 서재에 들어갔다. 그러다 문득, 그녀는 서재에 있는 그의 침대를 보고 생각했다.

작은 간이침대를 보면 늘 필요한 물건 몇 가지만 집 안에 두고 생활하는 그의 습관이 눈에 보였다.

그녀는 이 습관이 정 의원의 집에서 생활하면서부터 생겼다는 걸 알고 있었다. 그랬기에 인혜는 간이침대가 이제 보기 싫어져, 물끄러미 침대를 보며 어떻게 해야 하나 고심했다.

싫다고 말하지 못한 지 제법 되었지만, 말하지 않아도 알아줬으면 싶을 정도로 저 간이침대가 싫었다.

"여기서 뭐 해요?"

문 앞에 오도카니 서서 간이침대를 노려보고 있던 인혜는 등 뒤에서 들린 그의 음성에 화들짝 놀라 앞으로 한 걸음 내디뎠다.

이내 놀란 마음을 가라앉히고 선우를 바라본 그녀는 왜 그가 답할 수 없었는지 알 수 있었다. 씻고 있는 그에게 자신의 부름이 들릴 리 없었기 때문이었다.

"아, 일찍 들어온 것 같아서 찾았는데 없어서요. 오늘 일찍 들어왔네요?"

"아. 오늘 있었던 회의 하나가 취소돼서."

물기가 선명한 선우의 얼굴을 보고 있노라니, 왠지 어색하기만 해 그녀는 그의 목에 걸려 있는 수건을 바라보다 서재를 나섰다. 문턱을 넘었을 뿐인데, 다시 간이침대가 맹렬하게 싫어져 그녀는 다시 몸을 돌려 수건을 내려놓고 있는 선우를 바라봤다.

"저……."

"무슨 할 말 있어요?"

조심스럽기만 한 인혜의 부름에 선우가 그녀의 얼굴을 천천히 살폈다.

"그 간이침대요."

"아, 저거."

"치우면 안 돼요?"

용기 내서 한마디 했지만 돌아오는 반응이 없어 그녀는 고개를 들고 앞에 있는 그를 바라봤다.

"그러니까……."

그가 무슨 말인지 이해를 하지 못한 건가 싶어 다시 입을 달싹이던 그녀는 그 순간 말을 할 수 없었다.

순식간에 다가와 숨결을 앗아 간 그로 인해 인혜는 온전히 그에게 매달릴 수밖에 없었다. 오사카에서처럼 가벼운 입맞춤이 아닌, 짙은 행위가 이토록 버거울 줄 미처 몰랐다.

하지만 그녀는 그에게 아이처럼 매달렸다.

이마저도 좋았기 때문에……

그는 그 순간 아내가 사랑스러워 견딜 수 없는 남자가 되었다. 그랬기에 갑작스러웠으리라는 것을 알면서도 이전과 같은 가벼운 스킨십이 아닌 짙은 입맞춤을 했다.

그 행위 하나하나에 반응하는 인혜의 몸짓이 더욱 그를 어린 소년으로 돌려놓았다. 서툰 마음도, 서투른 행동들도 모두가 감당할 수 없을 만큼 어려웠다.

표현을 한다는 건. 그래서 내 사람이라고 여기며, 가족이라는 범주 안에 발을 들여놓을 수 있게 만든 사람을 다시 바라보고 좋아하게 되고 있다는 걸 말하는 것은 그에게 있어서 어려운 일이었다.

어렵지만 하길 잘했다고 생각할 수 있던 유일한 이유는 놀라고, 두려워하면서도 그럼에도 불구하고 웃었던 인혜의 얼굴 하나 때문이었다.

그녀는 지금도 그의 아내였고, 아내이지만.

결혼 전에는 그저 명 회장의 딸로만 알고 있었을 뿐 다른 것에는 관심을 두지 않았다. 어쩐지 그러고 싶지 않았고 말없이 고요히 앉아 있던 인혜의 모습만으로도 충분했었다.

하지만 지금 그는 아내를 안다고 말할 수 있었다.

겪어온 삶, 가족과의 관계, 아팠던 마음. 그 모두를 안다고 말할 수 있는 지금이 더 낫다고 확신할 수 있다.

"조금 더 자요."

어김없이 이른 새벽 그녀는 눈을 뜨려고 했다. 하지만, 품 안에 있는 아내를 다시 고쳐 안으며 선우는 속삭였다.

손을 붙들고 자는 것 외에 그는 그 무엇도 하지 않았다. 그녀는 표현을 했고, 그도 그에 비등한 행동을 보여 줬다. 거기서 끝이었다.

자다 보니 어느새 그의 품에 안겨 있었다는 것 외에 다른 그 어떤 일도 일어나지 않았다는 사실이 이상한 것은 아니었다.

제 성격에, 그의 성격에 갑작스러운 일들은 쉽게 하지 않으리라는 걸 알고 있으니까. 그녀는 자신들에게 조금 더 시간이 필요하다고 생각했다.

시간이 다른 사람들보다 느리게 흘러갈지라도 그렇게 한 발짝씩 걸어가다 보면 어느 틈엔가 두 손을 마주잡고 걷고 있는 날이 오리라.

상념 속에서 헤매고 있는 인혜를 현실로 돌려놓은 건 선주였다.

"언니?"

"아, 아가씨."

그녀는 오늘 이 자리가 매우 불편했다. 선우는 자신의 여동생에게서 한도가 없는 카드 한 장을 뺏었다. 그게 여전히 앙금으로 남아 있을 선주를 마주한다는 건, 그래서 불편하고 어려웠다.

하지만, 가족이라는 굴레 안에 있어 보지 않을 수도 없었다. 더욱이 그가 가족들을 보지 않고 살 사람은 아니었으니, 그녀는 그저 이 상황이 좋게 끝나기를 기다렸다.

"언니가 굼어요. 알다시피 나, 카드 뺏겼잖아요. 뭐 하러 얼마나 쓰는지 아빠한테 말해서……. 그날 엄청 깨진 거 알아요?"

선주가 무례하게 굴지 않았더라면 그는 그냥 여동생의 과소비를 눈감아 줬을 것이 분명했다. 분란도, 소란도 싫어하는 그의 성격이라면 충분히 이전처럼 지냈을 것이다.

그러니까, 지금 이 상황은 그가 선주에게 보내는 일종의 경고였다. 자신에게 했던 선주의 모든 행동을 눈여겨보고 있다가 했던 경고.

"하지만, 아가씨. 전 장 보거나, 할아버님 집에 갈 때나 쓰려고 받아 둔 거지. 이런…… 자리에서 사용하려고 선우 씨에게 받은 게 아니에요. 아버님께 말씀드려 보세요. 혹 그게 어려우시다면, 일해서 번 돈으로 쓰고 다니셔도 되잖아요."

이미 같은 소리를 시아버지가 했으리라는 걸 짐작하면서도 그녀는 말할 수밖에 없었다. 그러면서도 인혜는 선주가 부러웠다.

그녀는 뭐든 할 수 있고, 뭐든 해도 괜찮다고 말해 주는 사람들이 주변에 많이도 있으면서 아무것도 하지 않았다. 그 무엇도 하지 않으며 남들이 가니까 대학에 가고, 남들이 하니까 신부수업을 듣고, 다른 친구들이 모임에 들어가니까 들어간 모임까지 서너 개.

그 모든 걸 하면서도 아무런 의욕도, 목표도 없는 선주를 인혜는 이해할 수 없었다. 하지만 제 각기 나름의 사정과 아픔을 끌어안고 살아가고 있을 테니 섣불리 말하지는 않았다.

다른 사람의 눈에는 자신 역시 이해할 수 없는 사람으로 분류될 수 있을 테니까.

"말 되게 쉽게 하네요."

오늘은 선인이 오랜 출장을 마치고 들어오는 날이라 단출하게 가족들끼리 레스토랑에서 식사를 하기로 했었다.

그 길에 잠시 들르라고 연락이 왔기에 인혜는 선주를 데려가고자 이 자리에 온 것뿐이었다.

친구들과 함께 놀다, 돈이 필요해서 계산하라고 부른 줄은 결코 예상하지 못했었다.

"지금 당장은 시간 맞춰 가야 하니. 제가 결제할게요."

당장, 삼십 분 뒤에 시부모님과 잡은 약속 시간에 맞춰 가려면 돈을 내고 선주를 데려가는 것이 옳은 결정이리라.

그녀는 종업원에게 카드를 내밀면서도 고개를 저었다. 샴페인, 케이크, 칵테일…… . 아직도 먹고 마시며 노는 친구들을 뒤로하고 선주는 코트와 백을 챙기며 웃고 있었다.

그 모습에 인혜는 사실 선주의 저런 모습들이 부러워서 지금의 모난 마음이 생긴 것일 수도 있다고 여겼다. 그렇게 생각하니 자신이 속이 좁은 사람이 되는 것만 같아 그만 생각하고 싶었다.

사실 그가 크게 마음 쓰지 않는다면 저 역시 제재할 이유는 없었다. 그의 의지로, 마음으로 내어 주고 나눠 주는 것이니까.

하지만, 그의 것을 함부로 사용하는 시누이가 곱게 보이진 않았다. 어쨌든 선주는 선우의 것을 쉽고 가볍게 여기는 경향이 있었다. 그 점만 고친다면 좋겠다고 생각했다.

그렇게 한다면 분명 그는 만족해할 것이었다.

＊　　＊　　＊

"사장님. 모두 도착하셨답니다."

"그만 퇴근하세요."

비서의 연락에 그는 재킷을 챙겨 사무실을 나섰다. 서두르는 그 걸음이 급한 그의 마음을 대변했다.

서두른 보람이 있게 그는 금세 엘리베이터를 타고 레스토랑이 있는 12층으로 갈 수 있었다.

엘레베이터에서 내리면 오늘 가족들이 모이는 레스토랑까지는 거리가 제법 됐지만, 그는 그녀를 한눈에 알아볼 수 있었다. 멀리서도 마치 앞에 있는 것처럼 선명하게 보였다.

호텔 안에 있는 이 레스토랑에서 인혜를 만난 것이 얼마 되지 않은 것만 같은데, 이제는 가족과 함께 이 공간에 나란히 앉아 있다는 사실이 그의 마음을 간질였다.

그가 준 구두를 신고, 가방을 들고 아버지의 앞에 선 인혜는 희미하게 웃고 있었다. 자신에게 보이는 환한 웃음이 아니라 적당한 미소에 그는 기분이 좋았다.

처음 선물이라고 사 두고서도 건네지 못해 트렁크에 모아 놓기만 했을 때에는 직접 보지 못해 어울릴 것이라고만 상상했는데…… 오늘 이렇게 자신이 준 선물들을 하고 나온 아내를 본 것은 처음이었다.

그렇게 그가 준 가방을 들고, 구두를 신고, 옷을 입고 있는 그녀가, 처음 만났을 때 봤던 그 미소를 지은 채로 기다리고 있었다. 한 걸음씩 다가갈 때마다 마음을 간질이는 느낌이 새로워 생경하기만 했다.

"언제 왔어요?"

"아, 선우 씨."

그녀의 곁에 서고 나서야 그는 아버지를 볼 수 있었다.

"오셨어요."

"도착한 지 5분도 안 돼요. 아가씨 대신 돈 써서 아버님께 그거 전해 드리느라고 연락 먼저 못했어요. 여기 오는 길에 아가씨가 같이 가자고 해서 갔더니……."

"미안하구나."

아버지의 입에서 나온 미안하다는 말은 이제 그에게 신뢰가 떨어지는 말이었다.

그는 아버지를 신뢰하지 않았다. 그가 직접 아버지와의 약속으로 아픔을 겪지 않았음에도 여전히 선우는 믿지 않았다.

아버지의 입에서 나온 단 한마디도 그는 신뢰하지 않았다.

적당히 거리를 두고, 타인이 보기에 적당하다 싶을 정도의 선에서 예의만 갖춰 대할 뿐이었다.

"괜찮습니다."

"내가 그 돈 다시 줄 테니……."

"걱정 마시죠. 인혜 씨가 썼다고 생각하면 됩니다. 그 편이 더 마음 편할 것 같네요."

분명 선주가 친구들과 썼을 테니, 아버지가 쉬이 지불할 정도로 가볍지는 않을 것이었다. 그러니 잔머리를 굴려 인혜를 불러냈으리라고 생각하면서도, 그는 오늘 자리를 소란스럽게 만들고 싶지는 않았다. 더욱이 이미 카드를 뺏은 것으로 당분간은 이전처럼 망아지같이 날뛰지는 않으리라고 생각했다.

게다가 할아버지도 동생이니 적당한 선에서 봐주는 것이 어떻겠냐고 말하기도 했고, 자신이 아팠던 만큼 선주나 선인이도 어린 나이에 불안감에 떨며 살아왔을 테니 당분간 이 이야기는 그만하고 싶었다.

"괜찮습니다. 그래도 학교 교수님이신데, 그 큰돈 어떻게 내시려구요. 다만, 다음부터는 그렇게 쓰고 싶다면 일부터 하라고 하시죠. 아직 젊은데 신부수업만 받고 놀면 남들 보기도 좋아 보이지는 않을 겁니다."

"그래. 그러마."

대답을 들은 이후로 그는 아버지와 더 이상 대화하지 않았다. 대화할 이유가 없었기 때문에, 그는 인혜를 살피고 그 곁을 지키며 어서 시간이 지나가기만을 기다렸다.

＊　　＊　　＊

일본에서 사 온 물건들을 정리하다, 그녀는 곰곰이 생각했다. 분주히 돌아다니는 것이 힘들 줄 알았는데, 힘겹다기보다는 즐거웠던 거 같다.

한 번도 경험해 보지 못한 것을 속단했던 스스로의 어리석음을 그제야 힐난했다. 하지만 이제 와서 그녀가 할 수 있는 건 많지 않았다.

이미 세진호텔 정선우의 아내로 알려진 이상 호텔 쪽에 취직을 할 수도 없었고, 아버지의 회사로 나가 일하고 싶은 것은 더욱 아니었다.

만약 그렇게 한다면 박 여사를 다시 봐야 할 테니까. 결코 하고 싶지 않은 행동 중 하나를 꼽으라면 단연 아버지의 회사에 출근하는 일이었다.

일본에서 가져온 물건은 한쪽으로 치우고, 그녀는 바싹 마른 수건을 집어 들었다. 소파에 앉아 수건을 개키던 인혜의 옆에서 신문을 읽고 있었던 그가 잠시 신문을 내려놓고 물었다.

"무슨 생각해요?"

"그냥, 아직 해 보지 못한 게 너무 많다는 생각요. 들어가기도, 나오기도 어렵다는 학교를 졸업하고도 이러고 있는 건 뭔가 이상하다는 생각이……."

하지만, 그렇다고 세진호텔에서 일하고 싶지도 않았다. 거긴 그의 호텔이었고, 선우가 운영하고 있는 곳에 발을 디딘다면 분명 사람들이 수군거릴 것이었다. 인혜는 그냥 몸을 움직이고 싶을 따름이었다.

"일……하고 싶어요?"

그라면, 충분히 그렇게 해 주겠지만 인혜는 싫었다.

"아뇨. 그냥, 뭔가를 하고 싶어졌어요. 근데 그 무언가를 어디서 찾아야 하는지, 뭘 하고 싶은지 모르겠어서요."

이럴 때면 그녀는 스스로가 무력하다고 느끼고는 했었다.

가끔 그럴 때면 차창 밖의 야경을 보며 마음을 달랬었지만 지금은 나가서 놀다 온다고 해서 뭐라고 하는 사람도 없었고, 일을 한다고 해서 싫어하는 사람도 없었다. 그럼에도 여전히 아무것도 하지 않은 채로 집안일, 집안일도 일이긴 했지만, 만을 하는 현실에 다시금 무기력해졌다.

"아."

"바보 같죠?"

멍청한 물음이라고 생각했지만 말하지 않을 수 없었다. 다른 사람들이 하는 그런 연애, 그걸 자신이 지금 하고 있는 것 같았다. 그랬기에 그녀는 그에게 생각나는 것을 하나씩 꺼내 말하기로 했다.

그가 자신을 향해 한 걸음 다가오면, 그녀 역시 그를 향해 한 걸음 다가갔다.

보통의 연애라는 게 특별할 것 없었음에도 동경하고 바랐던 이유는 평범한 생활을 하고 싶어서였다. 지금처럼 그가 다가오면 자신도 다가가는 이런 삶을 사는 게 어렵지 않은 일이라는 걸, 인혜는 그와 연애라는 걸 시작하자고 말하고 나서야 깨달을 수 있었다.

그렇게 조금씩 천천히 서로를 향해 한 걸음씩 다가가는 것, 그것이 지금 그와 자신이 하는 연애였다.

"그럼 하고 싶은 걸 찾아볼래요? 내일, 나랑 나가요."

"내일요?"

그녀는 두 눈을 말갛게 뜬 채로 그를 바라봤다. 무심한 듯 자신에게 시선조차 주지 않은 채로 신문을 보는 그가 천천히 입을 열었다.

"내일, 나랑 사람들 많은 데 가요."

어디를 갈지, 무엇을 할지 모르지만…… 그녀는 그것만으로도 좋았다. 그가 자신의 말에 귀 기울이고, 얘기를 들어 주어 기뻤다.

그런 사람이 곁에 한 명쯤 생겼다는 걸 엄마가 안다면 좋아할 것이라고 생각했다. 희미한 기억 속, 울고 있던 여자를 다시 보고 싶다는 생각을 멈출 수 없었다.

죽었는지, 어딘가에서 조용히 살고 있는 것인지는 전혀 알 길이 없었지만 보고 싶었다.

✳   ✳   ✳

"명인혜 씨?"

"아, 안녕하세요."

서류를 검토하다 시간을 확인하고 놀라 한달음에 내려온 길이었다. 할아버지가 잡아 놓은 약속을 어기는 건 그에게 있을 수도 없는 일이었다. 그는 다행히 여자가 아직 앉아 있다는 사실에 안도했다.

레스토랑에 들어서자마자 여자를 알아본 것은 결코 우연이 아닐 것이리라. 여자는 한눈에 띌 만큼 아름다웠고, 고요했다. 사람들이 지나가도, 직원이 다가와서 몇 번 물 잔을 채워 넣어도 아무런 일도 없다는 듯 그 자리에 못 박혀 가만히 있었다.

이 자리에 있으되 있지 않은 사람처럼……. 여자는 고요하게 앉아 있었다.

그는 그 순간 어머니가 생각났다. 아버지의 사랑에 목숨을 걸었던 어머니, 그래서 외할아버지의 분노를 더욱 돋웠던 어머니.

하지만 그의 기억 속 어머니는 달랐다. 이 여자처럼 어머니는 혼자인 시간을 좋아했고 사람들 사이에 섞여 있어도 마치 혼자인 것만 같은 착각을 불러일으켰다.

이러한 생각에 그녀의 조용한 성격이 한몫했으리라는 건 그의 착각이 아닐 것이었다.

"차, 드시겠어요?"

그는 딱히 할 말이 없었다. 마실 것을 권하는 것 외에는 그녀에게 묻지 않았고, 그녀도 저에게 묻지 않았다.

지금의 상황이 선 자리라는 걸 잊은 건지, 아니면 이 자리가 마뜩찮은 것인지 알 길은 없지만 딱히 나쁘진 않아 그는 여자의 음성을 기다렸다.

낯선 여자와 마주 앉아 있는 그를 보고 직원들이 수군거렸다. 하지만 그녀는 이 모든 상황을 신경 쓰지 않을 수 있었다. 사실 직원들이 자신들의 상사가 여자를 만나는 모습이 신기하고 낯설어 표 나지 않게 수군거리고 있는 모습을 알아차리는 것이 더 신기한 일이었다.

하지만 그는 눈앞의 여자처럼 그 모든 일들을 신경 쓰지 않았다. 앞에 마주 앉아 있는 여자는 이전에 할아버지가 만나 보라고 약속을 잡아 나온 여자들과 사뭇 달랐다. 그 사람들은 직원들의 시선을 궁금해했고 그다음엔 루머를 궁금해했다.

흔들리지 않는 고요함을 간직한 그 분위기가 어머니를 무척이나 닮아 있다는 걸 그는 다시 한 번 깨달았다.

"커피. 커피면 될 것 같아요."

한참을 기다리다 얻은 대답치고는 싱거웠다. 하지만 그는 그래서 좋았다. 꽤 괜찮다는 생각이 드는 것과 동시에 지켜 주고 싶다는 마음이 불쑥 치솟았다.

그런 스스로가 이상했다. 어딘지 모르게 이 여자를 조금 더 보고 싶었다. 어머니를 닮은 이 여자라면, 호텔을 찾는 다양한 가족들처럼 단란한 가정을 꾸릴 수 있을 것만 같았다.

그렇게 가정을 꾸려 나갈 수 있지 않을까, 그는 조용히 생각했다.

직원이 커피를 내와서 앞에 내려놓을 때에도, 그는 그녀의 얼굴에서 시선을 떨어트리지 못했다.

이 시간이 끝나도록 그는 그녀를 보기만 할 뿐 더 이상의 말을 건네지 않았다.

책상 한 귀퉁이에 올려진 먹기 좋게 조각조각 잘려 있는 샌드위치의 빵이 말라서 딱딱해지자, 그는 시선을 한 번 줄 뿐, 손을 뻗어 먹지 않았다. 손을 뻗어서 닿는 위치에는 커피만이 있을 뿐이었다.

2층을 통째로 그가 쓰고 있었지만, 그는 자신이 사용하는 방 하나 이외에는 그 무엇도 다른 방에 들이지 않았다.

이것은 그 나름의 계산이었다. 어느 날, 이 집에서 나가게 된다고 해도 이상하지 않게, 그는 준비했다. 꼭 필요한 것 이외의 물건은 방 안에 두지 않았다. 책상은 누가 사용해도 어색하지 않을 원목으로 놔두었다.

옷 한 상자.

책 한 상자.

구두 한 상자.

그 외의 것은 필요하면 다시 사면 그만이었다. 그게 그가 살아온 방식이었다. 할아버지가 잘 대해 주고 있다는 걸 알고, 안정감을 주기 위해 노력하고 계시다는 건 알지만 이곳에서도, 그리고 외가에서도 그는 집이라는 것에서 안정감을 얻지 못했다.

어딘지 모를 황량함이 항상 그의 안에 존재했다.

"바쁘지 않으면, 얘기 좀 하자."

"언제 오셨어요."

밤 열 시가 넘었으니 당연히 할아버지도 집에 있을 것이 분명했지만, 그는 방 밖의 상황에 귀 기울이지 않아 신경 쓰지 않았다.

정치를 하는 할아버지에겐 늘 사람들이 넘쳐났고 집 안엔 어른들이 분주히 다녀갔다. 집에 사람들이 들고 나는 소리를 신경썼더라면, 이곳에서 살 수 없었을 것이었다.

그들은 대개 할아버지를 보좌하는 사람들이었다.

"어떻더냐."

주어가 빠진 그 물음이 무엇을 의미하는지 선우는 이미 알고 있었다.

"결혼을 해야 한다면…… 그 여자와 하겠습니다."

"소문이 많은데도 괜찮다면 말리지는 않으마."

무수한 소문, 그 소문들을 신경 썼더라면, 애초에 명인혜를 만나겠다고 하지도 않았을 것이었다. 처음부터 바쁘다는 핑계로 약속을 깨 버릴 수도 있었을 테니까.

하지만 그는 그녀를 만났다. 그리고 선택했다.

"괜찮으니, 그대로 해 주시죠."

결혼이 그녀에게는 어떤 의미일까, 그는 궁금했다. 그에게 결혼은 계약이나, 죽을 것 같은 사랑이 아닌 안정감을 가져다주는 가정을 가지는 일이었다.

그걸 할 수도 있지 않을까, 하는 막연한 기대감이 그의 안에서 점점 기지개를 켜기 시작했다.

＊　　＊　　＊

결혼 전의 그 어느 날을 떠올리면 그녀가 선명히 그려졌다. 또한 그날의 제 마음과 기억들이 사진처럼 스쳐 지나갔다.

기억이라는 건 우습게도 지나간 시간에 대한 추억에 그치지 않음을 알고 있었다. 하지만 그는 그래도 기억하고 싶었다.

어머니의 그 오래전 모습도, 자신의 어릴 적 순간들도…… 아내가 된 여자를 처음 만난 그 순간도 잊고 싶지 않았다.

모두 기억해서 차곡차곡 담아 놓고 싶었다. 언제든 꺼내 보고 싶을 때 볼 수 있는 사진처럼 기억하고 싶었다.

"오늘 어디 가자고요?"

"사람들이 좀 많은 데를 갈 거예요."

사람들이 많은 장소를 그도, 그녀도 싫어했다. 싫어하기보다는 되도록 가는 것을 피하는 편이라는 것이 맞을 것이다.

하지만 오늘은 반드시 갈 것이다. 인혜가 길을 정하지 못해 헤맨다면, 이제 앞으로 나아갈 수 있도록 돕는 건 자신의 몫이라 여겼다.

그는 그녀가 앞으로 나아가는 것을 원했다. 조용한 것도 좋고, 수줍게 웃는 모습도 좋았다. 할아버지의 앞에서 무언가 설명하는 모습마저 좋을 정도로 그는 그녀를 좋아했다.

이런 분명한 감정 앞에서 그는 그녀를 좋아하는 것을 숨기지 않았다.

이런 게 인혜가 말한 연애라면, 그는 조금 더 이 상황을 유지하고 싶다고 생각했다.

"사람들을 보면, 어떻게 해야 하는지 생각이 날 때도 있으니까. 우리가 오늘 할 건, 집 밖으로 나가서 사람들을 보는 거예요."

"사람 구경?"

"네, 그거요."

가끔 그가 머릿속이 복잡하다고 느낄 때 하는 행동, 그걸 그녀에게 알려 주고 싶었다. 그녀는 알지 못하겠지만 그는 가끔 복잡했던 모든 상황으로부터 도망치고 싶어질 때 그렇게 했다.

"좋아요."

인혜의 입에서 좋다는 한마디가 흘러나왔을 뿐인데 웃음이 나왔다.

"갈까요?"

그도 알지 못한 사이 입가엔 웃음이 그려져 있었다. 괜스레 마음이 간질거리는 기분이 들어 웃지 않을 수 없었다.

그의 손에 이끌려, 카페 창가에 나란히 앉아 그녀는 그의 어깨에 기대어 밖을 바라봤다. 그의 말처럼 사람들이 많은 곳이었다.

코엑스엔 박람회에 참석하거나, 그도 아니라면 이곳에 있는 호텔에 오는 사람들 외에는 오는 사람이 별로 없을 것이라 여겼던 것이 틀렸다는 걸 도착하자마자 깨달았다.

덴마크식 커피와 디저트가 유명한 집이라 눈길이 가는 소품들에 시선을 주던 인혜는 문득 집에 두면 좋은 식기를 발견하고는 어린아이처럼 두 눈을 빛내기도 했다. 그러면 그는 천천히 그녀의 곁으로 다가와 함께 그릇을 보며 자잘한 이야기를 나눴다.

그렇게 커피가 나오기까지 시간을 보내던 그녀는 이내 커피를 받으러 간 그의 뒤를 따랐다.

사람들은 많았고, 그 틈엔 젊은 커플들도 무수히 넘쳐 났다.

친구들과 함께 놀러 나오거나, 가족과 함께 나온 사람. 그도 아니라면 혼자 자신만의 시간을 갖는 사람. 다들 저마다의 일과 고민들이 있어 보였다.

그의 말처럼 다른 사람들을 보는 건 도움이 되고 있었다. 스스로가 무용한 사람이라는 생각을 하지 않게 해 줬다.

그 생각들이 얼마나 어리석은 것인지 직접 말해 주지 않아서 고마웠다. 그저, 다른 사람들이 하루를 살아가는 모습을 보여 주는 것으로 자신의 삶이 틀린 것이 아니라는 걸 알려 주어 고마웠다.

그가 어떤 방식으로 말하고, 행동하는지 알기에 그녀는 지금 이 순간도 그가 말하고 있다는 걸 알아차릴 수 있었다.

"고마워요."

기댈 수 있는 어깨를 빌려줘서 고마웠고, 같은 공간에 앉아 함께 같은 곳을 바라보고 있어서 고마웠다.

그리고 곁을 지켜 줘서 고마웠다.

선우는 인혜가 하고 싶어 하는 걸 자세히 알지 못한다. 하지만, 무언가 하고자 찾는 중이라는 걸 알기에 그는 느긋하게 기다리는 중이었다.

오늘처럼 할아버지 댁에 와서도 그녀는 분주했다. 평소처럼 조용히 앉아 책을 읽거나 무언가를 보고 있는 것이 아니라, 아주머니 옆에서 요리를 하고 묻느라 바빴다. 거실 창가에 앉으면 그 모습이 잘 보였다.

할아버지 집에 올 때마다 그는 그녀를 바라보았다. 불편한 그 자리를 고수하며 때로는 몰래, 때로는 드러내며 봤다.

종종걸음 치는 인혜를 볼 때마다, 그는 그런 아내가 사랑스럽다고 생각했다.

노력을 아끼지 않는 저 모습들은 누가 만들어 낸다고 할 수 있는 것이 아니었다. 자연스럽게 녹아 나오는 인혜의 모습들이 그는 좋았다.

무엇이 그리도 재미있는지 소녀처럼 웃는 모습도, 조심스럽게 칼질을 하는 모습도 모두 좋았다.

그 모습을 빤히 바라보고 있다는 사실을 자각하지 못한 채로 앉아 있던 그는 문득 스스로를 돌아보았다.

이 마음을 단순히 좋아하는 것이라고 치부하기엔 모호한 부분이 많은 것 같았다.

애석하게도, 그는 어머니가 했던 그 감정놀음을 자신이 하고 있다는 걸 깨달았다. 어머니가 했던 그대로, 상대를 보고 좋아하며 그 마음을 감출 수 없어 결국엔 스스로를 다 내어놓는 그 행위를 하고 있었다.

자신은 어머니와 같지 않음을 스스로에게 수십 번도 넘게 말하고 나서야 겨우 웃을 수 있었다.

자신은 아내를 마음에 담아 두고 있는 것이니 어머니처럼 무너지지 않을 수 있다. 무너져도 함께 주저앉았다 일어나 줄 사람이 인혜였으니 괜찮았다.

그래서 이다음에, 그는 그녀에게 다시 말해 주고 싶었다.

당신을 좋아하는 게 아니라, 사랑하고 있노라고……

＊　　　＊　　　＊

무언가를 꼭 하고 싶어서 견딜 수 없는 날처럼, 인혜는 갑자기 돈가스가 먹고 싶었다. 왜 그런 생각이 든 것인지 모르겠지만 갑자기 먹고 싶다는 생각이 들어 부엌으로 향했다. 병으로 고기를 쳐 대는 인혜의 손길이 분주했다.

돈가스를 만들기 위한 다른 재료들을 모두 준비해 둔 뒤에야 그녀는 고기를 연하게 만들기 시작했다. 고기를 연하게 하기 위해 손을 움직이면서도 그녀는 자신이 왜 갑자기 돈가스를 먹고 싶어 하는지 생각하고 또 생각했다.

"탄산음료라도 사 올까요?"

"아, 느끼하겠다. 그러고 보니 개운한 게 없네요. 조금만 기다리면, 내가……."

그녀는 그가 단 한마디 했을 뿐이라는 걸 잊은 건지 평소답지 않게 재잘거렸다.

"굳이 그러지 마요. 힘들잖아요. 하나만 줘도 충분해요."

이미 돈가스만 튀기면 식탁에 앉아 밥을 먹어도 충분할 정도로 세팅이 다 되어 있었다. 무엇이 불안한 것인지 알지 못하면서도 그녀는 쉴 새 없이 말하며 움직였다.

분주한 그 모습에 결국 선우는 그녀를 제지했다.

"그냥 내가 나가서 마실 거 사 올게요. 그게 좋겠어요. 그러니까 지금 하고 있는 거 외에 다른 건 더 하지 말아요."

긴 다리로 성큼성큼 걸어 순식간에 집 안에서 사라진 선우의 모습에 결국 인혜는 김치찌개를 끓이려던 생각을 고치고 다시 돈가스를 만드는 일에 집중했다.

언젠가 봤던 것만 같은 지금의 순간이 인혜의 얼굴을 좀처럼 펼 수 없게 만들었다.

언제 봤는지, 왜 단 한 번 먹어 봤음에도 불구하고 이 음식에 이토록 집착하는지 기억나지 않았다.

꽁꽁 싸맨 그 기억을 열어 보고 싶었지만 쉽지 않았다.

기억의 틈, 그 사이에서 그녀는 아직 길을 찾지 못했다. 드문드문 끊긴 그 기억을 더듬느라 고단했다.

그가 한달음에 달려 나가 탄산음료 대신 레몬에이드를 건네주었을 때에도 그녀는 꽉 닫힌 기억이 떠오르지 않아 갑갑하기만 했다. 결국 레몬에이드를 잔에 따라 식탁 위에 올려놓고 나서야 그녀는 그의 앞에 앉았다.

"선우 씨."

그녀의 부름에도 그는 대답 없이 앞에 앉아 인혜가 만든 음식들을 바라만 봤다. 샐러드와 돈가스, 그리고 상큼한 레몬에이드까지. 한 끼를 위해 그녀는 수고로움을 아끼지 않았다.

다만, 왜 오늘따라 이 음식에 집착한 것인지는 알지 못했다. 알았다고 한들 달라지는 건 없었겠지만, 그는 그녀에게 위안이 되어 주고 싶었다.

자신이 이 집에서 안정을 찾았던 것처럼 그녀가 가지는 마음이 단순히 가족 이상의 것이 되기를 바랐다.

"이거요, 한 번 먹어 봤다고 생각했어요."

미국에 가기 전, 그녀가 먹어 본 음식. 그래서 오늘따라 돈가스가 먹고 싶다며 요리에 열중했다고 이해하려던 무렵, 다시금 시작된 인혜의 음성에 그는 수저를 내려놓았다.

"근데 아니었어요. 엄마가……해 줬었더라구요. 아버지 손에 이끌려 가기 전날, 맛있는 걸 준다고 해 준 게 이거였어요."

기억도 나지 않아서 힘들어하던 인혜였다. 그는 그 소문이 사실이라고 인정하던 순간의 인혜를, 명 회장을 만나고 돌아와서 자신과 점심을 먹던 날의 인혜를 기억하고 있었다.

얼마나 힘겨워했는지, 사소한 것들을 모두 기억하고 있었기에, 그녀가 작은 기억을 떠올렸다는 것에 좋아해야 하는 건지 위로해야 하는 건지 갈피를 잡을 수 없었다.

"나는 이게 좋다고 다음에 또 해 달라고 했어요."

어렸으니까, 그녀는 작은 손으로 엄마의 치맛자락을 붙들었을 것이었다. 맛있다고 내일도, 모레도 또 해 달라고 졸랐을 것이 분명했다.

자신이 어머니에게 하지 못한 그 어리광을 부렸을 순간들이 그려져 그는 쉬이 입을 열 수 없었다.

"해 주겠다고 했었어요, 엄마가. 내일도 모레도……. 내가 원하는 때면 언제든 해 주겠다고."

"인혜 씨."

"괜찮아요. 언제라도 나타나면 이젠 내가 해 주면 되니까. 맛,

있지 않아요?"

애석하게도 당신의 어머니를 찾고 있지만 잘 찾아지지 않는다고 말할 수 없었다. 분명 죽은 것은 아닐 테니 쉽게 찾을 수 있으리라고 생각했던 자신이 틀렸음을 이렇게 알게 된 것이 슬프지는 않았다.

"맛있어요."

뭐든 인혜가 만든 것은 맛이 있었다. 아주머니가 제아무리 맛있게 해 줘도 밥 한 공기를 다 먹지 않았던 그가 그녀가 만든 것은 무엇이든 다 먹었다. 심지어 그는 튀긴 음식을 잘 먹지 않았음에도 눈앞에 있는 한 접시를 금세 비울 것처럼 식사를 했다.

그럼에도 불구하고 인혜의 얼굴은 환하게 펴지지 않았다. 그는 그런 아내의 얼굴을 펴 주고 싶었다.

환하게 웃었던 순간으로 돌려 함께하고 싶었다.

어머니가 이제 조금은 더 이해가 됐다. 사람을 좋아한다는 건, 그래서 사랑을 한다는 건 이런 기분이구나 싶었다.

사실 그는 어머니가 마음속에 싸매고 내려놓지 않았던 그 감정이 어머니를 죽이고 있다고 생각했기에 싫기만 했었다.

어른들은 왜 저런 쓸모없는 감정과 싸우는 것인가 싶기도 했었다. 하지만 그는 이제 조금 더 알 것 같았다.

"만약, 평생 인혜 씨와 내 앞에 나타나지 않는다고 해도 슬퍼하지 마요."

뭐든 다 해 주고 싶은 마음, 그 하나가 마음속을 지배하고 있어서 다른 것은 생각할 틈을 주지 않았다.

"생각이 나고, 떠오를 때마다 나랑 먹어요."

희미하게 웃는 인혜의 얼굴을 마주하자 그는 웃을 수 있었다. 조금은 펴진 그 얼굴을 보자 그는 전날 그녀에게 하고자 했던 말을 꺼냈다.

"우리 연애는 그만해요."

천천히, 그렇지만 너무 느리지 않게 진심을 담아 손을 내밀었다.

"이제, 진짜 부부 할래요?"

서로의 아픔과 마음을 어루만져 줄 수 있는 그런 관계에 서서 아프지 않게 위로해 주고 싶었다.

그녀가 바란 것은 조금 달랐을 수 있지만 그는 자신이 원하고 있는 것이 머릿속을 가득 채워, 다른 것을 돌아볼 겨를이 없었다.

"좋아하는 게 아니라, 사랑하기 시작했어요."

명확한 그 감정을 입 밖으로 내뱉고 나니 더욱더 커진 기분이었다. 내밀어진 손이 무색하지 않게 인혜가 손을 맞잡아 줬다.

희미한 웃음을 입가에 그려 넣으며 인혜는 울고 있었다.

4
부부 할래요?

선우가 부부를 하자고 먼저 말했을 때 느낀 첫 감정은 모호한 것이었다. 구분할 수 없는 그 경계선에 서서 있는 기분은 말로 표현하기 어려운 종류의 것이었다.

설명할 수 있으면 좋으련만, 그럴 수 없다는 사실이 싫었다. 화장대에 앉아 얼굴을 매만지며 그를 바라보기도 했고 현관에서 나서는 그를 바라보기도 했다.

그렇게 하루에도 수십 번씩 얼굴을 마주하는 사람이었지만 그녀는 선뜻 그에게 먼저 물을 수 없었다.

어제 그가 연애를 그만하고 부부를 하자던 말이 어떤 의미였는지 묻지 않았다. 그는 몰랐겠지만 그녀는 일단 두려운 것이 생기면 더 이상 묻지 않았다. 그저 그 시간이 지나가기를 기다리며 몸을 웅크리는 편이었다.

하지만, 그녀는 내일은 꼭 물어보리라 다짐했다. 그가 어떤 생각을 가지고 그런 말을 한 것인지 조금 궁금했다.

"일단 이 정도쯤 하면, 일 년 치예요?"

김장철이 다가오니, 그녀는 해야 할 일을 모두 제쳐 두고서라도 김장을 우선으로 하지 않을 수 없었다.

할아버지 댁에서 일하는 아주머니를 몇 날 며칠 붙들고 물어보며 재료를 모두 사다 놓는 일이 고단하기보다는 처음 하는 일이라 설렘이 가득했다.

"괜한 걸 하는 거라니까. 어찌나 까다로운지 집에서 밥이라고는 안 먹는 사람하고 결혼해서……."

혼자 동동거리는 인혜가 안돼 보였는지 아주머니가 말을 거들었지만 인혜는 이해할 수 없었다. 자신이 주는 건 뭐든 잘 먹는 그가 어째서 까다롭고 밥도 안 먹는 사람이라는 건지…….

"하지만, 선우 씨는 제가 주는 건 뭐든 잘 먹는걸요. 저녁 먹고 난 뒤에 서재에 차랑 간식도 미리 놓아두면 다음 날 깨끗하게 비워져 있어요."

의아한 생각에 그저 있었던 일을 말한 그녀의 말에 아주머니가 놀라 다른 말을 찾지 못했다.

"그 녀석, 네가 좋은 모양이구나."

그런 인혜의 뒤에서 결국 정 의원이 한마디 불쑥 던지며 끼어들었다.

"네?"

"그 녀석 원체 잘 안 먹어서 일하는 사람들만 고생시킨 게 한두 번이 아닌데, 네가 만든 건 잘 먹는다니 다행이구나."

정 의원의 입에서 나온 말에 인혜는 괜스레 웃음이 밀려들어 웃지 않으려 입술을 깨물었다. 억지로 웃음을 참는 그 모습을 보던 정 의원이 자연스럽게 잔을 건네고 자리를 비우자 그녀는 표정을 풀었다.

웃지 않으려 참았던 그 얼굴에는 의례적인 미소가 아닌 진짜 웃음이 걸려 있었다.

"결혼하더니 선우 군이 좋은가 봐."

아주머니의 말에 그녀는 결국 비집고 나오는 웃음을 막지 못했다. 정 의원이 그 모습까지 보고 들어간 것을 아는지 모르는지 그녀는 고운 얼굴로 환히 웃고 있었다.

"아니에요. 선우 씨가 워낙 잘 안 가려서……."

"그런 말 말어. 내가 선우 군을 모르는 것도 아니고, 워낙 까탈스러워서 색시 될 사람이 고생 좀 하겠다 했는데. 요즘도 뭐 주면 안 먹고 버리게 만드는 일 많지? 맨 저녁때 먹으라고 뭘 좀 넣어 주면 커피만 마시고, 음식은 죄 말라 비틀어져서 다 버렸어야 했다고……."

아주머니의 한탄에 가까운 말에 그녀는 결국 소리 내어 웃었다. 환히 번지는 그 웃음 사이로 그의 이야기가 더 듣고 싶어 그녀는 되물었다.

또 어떤 이야기들이 있는지 묻고, 또 물었다.

그가 오기 전까지 그녀는 정 의원의 집에서 그를 기다리며 결혼 전 그의 이야기를 더 듣고 싶어, 오래도록 이 집에서 일한 아주머니를 채근했다.

조금 더 얘기해 달라고, 아이처럼 졸랐다.

* * *

인혜의 어머니에 대한 정보를 찾았다는 소식에 그는 사무실을 나서려다 말고 정보를 들고 온 비서를 기다리던 참이었다.

하지만 마냥 좋아할 수만은 없었다. 도리어 한번 크게 뒤통수를 맞은 기분이라, 그는 웃기만 할 뿐 이렇다 할 말을 할 수가 없었다.

결국 다시 물을 수밖에 없었다.

"다시, 말해 보시죠."

인혜의 어머니를 찾는 일은 그에게 있어서 중요한 일로 분류되어 다뤄지고 있었다. 그렇게 열심히 조사했음에도, 워낙 오래 전 자취를 감춰 어렵다는 이야기만 가득했었다.

"원래부터 아팠던 모양입니다. 찾으시던 분은 얼마 못 가 돌아가셨습니다. 가족도 없고 친인척도 아무도 없었으니 묘소도 따로 만들지는 않은 것 같습니다."

"아프셨던 걸……."

인혜는 몰랐을 터였다. 아내의 어머니는 독하게 자신의 딸을 보내고 홀로 죽어 간 것이었다. 이 사실을 몰랐다면 차라리 좋았을 텐데, 괜히 찾아서 인혜를 더 아프게 만드는 건 아닌지 걱정이었다.

하지만 모르고 지나간다면 더 아프게 될 일이었다. 차라리 지금 한 번 겪어 내고 지나가는 편이 나을 것이라는 생각이 들었다.

"아닙니다. 나가 보세요."

꼬박 세 달이 걸려 찾아낸 것이 더는 그분이 저희의 앞에 나타날 일이 없을 것이라는 소식이라니, 세상이 공평하지 못하다고 생각했다.

그는 결국 명 회장을 만날 수밖에 없다고 생각했다. 모든 온전한 기억을 가지고 있는 사람은 명 회장밖에 없었으니, 반드시 만나서 물어야 했다.

인혜가 오해하고 살아온 것도, 그녀의 어머니가 아파서 홀로 죽었다는 것도……. 모두 물어보고 확인하고 싶었다.

"나예요."

그는 수화기 너머의 인혜에게 말했다. 어둠이 내려앉은 사무실에 홀로 앉아 있는 그의 머릿속으로 그녀가 있을 할아버지 댁의 거실이 그려졌다.

오늘 그곳에서 김장을 할 거라고 얘기하던 어제의 기억이 그 풍경을 상상할 수 있게 도와줬다.

"조금, 늦을 것 같아요. 힘들면 하지 마요. 원래 아주머니들이 하시던 거니까. 적당히 도와 드리기만 해도 돼요."

굳이 하지 않아도 될 일을 나서서 하겠다고 하는 인혜를, 가족들이 얼마나 이상하게 여기고 있는지 그는 알고 있었다. 하지만 선우는 그런 인혜가 좋았다.

하나하나 자신의 손을 거쳐 하려는 노력과 마음들이 좋기만 했다.

"데리러 갈게요."

당부를 하듯 말하고 있음을 안다. 알고 있었음에도 다르게 말할 수 없었다. 그녀는 열심이었고 그는 그런 아내가 걱정스러웠다.

행여 그러다 아프게 되지는 않을까 저어되는 마음이 그렇게 만들었다.

사내들의 대화보다, 일 이야기를 하는 자리가 더 편할 만큼 그는 명 회장이 불편했다. 아내의 아버지였음에도 불구하고 그에게 명 회장은 그저 타인으로 구분되어 있었기에 불편하기만 했다.

약속 장소가 일본식 술집이라는 것도 마음에 들지 않았다. 사위와의 약속 장소를 술집으로 고른 것으로도 모자라 명 회장은 대놓고 술을 권하고 있었다. 깔끔하게 거절한 그는 술잔을 아예 엎어 놓았다.

명백한 거절의 의사표현에 명 회장은 결국 혼자 술잔을 기울일 수밖에 없었다.

　"그분, 돌아가신 건 알고 계셨습니까?"

　"누굴 말하는 건지 잘 모르겠네만."

　명 회장의 대답에 결국 선우는 다시 물었다. 마주 앉은 이 자리가 고단했다. 주위를 사로잡은 적막이 견디기 힘들 정도로 무거웠다.

　그럼에도 불구하고 그는 이 자리를 벗어날 수 없었다. 원하는 대답을 듣기 전에는 벗어나지 않을 생각이었다.

　"인혜 씨 친어머니 말입니다. 회장님께 인혜 씨를 보내고 나서 고작 3년도 못 가 돌아가신 건 알고 계셨냐고 물었습니다."

　술을 마시던 명 회장의 움직임이 눈에 띄게 느려졌다. 하지만 결코 아무 말도 하지 않았다. 그는 명 회장이 무엇을 말하든 지금의 상황이 달라지지 않으리라는 걸 알지만, 적어도 아내에게 설명은 해 주고 싶었다.

　그저 아파서 돌아가셨다는 사실 외에 다른 이야기가 있다면 더 좋을 것이라고 여겼기에 그는 명 회장에게 물었다.

　선우는 묻고 대답을 기다리는 동안 술도, 음식도 입에 대지 않았다. 오늘 돌아오면 함께 수육을 먹자고 했던 인혜의 말이 떠올라…….

　"그때에도, 그다음 해에도 많이 아파서 견딜 수 없어했지."

　"보셨습니까."

"아이 소식을 간절히 바랐으니 두어 번 가서 볼 수밖에 없지 않겠나."

적어도 이런 사실들을 알았더라면 인혜가 마음 안에 황폐한 생각을 담아 두고 살아오지 않았을 것이라는 생각이 선우의 머릿속에 날카롭게 파고들었다.

"말했더라면, 글쎄⋯⋯. 그것이 인혜에게 도움은 되지 않았을걸세. 술집 여자의 딸이라는 꼬리표가 그 아이에게 영원했을 테니까. 죽었으니 차라리 잘 되었다 싶기도 했고."

한때 사랑해서 만나도 이처럼 계산적일 수 있다는 걸, 눈앞에서 보고 있음에도 쉽게 믿을 수 없었다.

그렇게 믿는다면, 어머니는 멍청한 사람이 돼 버리니까.

"회장님께 인혜 씨는 뭡니까."

"회사에 해가 되지 않는 핏줄. 만약 인호에게 무슨 문제가 생긴다면 그 아이에게 전부 돌아가겠지만 지금 상황에서는 그럴 일은 없지 않겠나."

기댈 곳 하나 없이 견뎌 온 자신도.

기댈 곳을 찾아 헤매다 길을 잃은 그녀도.

자신들이 지금 이 상황의 가장 큰 피해자임을 알고 있으면 괜찮을 수 있었다.

그는 괜찮았다. 그를 기다리고 있는 그녀가 있으니까, 마음을 돌보고 함께 살펴 주는 건 서로가 해 주면 되니까. 이런 사람들과 나쁜 말들을 섞어도 괜찮을 수 있었다.

"그렇다면 이제, 앞으로 저희의 삶에서 멀어지셔야겠습니다. 외손주가 생기셔도 보실 수 없을 겁니다. 그 아이들에게 외가는 없을 겁니다."

"자네……."

"인혜 씨에게도 이 모든 이야기를 전해 줄 겁니다."

그는 그녀가 분명 무너질 것이라는 걸 알고 있었다. 그랬기에 다른 위안이 될 만한 이야기를 찾으러 명 회장과 만난 것이었지만 그 걸음은 허사였다.

"그 아이가 견딜 수 있을 거라 생각하나. 그럴 거라 생각했다면 자네는 아직도 인혜를 모르는 걸세."

"분명 인혜 씨는 견디지 못할 겁니다. 하지만 제 아내는 제 손을 잡고 견딜 겁니다. 뒤늦은 어머니의 소식에도 자리를 지키며 견뎌 줄 겁니다. 그렇게 하기 위해 제가 모든 걸 감내할 테니까요."

확신하는 명 회장의 앞에서 확언했다. 그녀는 분명 견뎌 낼 것이고 다시 일어서서 전처럼 지낼 것이라고 그리 단언했다.

"그러니 외손주를 볼 수 있으리라는 생각. 그 아이들에게 외할아버지라고 나서실 생각. 접으셔야 할 겁니다."

마지막 인사를 고하는 선우의 얼굴에는 그 어떤 표정도 없었다. 선우에게는 그저 집으로 한달음에 달려가고픈 마음뿐이었다.

오늘 밤, 아파할 아내를 안아 주고 싶은 생각뿐이었다.

할아버지 집에 들어선 그는 누가 봐도 서둘러 온 기색이 역력했다. 그래서 어딘지 이상하다고 느껴질 정도였지만, 그녀는 그에게 그 사실을 말하지 않았다.

"김장은 잘 끝났어요. 아주머니가 사실 대부분 다 하셨지만, 내년엔 집에서 우리끼리 해 봐도 될 것 같아요. 아주머니가 할 때 다 적어 놨거든요."

그를 준다고 따로이 챙겨뒀던 수육을 데워서 상에 올려놓고 나서야 그녀는 그 곁에 앉을 수 있었다.

"맛있었겠어요."

"그럼요. 갓 담근 김치에 수육이 이렇게 맛있는 줄 몰랐어요. 사실 먹어 본 기억이 없거든요. 외국에서 오래 생활해서 한식보다는 외국 음식이 더 익숙해요. 아주머니가 아니었으면 사실 집에서 밥하는 것도 어려웠을 거예요. 어렸을 때 먹어는 봤겠지만 만들지는 않았으니까……."

그가 한입 먹는 것을 보고 나서야 그녀는 웃었다. 인혜는 자신이 그러고 있다는 사실도 자각하지 못했다.

"우리, 집에 갈래요?"

겨우 한입 먹었을 뿐인데 집에 가겠냐고 묻는 그로 인해 그녀는 더욱 이상하지 않을 수 없었다. 왜 집으로 가자고 하는 건지, 선우가 집에 들어설 때부터 느껴지던 이상한 기분은 무엇인지…… 그녀는 조금씩 불안해지기 시작했다.

"하지만……."

"아니면, 나랑 잠깐 나갔다 와요."

그녀는 불안했다. 그가 이런 적이 없었기에 불안했고, 무슨 일인지 몰라 두려웠다. 아무리 생각해도 좋지 않은 일들은 모두 벌어진 후였기에 대체 무슨 일인지 떠오르지 않았다.

"가요."

기다리다 보면 그가 천천히 이야기해 줄 테니…… 불안해하거나 조급해하는 마음은 내려놓고 얇은 재킷을 들어 그의 뒤를 따라나섰다.

별일 없을 것이라는 안일한 생각을 한 채로, 그녀는 그와 함께 걸을 생각을 했다.

하지만 그는 그녀와 생각이 달랐다. 집 주위를 걸으며 말할까, 아니면 집으로 데려갈까 무수히 고민했지만 결국 정할 수 없어 무작정 호텔로 향했다. 무작정 들어선 지 두어 시간이 지난 지금도 선우는 쉽게 입을 열지 못했다.

기다려 주는 그녀에게 어떻게 말을 꺼내는 것이 좋을지 알기만 한다면 진작 얘기했을 것이었다.

"인혜 씨."

부유하고 있는 어색한 공기를 날려 버리기 위해서라도 이제는 말을 해야만 했다. 그는 천천히, 느리게 그녀를 살피며 입을 열었다.

당신이 그토록 기다리고 있는 어머니는 이미 돌아가셨다고 말하는 일이 어렵다는 걸 짐작했지만, 생각보다 더 힘든 일이었다.

"인혜 씨 어머님요."

"아⋯⋯."

오랫동안 고민한 게 민망할 정도로, 그는 결국 그냥 있는 대로 내어 놓을 수밖에 없었다. 지금 가장 좋은 방법은 그것뿐이었다. 그것밖에는 답이 보이지 않았다.

"인혜 씨 기억 속, 그분은 좋은 분이시죠?"

자신에게 어머니가 좋은 기억으로 남아 있듯, 아내에게도 어머니가 좋은 기억으로 남아 있기를 간절히 소망했다.

"그분이 많이 아프셨었대요."

자신의 과거형이라는 걸 알아차릴 정도로, 그녀에게 아직은 생각할 여유가 있기를 바라며 그는 말을 이어 갔다.

인혜의 앞에 무릎을 꿇고 시선을 맞추며 그는 그녀를 살피며 입을 열었다.

"돌아가셨어요. 인혜 씨를 그렇게 보내고 3년도 못 돼서 돌아가셨어요."

"도⋯⋯돌아가셨어요?"

이 모든 사실에 그녀가 무너지지 않기를 바랐다.

"너무 많이는 아파하지 마요."

쉽게 대답도, 말도 못하는 아내를 대신해 그는 말했다.

"인혜 씨를 그렇게 보내고 궁금해서 소식을 계속 물으셨던 모양이에요."

알고 있는 소식을 모두 전해도 그는 명 회장을 만나서 들은 이야기만큼은 입에 담지 않았다.

자세한 이야기를 들을 수 있을까 싶어서 만난 명 회장의 입에서 아내의 엄마가 병으로 죽은 것이 다행이라는 말이 나왔을 때, 그는 더 이상 명 회장의 이야기를 인혜에게 전하지 않겠다고 생각했었다.

"괜……찮을 거예요. 정말이에요."

두 손을 꽉 맞잡고 있으면서, 입가가 떨리도록 웃고 있으면서도 그녀는 끝내 울지 않았다. 아픈 티를 내려 하지 않았다.

"괜찮지 않잖아요. 나한테는, 뭐든, 무엇이든 해도 괜찮아요. 다른 사람들이 아니라, 나한테는 뭐든 해도 괜찮아요."

그녀라면 자신에게 그 무엇이든 해도 괜찮았다. 이렇게 하고자, 이런 상황에서 인혜에게 위안을 주고자 그는 그녀에게 진짜 부부가 되자고 손을 내밀었던 것이었다.

아프지 않을 순 없겠지만 함께 있으면 어느 정도는 덜어 줄 수 있으리라, 그렇게 여겼다. 그는 그녀가 아프지 않기를 바랐다.

그 아픔을 겪어도 일어설 수 있는 힘을 얻기를 소망했다.

"괜찮지 않으면, 아니라고 말해도 괜찮아요. 설령 내가 아프지 말라고 말해도, 아프면 아프다고 말해요. 그러자고 진짜 가족이 되자고 말한 거니까."

속으로 삼켜 내는 울음이 자연스러워 보여 그는 그녀가 안쓰럽기만 했다. 얼마나 많은 울음을 안으로 삼켜 내고 살아왔기에 저렇게 자연스러운 것일까.

"그러니까 울고 싶다면 울어요."

마주친 그 시선 저 너머의 그녀는 몹시도 아파하고 있을 것이었다. 그가 어머니를 잃었을 때 슬퍼했던 만큼 아프리라 생각하면서도 그는 지금 아내가 느끼는 기분 모두를 알지 못했다.

어떤 반응을 보일지 몰랐으니 그는 일부러 그녀를 할아버지 집에서 데리고 나왔다. 이런 모습까지 다른 사람들에게 보여 주고 싶지 않았다.

자신만이 알고 어루만져 줄 수 있으면 그것으로 충분했다.

그는 말없이 그녀를 끌어안았다. 품 안에 가득 끌어안고, 그녀의 등을 다독였다. 울지 않는 그 얼굴을 마주했을 때 그는 그녀가 속으로 울고 있음을 알아차릴 수밖에 없었다.

그랬기에 그는 그런 그녀의 모습에 아팠다.

이게 좋아하는 마음이라면, 그래서 이토록 함께 아픈 것이라면……. 어머니가 느꼈을 그 시간들이, 선우는 점차 이해가 되기 시작했다.

그는 결코 이해할 수 없을 것 같던 그 시간들을 조금씩 알 것만 같은 순간들과 맞닥뜨릴 때면 그녀를 봤다.

지금 자신의 품에서 소리를 내어 울기 시작하는 그녀를 바라봤다.

손으로 등을 다독이면서, 인혜가 울음이 멈출 때쯤에는 그녀도 자신처럼 하나의 기억으로 어머니라는 존재를 밀어 둘 수 있으리라고 믿었다.

환한 햇살이 아침이라는 것 외에도 많은 것들을 알려 줬다. 그녀는 어렴풋이 떠오르는 기억들을 더는 뒤적이지 않았다.

그걸 뒤적이면 아파하는 것이 자신 혼자가 아니라는 걸, 어젯밤에 알았다. 그는 함께 슬퍼해 주고 아파하며 위로해 주었다.

맞닿은 살 위로 번지는 온기가 춥다고 느끼지 않게 만들었다. 자신을 끌어안고 놓지 않는 그의 손이 그녀는 좋았다.

살과 살이 맞닿고, 서로의 온기를 나눌 수 있는 행위들마저 다정하게 느껴지도록 만든 그가 좋았다.

어느 날엔가 그의 행동들이 전보다 더 자상해졌음을 알게 된 후로 그녀는 모든 것이 좋기만 했다.

이전에는 이런 좋은 일들을 나쁜 소식이 들리기 전의 징크스라고 여겼었는데…… 이번에는 달랐다. 인혜는 이번만큼은 징크스라고 여기지 않고 있는 그대로를 받아들이고 즐거워했다.

다만, 변하지 않는 것이 있다는 게 놀라울 따름이었다.

"더 자요."

그는 그때처럼 자신을 끌어안고 다독였다. 지금이라도 그를 보내고 저 역시 집으로 가야 한다고 생각하면서도 선뜻 생각한 바를 행하지 않는 건 마음 안에 자리 잡고 있는 욕심 때문이었다.

조금 더 이렇게 있고 싶다는 마음, 그 마음이 그녀로 하여금

해야 할 일을 우선으로 두는 것뿐 아니라 하고 싶은 대로 행동하게 만들었다.

*　　*　　*

요즘 따라, 자신의 상사인 사장이 이상했다.

뒷방으로 물러나 모든 일을 자신의 상사에게 시키는 회장을 제외하고는 아무도 사장을 건들 수 없었다. 그렇다고 해서 그가 회사 업무에 소홀한 사람이었더라면, 회사에 발조차 디딜 수 없었을 것이 분명했다.

하지만 요 근래 사장은 호텔에서 묵고 있었으며, 좀처럼 나오지 않았다. 보다 못 한 그녀가 밀린 결재 서류들을 들고 그가 묵고 있다는 룸까지 쫓아갈 정도였다.

"사장님. 잠시면 됩니다."

문 앞에 서서 그녀는 일 초가 십 분같이 흘러가는 것을 느꼈다. 대체 요즘 왜 이러는지는 모르겠지만 전처럼 일에 파묻혀 사는 건 아니었으니, 어쩌면 좋은 일이라고 생각하고 싶었다.

적어도 그녀 역시 일 때문에 퇴근을 못 하는 불행한 상황은 겪지 않게 되었으니 다행이라는 생각과 함께 언제쯤 문이 열릴까 초조한 마음으로 기다렸다.

살짝 열린 문, 그녀는 기다림의 대가를 마주했다. 늘 봐 오던 정장 차림의 사장이 아니라 베이지색의 니트와 짙은 색의 청바지를 입고 선 사장의 모습은 어딘지 부드러워 보였다.

"아……."

문 앞에 선 선우는 자신의 비서를 봤다. 참고 견디다 못해 여기까지 쫓아온 비서를 문전박대할 수 없었던 그는 인혜를 잠시 홀로 두고 문을 열었다. 그는 조용히 비서의 모습을 훑어봤다.

두 팔 가득 안고 있는 결재 서류가 일이 잔뜩 밀려 있다고 대신 아우성치고 있다는 사실에 그는 비서를 보고 웃었다.

"영지 씨. 내일 사무실에서 보죠."

"네?"

인혜를 여기 홀로 두고 돌아갈 수는 없었다. 적어도, 그는 그녀의 곁에 있어야만 했다. 인혜가 무너지지 않기를 바랐고, 또한 일어서기를 바랐으니까.

하지만 그녀의 엄마에 대한 이야기를 덮고 묻을 수 없었다. 가장 간단하고 편한 방법을 꼽으라면 단연 아예 말하지 않는 것이었겠지만……. 그는 언젠가 인혜가 알게 될 일이라는 걸 알기에 말했다.

그녀의 기억 속 친어머니에 대한 그 추억들이 좋지 않은 것이었다면 모를까…… 그녀는 분명 여전히 돌아오지 않고 있는 친어머니를 그리워하고 있었기에 말하지 않을 수 없었다.

"내 아내, 지금 여기 있는데. 셋이서 일하자는 거 아니면 내일 하는 편이 좋지 않을까 싶은데. 영지 씨는 어떻게 생각해요?"

"아…… 네! 그, 그럼 내일은 꼭 나오셔서 처리 부탁드리겠습니다."

왔던 모습 그대로 돌아가는 비서를 보던 그는 순간 등 뒤에서 느껴지는 온기에 굳어 있던 얼굴을 풀 수 있었다.

"왜 나왔어요."

곱고 여린 사람이라 늘 지켜만 주고 싶다고 생각했던 인혜는 생각보다 잘 견뎠다. 자신이 어머니의 부고를 들었을 때보다 더 잘 견뎠다.

"그거 알아요?"

몸을 돌려 인혜를 안으려던 그는 그녀가 뒤에서 끌어안자 그대로 멈춰 있을 수밖에 없었다. 이 순간이 한 장의 사진처럼 느껴져, 그는 이 상황을 조금 더 붙들고 싶었다.

사진처럼 박힌 추억, 그 하나가 이토록 기분을 좋게 만드는 일인지 이전에는 알지 못했다.

"뭘요."

"나 괜찮아요. 그러니까, 가서 일해요. 나 때문에 벌써 삼 일째 출근 안 했잖아요."

"괜찮아요. 어차피 사장인데, 삼 일쯤 쉰다고 뭐라 못 할 거예요. 그랬더라면 회장님이 당장 연락했겠죠."

분명 문제가 생기거나, 어떤 일이 벌어졌더라면 비서가 저리 태평하게 결재 서류만 들고 오지 않았을 것이며 외할아버지가 이토록 잠잠할 리 없었다.

"그것보다 인혜 씨한테 말해 주지 않은 게 있어요. 그때 나랑 같이 오사카에 갔던 별장 말이에요."

"거기 예뻤어요. 나중에 봄에 가요. 봄에 가면 더 예쁠 것 같아요."

봄에도, 그다음 겨울에도…….

그렇게 매해, 함께 갈 수 있으리라. 자신의 어머니와 달리, 그리고 그녀의 어머니와 달리 그와 그녀에게는 아직 무수히 많은 나날들이 남아 있었기에 그는 꼭 그러리라 다짐했다.

"가요. 근데, 거기 주인 이제 인혜 씨예요. 관리는 그때 봤던 그분들이 계속하시는 편이 나을 것 같아서 그러라 했어요."

"네?"

놀란 인혜가 손을 풀자 그는 몸을 돌려 그녀를 품 안에 안았다. 동그랗게 뜬 두 눈을 마주할 때면 언제나 그녀가 희미하게 지워질 것만 같은 불안감에 사로잡힌다.

처음 만났던 그날의 모습이 어머니를 닮았다고 여겼던 마음이 강해, 지금껏 그런 느낌이 들었던 것 같다.

"외할아버지께서 인혜 씨에게 주셨어요."

"아……."

이 말을 하면, 분명 인혜는 외할아버지를 찾아갈 것이라는 걸 알고 있었다. 그랬기에 그는 한동안 이 이야기를 하지 않았다.

이 지긋한 대치 상황에 인혜를 끼워 넣고 싶지 않았다. 하지만, 곧 그녀의 앞으로 어머니의 별장이 돌아갔다는 서류가 도착할 것이었다.

그러니 말하고 싶지 않아도 해야 했다.

"찾아가지 않아도 괜찮아요."

"하지만, 선우 씨. 같이 가요. 그런 걸 받고도 가만히 있는 건 아닌 것 같아요. 가서 인사하는 게 맞는 것 같아요. 저번에 한번 만나 뵙고 나니 이제는 괜찮아요. 좋으신 분 같았어요."

같이 가서 본다고 해도 달라지지 않을 사람이라고 생각했다. 하지만 인혜의 마음을 거절할 수는 없었다.

선우는 차마, 외할아버지가 결혼식장에도 오지 않았던 이유가 그녀보다 더 좋은 혼처를 잡아 결혼하지 않았기 때문이라고 말할 수 없었다.

이제 와서 이런다고 해도 결혼 전, 외할아버지가 했던 행동들에 그는 이미 질려 있었다. 어머니가 같은 걸 겪었다면 어머니가 했던 행동 전부가 타당하다고 했을 것이다.

"그래요. 같이 가요."

그녀가 명 회장의 집으로 가겠다고 한 그날에도 혼자 보낼 수 없었듯이 외할아버지 댁에도 혼자 보낼 수 없었다.

"같이, 가요."

품 안에 안은 그녀를 조용히 보듬으며 그는 생각했다. 과연, 외할아버지가 달라질 수 있을지……. 그래서 앞으로 남은 날이 얼마나 되셨든, 조금은 다정한 가족이라는 걸 그도, 외할아버지도 가질 수 있을지, 그런 희망을 가져도 좋을지, 그는 생각했다.

어느덧 바람이 차가워지는 계절의 앞에서 인혜는 테라스에 나가 더 이상 차를 마시지 않았다. 그런 날에도 차를 마시겠다고 테라스에 나가면, 어쩐지 안 될 것 같았다.

그 모습이 오래전 기억 속의 엄마를 닮은 것만 같아 그녀는 할 수 없었다.

만일, 그가 곁에 없었더라면 그녀는 그의 우려대로 무너져 내렸을 것이었다.

만약이라는 가정이 얼마나 허황되며, 쓸모없는 일인지 알지만 그녀는 멈출 수 없었다. 만약 그가 정말 자신의 곁에 없었더라면 지금쯤 꽤나 바닥을 치는 마음을 끌어안고 무기력한 감각에 시달렸을 것이 분명했다.

그런 가정을 계속 하면서도 괜찮을 수 있는 건 현실의 자신에게는 그가 있기 때문이었다.

"할아버님."

그녀는 평소처럼 그가 출근하는 모습을 봤고, 그는 평소처럼 오늘 어디에 있을 것이냐고 물었다.

그 특별할 것 없는 말들과 행동들에 더해진 것이 있다면 옆집 부부처럼 자연스러운 스킨십과 소소한 것들이었다.

그녀는 그의 타이를 매 주겠다며 몇 날을 연습했고, 오늘 처음 성공했지만 썩 마음에는 들지 않았다.

"오냐."

"아버지 집에는 더는 가지 않을 생각이에요. 그래도……."

"괜찮다마다."

홀로 바둑을 두는 정 의원의 모습에서 눈을 떼지 못하는 인혜와 달리 정 의원은 들고 있는 바둑 책에 시선을 박은 채였다.

안방에서 무슨 말이 오가는지 궁금했던 선주가 귀를 기울여 작은 소리 하나라도 더 듣기 위해 애쓰고 있었지만 이내 포기할 수밖에 없었다.

그러기엔 거리가 너무 멀었고, 부엌에서 무엇을 만드는지 요란한 소리를 내는 아주머니로 인해 사실상 불가능한 일이었다.

툴툴거리는 선주를 보던 선인이 혀를 찼다.

그 모든 소리가 인혜에게는 들렸다. 하지만 지금 오롯이 귓가에 가장 선명히 박혀 떨어지지 않는 소리는 정 의원의 말이었다.

"사실 그 녀석이 아무 말 하지 말라 이 늙은이 입을 묶어 놓아서 신경 쓰지 않았다만. 나는 이제 네가 누구의 딸이든, 어떤 배경을 가지고 있었든, 사람들이 너에 대해 무어라 지껄이든 상관하지 않을 게다."

평생에 걸쳐 받지 않은 선물, 한 번에 몰아 받은 기분이 딱 지금과 같으리라.

그녀는 그렇게 생각했다. 그가 어머니의 묘소를 찾고 있다는 것도 알고, 그런 사실들을 차츰 알아 가는 자신을 걱정하고 있는 것도 안다.

하지만 그렇게 걱정해 주는 진짜 '가족'이 곁에 있다는 것이 그녀에게 있어서 가장 큰 선물인 셈이라는 걸, 그는 아직 모르고 있었다.

"네가 쉴 곳도, 기댈 곳도, 숨을 한 번 고를 곳도 없었던 그 녀석에게 위안이 되어 주고 있으니…… 다른 이들이 뭐라 하든 신경 쓰지 마라. 그렇게 그 녀석 울타리 안에서 지금처럼 지내겠다면 명 회장을 만나든, 안 만나든. 그래서 명 회장 일가와 싸우든, 잘 지내든. 개의치 않으마."

진심으로 자신을 받아들여 주는 정 의원의 모습에 그녀는 웃었다. 하지만 스스로가 울고 있다는 것까진 몰랐다. 그 사실을 자각하지 못할 정도로 그녀는 좋았다.

"선우 씨를 만나서 다행이에요."

그렇지 않았더라면, 지금과 같은 하루는 없었을 것이라고 그녀는 그렇게 생각했다.

"비슷한 말을 하는구나."

비슷한 말, 이라는 소리에 더욱 두근거리는 마음을 인혜는 어쩌지 못했다. 오늘 저녁 만날 그가 당장 보고 싶어졌다.

＊　　＊　　＊

종이 쪼가리가 중요하지 않다는 걸 박 여사는 진즉 알고 있었다. 하지만, 떠나간 남편의 마음을 억지로 옭아매기 위해서라도 그녀는 그를 묶어 두고 함부로 움직이지 못하게 만들 구실이 필요했다.

그러기에 사업상의 계약들은 사업가가 걸려들기 좋은 미끼였다.

오페라를 보러 와서도 그녀는 남의 이목에 온 신경을 두는 사람이었다. 그랬기에 다른 여자, 그것도 술집 여자에게 빠진 남편과 헤어질 수가 없었다.

"그 아이에게, 확실히 선 그어 놓도록 해요."

"오페라나 보지."

남편의 심기가 사나워 보이는 것이 확연히 눈에 띌 정도였지만 그녀는 거기서 멈추지 않았다.

"그 아이를 당신의 호적에 올리고, 내 딸로 살게 한 세월. 그건 두고두고 갚겠다고 했던 것 같은데, 아닌가요?"

"그런 이야기는 집에서 하지."

언제나 마지막 순간에는 그 아이에게 찾아가는 남편이 싫었다.

인호에게 그것보다 더 잘해 줬더라면 모를까…… 그녀와는 늘 비교가 됐다.

인호를 가졌을 때, 이 남자는 술집 여자에게서 낳아 온 딸에게 해가 갈까 봐 남모르게 고심했었다. 그런 남편의 태도를 알고 있었기에 그녀는 더더욱 인혜를 두고 볼 수 없었다.

가만히 내버려 두다가는 인호가 아니라 그 계집애에게 모든 것이 넘어갈지도 모른다는 생각에 두려워졌기 때문이다.

일순 그 작은 아이를 보던 시선에 담긴 감정들이 바뀐 것은 순식간이었다. 하지만 그녀는 후회하지 않았다.

자신의 품에 있는 아들에게 모든 것을 주고, 그 관계들을 굳건하게 만들어 주기 전까지는 후회하지 않을 자신이 있었다.

"인호가 태어나면, 그래서 내가 당신 집안의 진짜 핏줄을 낳으면 그 아이는 없는 듯 조용히 키우겠다더니. 이제와 말이 달라진다면, 우리가 한 계약 다시 생각해 봐야 할 거예요."

명도훈.

그 이름 석 자에 이젠 아무것도 남은 감정이 없었다. 그저, 아들을 위해 같이 생활하는 사내일 뿐.

그녀의 머릿속에 자리 잡은 계산기가 재빠르게 움직이기 시작했다.

"회사, 다 인호한테 준다고 이미 말했는데……. 대체 뭐가 더 필요한 거지? 그 아이에게 친모도, 나도 그리고 가족도 없었으면 충분한 것 같은데. 아닌가?"

"충분이라……."

박스석이라 다행이었다. 그녀는 그렇게 생각하며 클라이맥스로 치닫고 있는 공연에 눈을 박았다.

"당신이라는 여자, 지긋해."

"나도 썩 당신이 마음에 드는 건 아니라서."

계약이 아니었더라면, 집안과 집안의 이익을 위해 결혼한 사이가 아니었더라면, 그녀는 진작 이런 결혼은 때려치웠을 것이었다.

하지만, 그럴 수 없었다.

인호의 외가, 그녀의 친정이 아직 명호그룹에서 확고하게 자리 잡지 못했다.

두 그룹이 합쳐 지금에 이르렀음에도 아직 무언가 부족했다. 늘 입버릇처럼 명호는 인호의 것이라는 걸 모두에게 인지시키고, 도훈의 사인을 받은 계약서까지 있었지만 부족했다.

그 마음을 어쩌지 못하는 그녀는 어른이었으나 어른이 아닌, 아직 설익은 사람일 뿐이었다.

*　　*　　*

한 번 잠시 얼굴을 마주하고 인사만 드렸던 그의 외할아버지에게 홀로 찾아가는 일은 그녀에게 어려웠다.

어려웠지만 이내 해내고 싶어 옷장을 열어 자신이 가진 옷을 확인하고 가방도 들여다보며 처음 남자의 집에 인사가는 여자처럼 행동을 했다.

자신을 좋아하지 않으면 어쩌나, 정말 그의 집에 처음 인사하러 가는 여자처럼 행동하고 있는 스스로를 발견하고 웃다가도 초조해했다.

그렇게 단정한 옷과 신발을 골라 그의 외할아버지 댁에 가는 길이었지만 그녀는 어딘지 부족한 느낌이 들었다. 무언가 안 한 것 같은 기분에 저택에 발을 디딘 후로도 내내 고심하던 그녀는 자신이 사 놓았던 다식을 집에서 가져오지 않았다는 걸 깨달았다.

인혜는 결국 다식은 없지만 예쁜 노을빛을 보며 차나 내와서 그의 외할아버지와 함께 있는 편이 낫겠다는 생각에 몸을 움직였다.

그렇게 곱고 예쁜 그 노을을 바라보다 그녀는 끓고 있는 물에 다시 시선을 뒀다. 시외할아버지를 뵈러 왔지만 집에서 그녀를 반겨 주는 건 일하는 고용인뿐이었다.

그들을 모두 내보내고 나서야 그녀는 부엌을 몇 번 왔다 갔다 하면서 물을 끓일 수 있었다.

인혜는 이렇게 비가 오고, 날이 추워지기 시작하면 진피차를 마셨다. 남들은 싫어하는 그 진피가 이곳에 있어 반가웠던 마음이 사그라들기 전 인혜는 차를 우려내 잔에 담았다.

거실에 비치된 찬장에 관심을 보이고 있었던 인혜는 찬장에서 시선을 거두자 금세 보이는 시외할아버지의 모습에 잠시 굳어 버리고 말았다.

"아……."

이내 그녀는 자신이 몹시 긴장해 아무런 말을 하지 않고 있다는 사실을 깨닫고 서둘러 입을 열었다.

"차, 더 가져오라고 할까요?"

말을 하면서도 그녀는 시외할아버지의 모습에서 그를 찾을 수 있어 신기한 기분이었다.

"혼자 왔어요. 선우 씨는 회사에 있어서 저 혼자 먼저 와 있는다고……."

"그 녀석이 잘도 혼자 보냈구나."

"선우 씨는……."

아마, 문자를 확인하는 대로 이리로 올 것이라는 걸 안다. 그렇게 조바심을 내는 그의 마음을 알고 있음에도 불구하고 그녀는 혼자 이곳으로 왔다.

아버지의 집보다도 더한 저택에 혼자 살고 있으면, 외로울 것이라는 생각만이 들었을 뿐……. 다른 것은 없었다.

"곧 올 거예요. 연락 남겨 놨어요. 혹시 진피차 좋아하시면 내 올까요?"

"그래. 다오."

그녀는 그의 기억 속에 남아 있는 시외할아버지의 모습과 지금의 모습이 조금 다르다고 느꼈다. 들었던 것과 달리 지금의 시외할아버지는 어딘지 푸근해 보였다.

세월이 변한 만큼 시외할아버지도 그처럼 조금씩 변한 것은 아닐까, 생각하면서 인혜는 아주 가끔 중문을 바라봤다. 그렇게 거실 소파에 앉아 조용히 신문을 읽는 그의 옆에 자리 잡고 차를 조금씩 마셨다.

쓴 커피향이 사무실에 진동했지만 선우는 더 강하게 내올 것을 요구했다. 그런 그의 모습에 영지는 혀를 내둘렀다.

그녀의 기준에서라면 도무지 사람이 마실 커피가 아님에도 사장은 엄청 잘 마셨다. 그것도 내오는 것마다 모두 입안으로 순식간에 사라졌기에 그가 마신 커피의 양 또한 어마어마할 것이라고 추측했다.

슬쩍 고개를 내밀고 회의실 안을 바라보다 그녀는 저 사이에 끼여 있지 않고, 커피 주문을 받아 나와 다행이라 생각했다.

일 분이라도 더 저 안에 있었다가는 숨이 막혀 죽을 것 같았기에, 외려 이 심부름이 반갑기까지 했다.

아마도, 두어 시간은 더 걸릴 회의가 끝나야 댁에서 연락이 왔었다는 말을 전할 수 있을 텐데…….

그녀는 시간이 무척 더디게 간다고 생각했다. 저 회의가 끝나면 연락이 온 것들 중 순서를 정해 전해야 했기에 그녀는 머리속으로 끊임없이 정리했다.

그러다 문득, 떠올렸다.

이전에는 가족이라고 누가 사무실로 전화한 적도, 핸드폰으로 전화한 적도 없는 상사의 생활 패턴이 달라졌음을…….

서류철을 책상 위로 내던지던 그는 놀라서 뒤를 돌아보지 않을 수 없었다.

"지금, 뭐라고 했습니까."

"사모님께서 문자 남기셨는데 답이 없으셔서 전화했다고, 그렇게 말씀하셨습니다."

그 부분이 그를 놀라게 한 것은 아니었다. 간혹 길게 답이 없으면 전화를 하는 인혜가 좋았으니까.

"아……. 시외할아버지 댁에 가 계신다고."

시외할아버지라면, 자신의 외할아버지였다.

"왜…… 지금 말합니까."

알았더라면, 당장 달려갔을 것이라는 마음과 현실은 달랐다. 그 현실을 정확히 비서가 집어 줬다.

"하지만 사장님. 그 회의, 간단히 미루거나 취소할 수 있는 회의가 아니라는 거 아시지 않습니까. 해서……."

"해서, 언제 온 연락입니까."

"오후 3시에 왔었습니다."

오후 3시라는 말을 듣자마자 그는 재킷만 챙겨 들고 사무실을 나섰다. 평소처럼 비서를 향해 퇴근하라는 말도 하지 않은 것을 모를 정도로 그는 그녀가 그 집에서 무엇을 하고 있는지 알 수 없어 답답한 마음에 서둘러 나왔다.

답답하고 걱정스러워 한달음에 달려가지 않을 수 없었다.

외할아버지가 혹 그녀에게 험한 소리를 하지는 않을까, 저어되는 마음에…….

*　　*　　*

생각보다 그의 외할아버지와 함께 시간을 보내는 일은 제법 괜찮았다.

선우의 말수가 적은 것이 괜히 그런 게 아니라는 걸 증명이라도 해 주듯 비슷한 행동을 하는 시외할아버지의 자잘한 행동들은 그녀를 즐겁게 만들었다.

문득 보면, 그도 가끔 하곤 했던 사소한 것들.

신문을 넘길 때 안경을 한 번 매만진다든가, 물 잔을 들 때면 꼭 컵 입구를 손끝으로 한 번 문지른다든가 하는 그런 작은 것들이 닮아 있었다.

눈여겨보지 않았다면 알 수 없는 그런 사소한 것들이 선우가 하는 행동과 닮아 있다는 사실이 신기하기도 하고 재미있기도 해, 그녀는 눈을 떼지 못했다.

"일찍도 오는구나."

"왔어요?"

거기다 사람이 오는 걸 잘 알아차리는 것까지.

다른 사람은 모르겠지만 닮은 구석을 꽤 많이 찾았다고 자부할 수 있을 정도였다. 서둘러 달려온 기색이 역력한 그를 마주하고서도 환히 웃을 정도로 그녀는 오늘의 이 시간들이 즐거웠다고 말해 주고 싶었다.

집으로 돌아가는 길에 꼭 말해 주리라 생각했다.

오늘 이 시간들은 당신을 위한 것이 아니라, 나를 위한 시간들이 되어 버렸었다고 말해 주고 싶었다.

"잠깐 있어요. 들어가서 식사 어떻게 되는지 보고 올게요."

그녀는 자신이 일부러 핑곗거리를 만들어 자리를 피하고 나서야 그가 자신이 앉아 있던 그 자리에 앉는 모습을 볼 수 있었다.

어색해하는 그의 얼굴이 그림처럼 선명히 눈앞에 그려졌다.

"아가씨, 어떻게 할까요?"

다가와 저녁을 어떻게 차릴지 묻는 고용인의 말에 그녀는 시선을 돌려 식탁이 채워지는 것을 확인한 후에야 그와 그의 외할아버지가 있는 곳으로 다가가 말했다.

식사 자리는 매우 불편할 정도로 달그락, 식기가 부딪히는 소리밖에 나지 않았다.

"그래, 회의는 잘 끝났고?"

"네."

무뚝뚝한 남자들 사이에는 단 한 올의 다정한 기색도 보이지 않았다. 인혜는 그런 선우의 모습에, 그를 두고 볼 수밖에 없는 시외할아버지의 행동들을 어렴풋이 이해할 수 있을 것 같았다.

"아, 내일도 놀러 올까요?"

이곳에 있는 것만으로도 걱정을 한다면 그녀는 그가 이곳에 조금 더 자주 올 구실을 만들어 주고 싶었다.

"내일도 집에 계시면 올게요. 계실 거죠?"

"늙은이가 어딜 간다고. 오고 싶으면 와라."

고용인들은 그저 돈을 받고 일하는 입장이니, 분명 외로울 것이 분명했다. 고용된 사람들이 친근하게 말을 먼저 붙이고, 친구처럼 행동하는 일은 극히 드물 것이라고 그녀는 생각했다.

만일 오랫동안 일한 사람들은 가족 같다고 여길지도 몰랐으나 인혜는 아무리 그래도 보이지 않는 벽이 존재해 문득문득 외로움을 느끼고 있을 것이라고 생각했다.

게다가 내일은 주말이었으나, 그가 오지 않는다면 혼자 온다고 말해도 충분했다. 그래도 즐거울 것 같았다.

"오겠습니다."

그의 입에서, 그녀도 최 회장도 예상하지 못한 말이 튀어나왔다.

집 안에서 일하던 고용인들이 들어도 놀랄 말이었다.

"내일 맛있는 점심 해 드릴게요. 요즘 요리 실력 늘어서 맛있는 거 해 드릴 수 있어요."

대부분 정 의원의 집에 있는 아주머니에게서 배운 것이지만, 그런 이야기는 뒤로 쏙 감춘 채 그녀가 입을 열었다.

그 모습을 보던 선우가 어머니가 돌아가신 후 처음으로 이 집에서 웃고 있다는 것을 알지 못한 채로, 인혜는 재잘거렸다.

집에 가는 내내 그가 하는 말이 모두 자신을 위한 것이라는 걸 알기에, 인혜는 웃기만 할 뿐 싫은 내색 한번 얼굴에 드러내지 않았다.

"정말 괜찮다니까요. 하나도 안 힘들어요."

그가 걱정하는 부분이 자신이라는 점이 인혜는 가장 마음에 들었다. 이토록 다정하며 걱정 어린 시선을 받아 본 적 없었기에 이런 과한 걱정도 좋기만 하다는 걸 그가 알았으면 싶을 정도로 즐거웠다.

"선우 씨, 외할아버님이요. 은근히 선우 씨랑 닮은 데가 있어요. 그거 알아요?"

어디를 닮았는지 알지 못하는 남자를 옆에 두고 그녀는 작은 새가 지저귀듯 얘기했다.

"신문을 볼 때, 선우 씨가 하는 행동을 하고. 잔을 가만히 놔두고 입구를 매만지는 그 버릇도 닮았어요. 커피를 좋아하지만, 차가운 건 여름에만 먹는다던 선우 씨의 말처럼 할아버님도 차가운 건 여름에만 드신다고 하시더라구요."

그래서 물도 미지근한 물을 마시는 그 버릇도 참 닮았다고, 그를 보며 말했다. 그렇게 당신의 소소한 습관들을 당신의 가족에게서 보는 것이 즐거웠다고…….

"그래서, 나는 좋아요. 힘든 건 하나도 없어요."

그런 자신을 그가 답답해하지 않았으면 좋겠다. 그 마음 하나를 가득히 품고서 그녀는 조금씩 이야기를 늘어놓았다.

결국 그가 갓길에 차를 세우고 그녀를 마주하기까지, 그래서 인혜의 얼굴에 가득히 번졌던 웃음이 조금은 어색하게 멈추게 되기까지, 얼마 걸리지 않았다.

"인혜 씨를 좋아하지 않으실 수 있어요."

"괜찮아요."

선우의 말을 듣지 않아도 그녀는 다른 이들의 입을 통해 어느 정도는 듣고, 예상했던 바였다. 사실, 그랬기에 그녀는 최 회장의 그런 담담한 태도들이 신기했었다.

소문으로만 판단하자면, 그는 자신을 집 안에 들이지 않았어야 했다. 그는 모르겠지만 그녀는 누구보다 그런 상황에 익숙해져 있었기에 괜찮을 수 있었다.

아프다거나, 새삼스럽게 그런 행동들이 상처가 될 리 없었다. 지금으로서는 그가 옆에 있었으니 더욱 상처받지 않을 수 있었다.

"정말 괜찮아요. 선우 씨 가족이잖아요."

그에게는 어머니와 그를 연결해 주는 유일한 끈일 외할아버지였으니, 그녀는 그가 그 관계를 포기하지 않길 바랐다.

자신과 달리 그에게는 가족을 다시 재정립할 수 있는 기회가 있으니까.

*　　*　　*

그에게 있어서 아내가 된 여자는 세상 무엇과도 바꿀 수 없는 존재가 되어 가고 있었다. 그녀는 모르겠지만 그는 이제 이 집 안에 인혜가 없는 건 상상할 수 없을 정도로 그녀에게 의지하고 있었다.

그래서 문득 인혜가 환하게 웃고 있는 모습을 마주할 때마다 그는 그 모습을 더 보고 싶다는 생각을 했다.

흐릿하게 미소 짓던 그녀가 아닌 환한 웃음을 터트리는 그녀를 더 보고 싶었다.

"뭐 해요?"

문을 빼꼼히 열고 과일과 차를 내온 인혜의 모습에 그는 고개를 내저었다. 하얀 슬립에 베이지색 카디건을 하나 입고 선 그 모습에 속으로 난처했지만 애써 밖으로 드러내지는 않았다.

"그냥, 이런저런 생각요."

"아……. 오늘도 일 많아요?"

호텔에서 내내 같이 붙어 있었기에 이런 차림들이 어색하다거나, 이상하지는 않았다. 그저 이 정도로 가까워져 있다는 사실이 새삼스러워 그는 그녀를 향해 손을 내밀었다.

그 의미를 모르지 않는 그녀가 손을 맞잡는 순간 그는 그녀를 품 안에 안고 놓지 않았다.

"내일 하죠."

식어 가는 차도, 말라비틀어질 과일도 그에게 있어 관심 대상이 아니었다. 오직 그녀, 그녀만이 그의 관심을 온통 앗아 갔다.

한없이 여리고, 착하며 다정하기까지 한 그녀이기에 그는 그녀가 좋지 않을 수 없었다. 그런 마음으로 반듯한 사람이 돼 줘서 고마웠기에 그녀를 좋아하지 않을 수 없었다.

선우는 그녀의 이마에, 두 볼에…… 그리고 입술에 입을 맞췄다.

자잘한 그 행동에 인혜가 습관처럼 그에게 매달렸다. 그걸 알고 있었기에 그는 더 그녀에게 잔 입맞춤을 했다.

인혜가 매달리면, 매달릴수록 그는 그녀를 놓지 않았다.

＊　　＊　　＊

인혜는 그가 단지 다정하기만 한 것도, 말수가 적고 표현을 많이 하지 않는 것만도 아니라는 걸 요즈음 알아 가는 중이었다.

"선우 씨 외할아버님은 뭐 좋아하세요?"

가는 길에 장을 봐서 가면 딱 시간이 맞았기에 그녀는 화장대에 앉아 그에게 궁금한 것들을 물었다.

"선우 씨?"

대답이 없는 그를 다시 부르던 그녀는 이내 입을 다물 수밖에 없었다.

그는 모르고 있는 것이다. 외할아버지가 뭘 좋아하는지, 요즘 어떤 것에 관심을 두고 있는지 알고 싶어 하지 않았고, 알고자 하는 의지조차 가져 본 적 없었으니 알지 못하는 것이 당연했다.

"괜찮아요. 모르면 뭐 어때요."

사실 그녀 스스로도 아버지가 무엇을 좋아하고 싫어하는지 모르고 있으니 그가 잘못되었다 말하고 싶지 않았다.

잘못된 것은 이상한 세상에 살고 있는 어른들이었다.

그들의 기준에 맞지 않으면 무조건 비난하는 그들, 그런 사람들이 잘못되었다고 그녀는 그렇게 생각했다.

"가요."

그가 손을 내밀고, 그녀는 그 손을 잡고…….

그녀는 오늘도 반복되는 일상이 좋았다.

무엇을 좋아하는지 몰랐으니, 그녀는 가장 무난한 메뉴를 고를 수밖에 없었다. 자신이 할 수 있으면서도 시외할아버지가 싫어하지 않을 만한 음식은 결국 돌고 돌아 한식이었다.

"차돌박이 된장찌개예요. 날이 선선해져서 따뜻한 게 좋을 것 같아서요."

찬까지 살뜰히 내어 놓고 나서야 그녀는 선우의 맞은편에 자리를 잡을 수 있었다. 그녀는 모르겠지만 이 집에서 오래도록 일해 온 사람들도 이런 광경은 처음이라 무슨 일인지 무척이나 궁금해했다.

과연 최 회장이 외손주와 사이좋게 지내는 그런 날이 오는 건지, 아니면 그냥 단순히 변덕을 부리는 건지…….

"괜찮구나."

시외할아버지의 입에서 나온 말에 인혜는 기분이 좋았다. 가족에게 식사를 차려 주고 맛있다는 소리를 듣는 것이 삶을 더 즐겁게 만드는 일이라는 걸 이전에는 알 수 없었다.

늘 혼자였고 늘 외로워만 했으니 그런 일은 없었다.

다행이다, 라는 마음에 물 잔을 들어 목을 축이고 나서야 그녀는 조용한 식사 시간에 동참할 수 있었다.

아무 말도 하지 않아도 따뜻한 공기를 나눠 가질 수 있는 그런 사이. 그게 가족이라고 생각했다.

인혜는 그런 가족을, 그리고 그를 가족으로 두게 된 지금의 현실이 좋았다. 현실이 싫었던 전과 달리 지금이 좋았다.

스쳐 지나가는 시간이 아까울 정도로 그녀는 무척이나 순간순간들이 좋기만 했다.

"좀 더 내올까요?"

밥 한 그릇이 순식간에 사라진 모습에 그녀는 입꼬리가 저절로 올라갔다. 그가 뭐라고 해도 그녀는 홀로 이 큰 집을 지키듯 지내는 시외할아버지가 안쓰러워 보였다.

그의 어머니에게 한 행동은 물론 잘못된 것이었지만 자신이 받지 못한 또 다른 아버지의 마음이라고 생각하면 그조차 부러워지곤 했기에…… 그녀는 최 회장이 무척이나 외로워하며 살고 있으리라 생각했다.

"그래."

인혜가 자리에서 일어나 안쪽에 자리한 부엌으로 사라지기까지 오래지 않았다. 그 시간이 오래 걸리지 않을 걸 알면서도 그는 괜스레 이 자리가 불편했다.

어머니가 돌아가신 후로는 단 한 번도 가져 본 적 없는 자리였기에 더더욱 불편하고 꺼려졌다.

식구였으니, 밥 한 끼 먹는다고 남들이 뭐라 하는 것도 아닌데 어쩐지 그는 외할아버지와 함께 그 무엇도 하고 싶지 않았다.

그가 사장직을 물려받자마자 뒤로 물러나 보고만 받고 모든 일은 그에게 시킨 것도 서로가 함께 있으면 화를 내거나, 안 좋은 소리를 했기에 벌어진 일이었다.

"괜한 소리는 하지 마세요. 외할아버지가 싫어하는 것도 모르고 좋아하는 여자입니다. 어머니로도 모자라 저까지 할아버지의 계산으로 결혼시키려 했다는 걸 모르니까 저렇게 좋아할 수 있는 겁니다."

그는 그녀가 모른다고 철석같이 믿고, 생각했다. 그녀가 이미 알고 있다는 가정은 멀리 치워 둔 지 오래였다. 다른 사람들과의 왕래가 적은 여자이니 소문을 들었을 리 없을 것이라고 믿었다.

그랬기에 그는 외할아버지의 입을 막아 두면 그녀가 상처받지 않을 것이라고 생각했다.

"그래, 하지만 말이다. 이 세계에 사는 이상 너도 어느 정도는 감수해야 하지 않겠니."

선우는 늘 알고 있었고, 느끼고 있었다. 어느 정도가 아니라 완벽하게 이쪽 세상 사람인 그는 결코 평범해질 수 없었다.

"압니다. 하지만……."

"그래, 저 아이가 주연이를 꼭 **빼다** 박은 줄은 알고 있었지. 아닌 척 굴었던 것도 안다만. 겉이야 어떻든 주연이를 닮았어. 종종 심심하면 와서 놀다 가거라."

그는 처음으로 큰 소리 한번 나지 않고 끝난 자리가 어색했다. 그녀가 다시금 음식을 들고 옴과 동시에 그 어색한 분위기도 언제 그랬냐는 듯 사라졌다.

그녀는 어떤지 모르겠지만, 그는 그래서 좋았다.

＊　　＊　　＊

벌써 20년 전의 계약서를 들여다보는 도훈의 시선이 가늘어졌다.

"회장님."

명호 그룹은 모두, 아내가 아이를 낳는다면 그 아이에게 준다는 계약서.

당시에는 그런 일이 벌어지지 않을 것이라고 생각했다. 하지만, 그의 생각과 현실은 달랐다.

공증까지 받아 둔 계약서의 효력을 결코 무시할 수 없었다. 만일 그가 인호에게 주지 않겠다고 한다면 그는 아내와 이혼 소송은 물론, 그룹을 물려받을 사람을 정하는 일로 지겨운 소송을 해야만 했다.

"자네가 생각하기에도 나는 이해하기 어려운 사람이겠지."

그랬기에 그는 모든 것은 인호에게, 그 외의 소소한 것들은 인혜에게 주면 되리라 여겼다. 모두 줄 수 없다고 나선 아내만 아니었더라면 그는 필시 오늘 개인 고문 변호사를 만나 서류를 꾸렸을 터였다.

"서류를 몰래 하나 준비하지."

이쯤은 그도 해 주고 싶었다.

한낱 놀이에서 얻은 대가라고, 아버지가 그토록 분개하시는 걸 보고서도 아이만큼은 포기할 수 없었다.

이 모든 것을 딸아이에게 이해해 달라고 말할 수도 없는 처지였지만, 그는 후회하지 않았다. 결국 그가 지켜 내야 할 의무였고, 더 번성시켰어야 할 의무였던 명호그룹 또한 지켜 냈으니까.

"회장님."

그러니 그는 결코 후회하지 않았다. 이런 세상에서 살지 않고, 늘 다른 사람들이 사는 그런 세상을 원하는 딸에게 그는 말할 수 없었다.

자신이 사는 세상이, 곧 네가 사는 세상이 될 것이며……. 이 세계를 이해하지 못하는 한 너는 언제나 외부인이 될 수밖에 없다고.

그는 그 말을 인혜에게 해 주고 싶었다. 하지만, 결코 입 밖으로 꺼내지 못한 그 이유는 단 한 가지였다.

평생토록 외부인으로 살아온 딸에게 굳이 그 말을 해서 이 세상으로 들어오라고 권하고 싶지 않았다. 그래서 자신이 했던 그 선택의 기로에 인혜가 서 있는 것을 보고 싶지 않았다.

그랬기에 그는 아내의 선택을 따랐으며, 아버지의 말을 들었고, 임원들의 이야기에 귀 기울여 지금껏 그룹을 굳건히 다져 냈다.

"그 술집이 있던 부지, 그거 그 아이 앞으로 돌린다는 서류. 김변 불러서 해결하지."

"네."

결국 마음은 굳혀졌고, 아내가 이 문제로 왈가왈부할지라도 이것만큼은 해 주고 싶었다. 자격이 없었지만, 그럼에도 불구하고 이건 해 줘야 한다고 생각했다.

그가 오래전에 생각했던 가족과 확연히 달라진 현실에서의 그의 가족은 그 격차가 컸다. 하지만 괜찮았다.

괜찮을 수 있었다.

모든 것은 자신의 선택이었기에……

＊　　＊　　＊

김이 모락모락 나는 텀블러를 바라보다 인혜는 자신이 커피숍에 있다는 사실을 깨달았다. 그리고 이내 앞에 앉은 사람이 아버지의 개인적인 일을 처리하는 변호사라는 사실도 다시금 상기시킬 수 있었다.

그녀가 단 한 가지 스스로에게 잘했다고 말할 수 있는 건 이 사람을 집 안에 들이지 않은 일이었다.

"아버지께서 괜한 짓을 하신 것 같네요."

"하지만 아가씨……."

이런다고 달라지는 건 없다고 아버지의 앞에서 따지고 싶었다. 하지만 그녀는 그를 생각했다. 고요하고 담담하게 자리를 지키고 서 있는 선우가 떠올라 그녀는 지금 이 시간도 지나리라 생각했다.

"그 부지는 제법 값도 나갈뿐더러, 아가씨 어머니께서 일하시던 술집이 있던 자리라 회장님께서 직접 그분에게 드렸었습니다. 그러니 응당 아가씨께서 가져가시는 것 또한 맞습니다."

"하지만 이렇게 제게 주시는 걸 보니……. 어머니께서 받지 않으셨던 거죠?"

인혜는 어머니가 거절한 그 땅을 자신이 받으리라고 여긴 아버지의 생각이 이 상황을 우습게 만들었다고 생각했다. 지금껏 말 한마디, 연락 한 번 없던 아버지가 이제 와서 이러는 이유도 알 수 없었기에, 그녀는 쉽게 그대로 받아들이지 못했다.

"이러지 마세요. 설혹, 하신다고 해도 저는 받지 않아요. 제 앞으로 돌려놓으신다면 주신 건 모두 인호 앞으로 다시 돌려 드리죠. 어차피 명호의 모든 것은 인호의 것이라던 어머니의 말씀, 잘 기억하고 있다고 전해 주세요."

"아가씨."

변호사의 만류에도 그녀는 머릿속으로 내내 생각했던 말들을 입에 올렸다. 지금 이곳이 외부라는 것도, 아버지가 이런 순간마저 그녀를 피한다는 것도, 그녀에겐 상처가 되지 않았다. 그러기에는 너무나 많은 상처를 입어 왔기에 이런 것쯤에는 무덤덤할 수 있었다.

다만, 지금의 현실이 싫었던 건 하나뿐이었다.

"아버지가 하시려는 게 무엇이든, 저는 싫다고 전해 주세요. 이런 종이로 전해질 진심이었더라면 진작 전해졌을 거예요. 그러니 하려는 게 무엇이든 저는 그 계획에서 빼 주시라고 전해 주세요. 더는 아버지 얼굴 보고 싶지 않아요."

자식이었으니, 당연히 부모님을 보고 사는 것이 맞다. 하지만 그녀는 아버지를 보고 싶지 않았다.

자신의 잘못이 아닌 아버지의 잘못을 지금껏 짊어지고 살아온 삶만으로도 아버지에게 해야 할 도리는 충분히 한 것이라고 여기고 싶었다.

인혜는 그렇게 생각하고 싶었다. 이런 자신의 행동들을 선우가 분명 이해해 줄 것이라는 공고한 믿음이 그녀를 단단한 껍질 안에서도 숨 쉬게 만들어 줬다.

눈앞에 있는 텀블러 안의 레몬 티가 식어 갈 때까지, 그녀는 꼼짝하지 못하고 그 자리에 앉아 있었다. 변호사가 떠나도, 옆 테이블의 사람들이 서너 차례 바뀔 때까지 그녀는 그 자리에 못 박힌 듯 앉아 있었다.

아무런 생각도 하지 않는 사람처럼 멍하니 텀블러만 바라보고 앉아 내내 생각했다. 어머니는 무슨 마음으로 아버지를 만났을까. 그 마음이 다 찢어져 너덜거렸을 수 있는 걸 아셨을 텐데도, 굳이 아버지를 만난 이유가 무엇이었을까.

그 마음이 사랑이 아니었기를, 그래서 최소한 마음이 아프지 않았기를 간절히 바랐다. 그 바람을 담아 그녀는 두 손으로 꽉 텀블러를 그러쥐었다.

어제와 같은 오늘이 아니라는 사실을 가장 빨리 알아차리는 사람은 다른 사람도 아닌 바로 선우일 수밖에 없었다.

어제와 같다면, 집 안에서 고소한 밥 냄새가 넘쳐나고 있어야 했다. 매일매일 밥을 차려 주는 인혜의 모습이 보기 좋아, 그는 굳이 저녁을 챙겨 먹지 않음에도 밥을 챙겨 먹고 있었다. 그리고 사실을 그녀가 알지 않기를 바랐다.

그래서 그가 그녀를 더 많이 좋아하고 있기 시작했다는 사실을 눈치채지 않기를 바랐다. 하지만 이런 순간이 찾아오면 그는 마음이 불안했다.

내색하지 않으려 해도 불안해져만 갔다.

"인혜 씨."

겨우 꺼낸 말은 그녀를 부르는 말이었다. 더 좋은 말을 찾을 수 없었다. 무슨 일이 있었던 건지, 혹시 그의 형제들이 그녀를 괴롭힌 건지, 알 길이 요원해 그는 조용히 그녀를 부를 수밖에 없었다.

불과 오늘 아침까지만 해도 더 없이 해사한 얼굴로 자신을 마중했던 아내였기에 그는 답답했다. 아내가 왜 이러는지, 그리고 자신은 왜 이토록 아내의 변화에 민감해하며 불안해하는 건지…….

"무슨 일 있어요?"

물을 수밖에 없었고, 잠자코 답을 기다리는 기분은 썩 좋지 않았다. 하지만 그는 아내가 설거지를 하는 모습을 물끄러미 바라보며 그저 앉아 있었다. 식탁에 앉아 그는 가만히 그 모습을 지켜보기만 했다.

원체 말이 없는 사람이니까.

무덤덤하게, 견디는 편을 택하는 사람이니까.

그렇게 조용히 시간이 흘러가기를 기다리는 사람이니, 그녀의 행동 하나하나가 신경 쓰일 수밖에 없었다.

"인혜 씨."

결국 그는 그녀의 등 뒤 바로 앞에 서서 그녀를 불렀다.

식탁에 앉아 가만히 기다리는 건, 어쩐지 지겹다고 생각했다. 게다가 이런 상황이라면 그녀가 말하지 않을 것만 같았다. 그랬기에 선우는 오늘도 서재에 들어가 바로 일을 해야 잠시 눈을 붙이고 나갈 수 있었음에도, 우선순위를 바꿔 아내를 먼저 챙겼다.

제아무리 일이 먼저인 사람도 이런 상황이라면, 아내를……

가족을 챙길 것이라 여겼다. 그리고 다른 그 무엇보다 그는 이제, 인혜가 제일 먼저였다.

결국 수도꼭지를 닫고, 몸을 돌린 인혜는 조용히 울고 있었다. 그 모습을 보자마자 그는 숨이 막혔다. 이유가 무엇인지, 왜인지는 차후의 문제였다.

인혜의 손끝이 빨갛게 변한 것을 보고도, 그 손끝이 물기에 젖어 차가웠음에도 그는 그녀를 안아 품 안에 가뒀다.

부부라는 이름 아래에서 살고 있음에도 그녀가 아픈 이유, 그걸 알지 못하는 건 자신이 묻지 않아서라는 걸 알고 있었다.

그럼에도 불구하고 울고 있는 아내에게 물을 수가 없었다. 조용히 아내를 안아 다독이는 일밖에 그가 할 수 있는 게 없다는 사실이 그를 슬프게 했다.

이 이상으로 간섭하고, 참견하며 서로에 대해 모르는 것이 없는 사이가 되고 싶었다.

"인혜 씨, 무슨 일인지 모르겠지만……."

그래서 더 할 수 있는 말이 없어서 슬픈 자신을 알지 못해도 좋다고, 그는 그렇게 생각했다.

"나한테는 다 말해도 돼요."

소리조차 죽여 울고 있는 아내를, 위로할 힘도 없다면 그는 스스로에게 실망할 수밖에 없으리라.

자신의 마음과 아픔을 들여다보고 위로해 준 유일한 사람이 지금처럼 아프다면 필시 무슨 이유가 있을 것이었다. 그 생각을 떨칠 수 없어 그는 그녀에게 말했다.

"무슨 일이 있었는지, 왜 그렇게 슬픈지, 그래서 인혜 씨가 얼마나 아픈지. 나한테 다 말해도 돼요. 우리는 부부잖아요."

부부라는 이름이 버겁다면, 그래서 그녀가 두려워서 말을 하지 못하는 것이라면 그는 다른 이름으로 그녀와 함께 있을 수도 있었다.

부부라는 이름에 느리게 반응하는 그녀에게 아직은 버겁다면 가족이라는 이름으로 함께해도 괜찮았다. 차이점이랄 것도 없으니까.

"부부라는 이름이 인혜 씨에게 부담이라면, 그래서 지금처럼 나한테 쉽게 말하지 못하는 거라면. 쉽게 생각해요."

지금처럼 그녀가 아픈 순간에 그는 그녀의 옆에 있고 싶었다.

어떤 이름이든 그들을 묶어 줄 가장 적절한 단어는 이것이 될 테니, 그는 이제 그녀가 말한 순서는 상관하지 않기로 했다.

"우리는 가족이니까 연애도, 부부도 하지 마요."

오롯이 그 하나만으로도 충분한 관계. 그 사이에 서 있는 것이 바로 그녀와 자신이라고 여겼다.

"그냥 가족 해요. 가족."

5
가족 합시다

처음으로 장인을 앞에 두고도 그는 말이 없었다. 이 자리, 아내가 아니라면 나오지 않을 자리였다.

그가 긴 그림자에서 벗어나기까지 어려웠듯, 그녀 역시 비슷하리라 여겼다. 그 모든 오해와 사람들의 비난 어린 시선을 견뎌냈을 그녀의 어린 시간들이 머릿속에 그려졌다.

자신과 비슷했을 테니 그걸 추측하는 건 매우 쉬운 일이었다.

"저는 아버지를 이해할 수 없을 거예요."

평생토록 이해할 수 없을 것이라 말하는 그녀의 말은 단호했지만 그 입술은 무척이나 떨리고 있었다. 이제 그 차이를 알 수 있을 정도로 그는 그녀를 알고 있었다.

"아버지가 말한, 아버지가 살아야 하는 세상을 제가 이해해야 한다면, 그건 아버지 때문이 아닐 거예요."

그녀가 혹여 아파만 하다가 나오지 않을까 염려하던 그의 마음들이 기우였고, 우려였다는 걸 증명하듯 인혜는 며칠 동안 머릿속에 담아 두기만 했던 말들을 입 밖으로 꺼냈다.

"어머니가 아버지를 좋아했던 게 생각났으니까요. 그러니까, 전 어머니 때문에……. 그래요, 어머니 때문에 아버지를 그냥 이대로 둘 거예요. 이해하지도, 싫어하지도 않는 지금 이 상태로 있을래요. 그게 제가 할 수 있는 최선이니까."

"네가 아직 어른이 아니라 이해를 하지 못하는 거다만. 회사를 지키고 꾸려 나가려면 어느 정도의 선택과 책임을 져야 한다는 걸……."

"아버지가 사는 세상이 그런 세상이라면, 그래서 어머니를 버렸어야만 했다면. 그게 아버지가 사는 세계를 지켜 낼 수 있는 유일한 선택이었다면."

아픈 시간을 토해 내야만 그녀가 그 시간을 지나올 수 있다는 걸 알기에 그는 마음을 편안하게 먹고 다시 일하러 돌아가려고 했다.

그렇게 안심해도 될 정도로 그녀가 괜찮다고 여길 무렵 그는 자신의 생각이 틀렸음을 깨달았다.

"저는 그 세계도, 아버지가 말한 어른이어야 알 수 있다는 세상도 알고 싶지 않아요. 알 필요 없다고 생각해요. 그런 세상이 존재한다면, 그래서 제가, 앞으로 언제 태어날지 모를 제 아이가 그 세상을 알고 이해해야 한다면, 등지는 편이 더 낫다고 생각해요."

어른이 되지 않을래요, 라고 말하는 인혜의 목소리가 이상하다는 생각에 그는 고개를 돌렸다.

인혜를 본 그는 이내 놀랄 수밖에 없었다. 단말마의 비명조차 질러 내지 않은 아내가 기이할 정도로 담담하다고 여겼지만……

그래서 속으로 많이도 삭혀 낸다고 생각했지만, 쓰러질 것이라고 여기지는 못했다.

의자에 앉아 있던 인혜가 바닥으로 떨어지기 전 그는 그녀를 붙들어 안을 수 있었다. 겨우 그녀를 안아 올린 그는 인혜의 얼굴을 살폈다. 하얗게 질려 핏기가 가신 그 모습이 매우 창백해 보여 그는 겁이 났다.

이러다 견디지 못하고 도피할까 봐 겁이 더럭 났지만 그녀를 믿기로 했다.

가족이 된, 아내 역시 자신을 믿었기에 그녀의 가족보다 더한 자신의 가족을 이해하고 견뎌 준 것이라고 생각했다.

명 회장이 놀라 자리에서 벌떡 일어서서 다가오려 했지만 그는 명 회장이 다가오는 만큼 뒤로 물러섰다.

아내를 안은 채로 그렇게 그 정도의 거리를 유지했다.

"인혜 씨가 회장님을 보지 않겠다면, 저 역시 그럴 생각입니다."

"자네!"

"하지만, 인혜 씨가 회장님을 보고 견디며 다시 그 시간들을 견디겠다면 기꺼이 함께해 줄 생각입니다."

기꺼이 그래 줄 수 있었다. 하지만 만일 인혜가 가족들을 저버릴 수 없다고 말한다면 그 말에 따를 생각이었다. 단, 인혜를 무시하던 명 회장 가족들의 행동이 바뀌어야 한다는 것이 우선되어야 하겠지만.

그 문제가 먼저 해결되지 않고서는 그녀를 마음 놓고 명 회장네 집으로 가게 할 수 없었다. 그렇다고 그가 매일 함께 동행할수 있는 문제는 아니었으니…….

선우는 보지 않겠다는 소리가 그녀의 입에서 나오기를 바라는 스스로의 이기적인 마음이 마음에 들지 않았다.

"하지만, 지금으로서는 인혜 씨가 그럴 일은 없을 것 같습니다."

그녀에게 있어서 가족이라는 울타리, 그것은 자신이 쳐 줄 생각이었다.

연애.

부부.

가족.

그 모든 것을 정립할 수 있는 기준을 자신이 만들어 그녀의 앞에 놓아두리라 다짐했다. 그 모든 것을 다시 새롭게 써서 더는 다른 사람들에게 휘둘리지 않을 수 있는 가족을 만들고 싶었다.

어떤 것에도 휘둘리지 않을 수 있는 가족, 그는 그녀에게 그걸 선물하고 싶었고, 스스로도 가지고 싶었다.

볕이 좋은 햇살을 봐야 장독 안의 장들이 더 좋다고 밖으로 나간 아주머니의 움직임에도 아랑곳하지 않고 그는 인혜를 할아버지의 집 안으로 데려왔다.

다른 때라면 집으로 갔겠지만, 다시 호텔로 돌아가 봐야 했기에 자신도 없는 집에 인혜를 홀로 두기가 싫어 할아버지의 집으로 무작정 온 것이었다.

"네 녀석이 이 시간에 웬일이냐."

할아버지가 집에 계실 것이라고는 그도 예상하지 못한 바였기에 굳어진 얼굴을 펼 생각도 하지 못하고 답했다.

"안 보이십니까."

"보인다만."

"손부가 쓰러져서 집으로 왔는데, 웬일이냐고 물으시는 건……."

이유 역시 이미 알고 계실 분이 굳이 물어본다는 사실이 달갑지만은 않았다.

"도와주랴."

할아버지의 말에 그는 고개를 저었다. 인혜에게 두툼한 솜이불을 꼼꼼히 덮어 준 뒤에야 그는 침대 맡에서 일어날 수 있었다.

"괜찮습니다."

"그럼, 뭘 해 주랴."

"지금까지 그러셨듯 아무것도 하지 마시죠."

그녀에게 어른들이 비열하고 비겁하며 동시에 계산적인 존재였다면, 그에게 있어서 어른들은 철저한 방관자였다.

그 누구 하나 앞으로 나서지 않았던 방관자. 그중에 가장 나섰던 사람이 할아버지였지만 그 역시 그에게 도움이 되지 않았던 건 매한가지였다.

"명 회장이 또 무슨 짓을 한 게냐."

"제가 알아서 할 겁니다."

"하지만 얘야. 니들은 이해할 수 없는, 이쪽도 저쪽도 결국은 어쩔 수 없었던 이유들이 있지 않았누."

할아버지의 말에 명 회장이 했던 변명, 그게 떠올라 결국 그는 미간을 찌푸릴 수밖에 없었다. 침대 맡에서 일어났지만 그는 여전히 그녀의 곁에서 발을 뗄 수가 없었다.

"그래서 아버지도, 어머니도 이해한다고 했었습니다. 그래서 외할아버지의 그 과욕도, 할아버지의 그 마음도 모두 알겠다고 했습니다. 하지만 인혜 씨가 겪은 상황들은 이해할 수가 없어요."

"선우야."

이 모든 상황들을 이해한다고 덮는다면, 그들은 전처럼 그녀를 무시하고 밟으려 들 것이다. 그러니 자신이 그녀가 앞으로 나설 수 있게 해 줄 것이다.

"그러니 전 제 아내가 공식적인 자리에도 나오고, 사람들의 앞에도 나서기를 바랄 겁니다. 그렇게 하나씩 사람들 앞에 정선우 아내 명인혜로 나오게 만들 겁니다."

그렇게 인혜의 단단한 보호막이 되기를 자처할 작정이었다.

그런 선우의 생각을 알아차린 것인지 정 의원은 더 이상 말이 없었다.

하나, 둘, 셋……

속으로 숫자를 세던 인혜는 그의 말을 곱씹어 볼 수밖에 없었다.

그는 자신에게 그의 아내로 세상 밖으로 나와 달라 청했다. 결국 그 말이 어떤 의미를 지니고 있는지, 한 공간 안에 있던 사람이라면 누구나 알 수 있을 터였다.

"아이고, 왜 나왔대. 어서 들어가서 더 쉬어. 선우가 나한테 단단히 부탁하고 갔다고……"

"아니에요. 방에만 있으려니 답답해서요. 좀 도와 드릴까요?"

한순간 선이 끊긴 전구처럼 명멸했던 기억까지가, 그녀가 아버지를 보고 있던 마지막 기억이었다. 만일 그 순간에 쓰러질 줄 알았더라면 끝까지 모든 힘을 모아 버렸을 것이다.

"선우가 새댁 안고 들어오는데 덜컥했다니까. 언제였더라……. 선우가 댓살쯤 됐을 때 쓰러져서 의원님 품에 안겨 들어오는 모습이랑 똑 닮아서."

"선우 씨가 그랬어요?"

"그랬지. 근데 도통 두 분 다 그 일에 대해서는 입 밖으로도 안 꺼내니. 식구들도 별수 있나. 궁금해도 더는 묻지 못했지."

아주머니의 말에 그녀는 곰곰이 생각했다. 그 즈음이라면 아직 그의 어머니가 살아계셨을 때가 아닐까 추측하고, 생각해 보다가 문득 깨달았다.

그가 왜 자신을 밖으로 꺼내고 싶어 하는지, 그래서 그가 간절히 바라는 것이 무엇인지……. 그의 어린 시절을 생각하다가 그제야 깨달았다는 사실이 그녀를 아프게 만들었다.

이토록 자신을 염려하는 그가 그런 생각을 할 리 없는데…….

그는 불안해하는 것이었다. 그가 지켜 주지 못하는 이런 시간들에 알지 못하는 일이 벌어져 자신의 선택지에서 그가 영영 사라지게 될까 봐.

"아주머니, 선우 씨가 저 찾으면요."

그에게 오늘은 간단한 문자나 전화도 하지 않을 생각이었다. 오늘은 그가 말한 대로 정선우의 아내 명인혜가 되고자 했으니까.

"시외할아버님 댁에 갔다고 알려 주세요."

"왜 연락 안 하고?"

"이렇게 해야 올 거거든요."

그래야만 시외할아버님 댁에 올 그라는 것을 인혜는 잘 알고 있었다.

그러지 말걸.

그런 불안감을 평생 안고 살아온 그에게 그런 고된 시간을 주지 말아야 했다.

이제부터라도 그녀는 그에게 안정감을 찾아 줄 생각이었다. 그녀가 그에게서 그런 마음을 찾아내었듯······.

그도 같은 마음이 되기를 간절히 바랐다.

구두 소리가 대리석 바닥을 무섭게 울리자 최 회장도, 인혜도 웃을 수밖에 없었다. 저렇게 이 집을 내달려 들어올 사람 한 명밖에 없었기에, 그라는 걸 단번에 알아차렸다. 그건 시외할아버지도 마찬가지인 듯싶었다.

"선우인가 보구나."

"네, 그런 것 같아요."

그가 시외할아버지가 사는 이 집을 좋아하지 않는 것을 알면서도 당분간 이곳에서 지내자고 할 이유가 그녀에게는 생겼다. 그러니, 그도 자신의 말을 따라 줄 것을 알고 있었기에 그녀는 그에게 말도 하지 않고 이리로 달려올 수 있었다.

"선우 씨 어머니였더라면. 어떻게 하셨을까요? 저는 선우 씨가 바라는 일, 해 주고 싶어요. 그걸 해서 그 사람이 더는 불안해하지 않는다면 하고 싶어요. 할 수 있는 방법 좀 알려 주세요. 만일 시어머니께서 살아계셨더라면 했었을 일들을 알려 주세요.

그걸 가장 잘 아는 분이시잖아요."

그가 바라는 일, 그래서 그걸 들어주고자 하는 그녀의 마음이 결국 최 회장을 움직였다.

"주연이를 가르치던 사람들만 하지는 않겠지만 적당한 사람들을 골라서 보내 주마. 공식석상에 나가려면 준비할 게 많을 게다. 호텔 사장단 아내들 모임이라거나, 이사진들과 나가는 식사 자리. 그 외에도 챙겨야 할 모임이 많을 게고……. 그리 쉽지는 않을 게다."

최 회장의 말에 인혜는 웃었다. 그가 어느새 문을 열고 들어오고 있었다. 그 모습이 좋아 예의가 아닌 줄 알면서도 시외할아버지가 아닌 그 어깨 너머로 보이는 그를 바라보며 답했다.

"괜찮습니다. 그러니 알려 주세요. 뭐든 다 할 거예요. 숨는 일…… 더는 하지 않을 생각이에요. 대부분 저에 대해 다 아시잖아요. 그러니까, 제 남편이 선우 씨라는 걸 확실하게 하고 싶어요."

가끔 사람들은 이 사실을 잊는 것 같았다. 그녀는 그 점이 싫었다.

"왔습니다."

그가 최 회장에게 인사했다. 그 인사마저도 사무적이라 어디서부터 바로잡아야 할지 모르겠다고 생각했다. 인혜는 두 사람 사이에 제대로 끼어들 생각이었다.

이전처럼 잠깐 어색한 공기를 바꾸는 것이 아닌, 진짜 관계를 다시 바꾸고 싶었다. 또한 그가 말한 걸 제대로 하려면 시외할아버지의 도움이 절실하게 필요했다.

최 회장이 말한 것을 그녀는 배워 본 적도 없었고, 배우는 걸 본 적도 없었다. 그랬기에 어떤 준비가 필요한지 감을 잡을 수 없었다.

그 준비라는 것이 단순히 마음의 준비이기만 하다면 그녀로서는 지금 당장 나서도 괜찮을 것 같았다.

"이 사람 좀 데려가겠습니다."

"네 처, 호텔에서 쓰러진 건 들어 알고 있으니 걱정 마라. 이미 두 시간 전에 서 박사가 와서 보고 갔다."

"집에서 쉬는 게 나을 것 같아서요."

여전히 그는 무슨 일 때문에 자신이 여기까지 왔는지 묻지 않았다. 하지만 인혜는 그가 물어 주기를 바랐다.

"선우 씨, 우리 당분간은 여기서 지내요."

그가 더 이상 불안해하지 않도록 그녀는 밖으로 나올 생각이었다. 조금 느리겠지만 그래도 서서히 나오고 있다 보면 불안한 마음을 가졌던 기억조차 씻은 듯이 사라지게 될 것이라고 믿었다.

"인혜 씨."

머뭇거리는 그를 붙들 수 있는 것도, 불안하게 만들 수 있는 것도 그녀 스스로라는 걸 깨달은 인혜는 마음을 단단히 먹고 말을 이었다.

"선우 씨가 말한 정선우의 아내 명인혜. 나 그거 할 거예요. 그렇게 사람들이 선우 씨의 아내가 나고, 내 남편이 선우 씨라는 걸 분명하게 인식할 수 있도록 제대로 하고 싶어요. 그러니까, 여기에서 살아요."

당분간이라는 말을 빼고 했다는 걸 알았을 텐데도 그는 인혜를 가만히 바라보기만 하다가 결국 그녀의 옆에 앉았다.

데려가려는 듯 그녀의 손목을 붙들었던 그의 손은 어느새 그녀의 손을 잡고 있었다.

"그냥 몇 번 공식적인 자리에만 나오면 돼요. 그러면 충분해요."

"아니요. 이제 같이해요. 그거 하자고 나한테 말한 거잖아요. 나는 그래서 그 사람들이 선우 씨를 무시할 수 없도록 만들고 싶어요."

어쩌면 자신은 연애를 바란 것이 아니라 이런 마음을 원했던 것일 수 있었다. 인혜는 자기 자신을 누구보다 잘 알고 있었다. 그랬기에 다른 사람들이 하는 특별할 것 없는 그 연애를 하고 싶다고 말해 시간을 벌어 놓은 셈이었다.

하지만 그 틈에 그가 좋아졌다.

자신과 비슷한 상처를 안고 살아온 그가 좋아져 그녀는 매번 뒷걸음질 치던 걸음을 멈추고 조금씩 그에게 걸어갔다.

앞으로 나아가는 속도가 느려 그가 답답해하면 어쩌나 하는 마음을 안고서도 걸음을 멈추지 않았다.

"선우 씨 부탁 때문이 아니라, 내가 그러고 싶어졌어요."

간절히 바라고 원한다는 마음이 무엇인지 이제 알 것도 같았다.

아버지의 아내로부터 도망가고 싶었던 절박한 마음이 아니라 무언가 하기를 소망한다는 게 마음을 이토록 두렵게 만들기도 하고, 기대감에 부풀게 만드는 사실에 그녀는 웃고 있었다.

또 노력을 해서 가지고 싶고, 하고 싶다는 게 생겼다는 사실은 인혜의 마음 한편에 자리 잡고 있었던 무기력한 마음을 치워주기도 했다.

"그래요. 인혜 씨가 원하는 대로 해요. 그렇게 해요, 우리."

외려 좋았다.

이 마음을 그가 알 수 있다면 더 좋지 않을까, 하는 생각이 온통 그녀의 머릿속을 맴돌았다.

알려 달라고 했지만 결국 배워야 하는 건 그녀가 모르고 살아도 좋았을 몇 가지 식사예절과 규칙들, 그리고 걸음걸이, 태도 등……

따지고 보면 몇 가지 되지 않았다. 그마저도 호텔경영학을 배워 알고 있고, 몸으로 체득한 것들이 조금 있어서 그다지 어렵지 않았다.

옷을 입고 나가는 문제가 가장 어려웠을 뿐이지 그녀는 제법 쉽게 그 모든 것을 익혔다.

"절대, 사모님을 낮춰서 한다는……."

"사모님, 이라는 호칭 꼭 써야 하나요?"

호칭도 어색했고, 옷도 어딘지 모르게 어색해 보여 인혜는 희미하게 웃어 보였다.

"회장님."

그가 출근을 하고 나면 시외할아버지는 이렇듯 가끔 그녀가 선생님들에게 배우고 있는 방을 기웃거렸다.

궁금한 것이 가장 큰 이유이겠지만 집 안에 사람들이 드나드는 것이 오랜만이라 반갑고 좋은 마음이 아닐까, 하는 생각이 들었다.

"저치들 입장에서라도, 그리고 네가 있으려는 위치에서라면. 호칭이 어색하더라도 흘려보내는 게 낫지 않겠니."

사실상 그녀도 모임에 나간다면 여사님이라던가, 사모님이라는 말을 써야 하는 입장이긴 했으니까…….

그런 맥락에서 이해하라는 최 회장의 말에 그녀는 수긍했다.

내일 있을 세진 호텔 임원진들 아내와 있을 모임에 그녀가 간다는 말은 여전히 전해지지 않았다. 그게 그녀가 바란 바였다.

그들이 어떻게 대응할지, 그리고 스스로가 얼마나 잘 하고 돌아올지.

해 보지 않았으니 결과는 아직 알 수 없었다. 그러니 그 누구보다 더 잘할 작정이었다. 그렇게 만들고 싶었다.

최 회장은 유리문 너머로 보이는 손부의 모습에서 딸아이를 어렵지 않게 찾아볼 수 있었다. 비슷한 여자와 결혼했다는 걸 알았더라면 더 말리려 들었으리라……. 최 회장은 차라리 몰랐던 것이 다행이라고 생각했다.

그때에는 그저 저 아이가 가진 조건들이 싫었고, 떠도는 루머가 많은 사람이 싫어 이 결혼을 대놓고 반대했었다.

하지만 지금 그는 손자가 자신의 의견에 따르지 않고 고집대로 했던 행동이 잘한 것이라고 생각했다. 그렇지 않았더라면 저토록 반듯한 아이를 손자가 놓쳤을 테니까.

주연이가 겪었던 그 즈음의 일들은 욕심을 부리고 싶어서가 아니라, 그 당시, 세진호텔을 빨리 키우고 싶었던 그의 급한 마음이 불러낸 사고였다.

그는 사고라고 표현했다.

정치 쪽보다는 비슷한 유의 사람과 혼인하는 것이 주연이 조금 더 자유롭게 움직이기 편할 것이라는 판단에 그리한 것이었지만, 결국 그는 자신의 판단이 틀렸음을 후에야 알게 되었다.

차라리 그토록 서로를 좋아하고 있었고, 배 속에 아이가 있었다는 사실을 조금 더 일찍 알려 왔더라면…… 서둘러 다시 아이들을 붙여 놓았을 터였다.

그랬더라면, 이라는 생각을 매일매일 했다. 그렇게 매일 밤 후회를 하면서도 남아 있는 손자의 마음을 살필 여력이 없었던 그는, 오롯이 모든 신경을 세진그룹에 쏟아 냈다. 세진호텔에서 백화점으로……

그리고 리조트까지 뻗어 나가게 다져 놓은 초석이 무색하지 않도록 손자는 잘해 나가고 있었다.

하지만 겉과 달리 속이 얼마나 상처로 곪아 있는지 알고 있었다. 그 상처들을 이제야 보듬고 어루만져 주기에는 그동안 그는 손자에게 무심했고, 무조건 계산적이기를 바랐다.

주연의 일을 또다시 겪고 싶은 마음이 없었으니, 차라리 계산적으로 행동하면 그런 불행은 다시 겪지 않을 수 있을 거라고 생각했다. 그런 마음을 가지고 있었다는 사실마저 미안할 정도로 손자는 이기적이지도, 계산적이지도 않은 그냥 책임감이 강하고 과묵한 사람으로 자라 있었다.

그런 손자의 마음을 보듬어 줄 수 있는 손부가 그는 고마웠다. 딸아이가 가지고자 했던 일상의 풍경이 바로 이런 것이 아니었을까.

요즘 그는 마음 씀씀이가 따뜻한 손부로 인해 집안 곳곳에 번지는 사람 사는 온기를 느끼며 딸아이가 바랐던 풍경이 바로 이런 것이 아니었을까 생각해 볼 수 있었다.

그런 마음들이 그는 무척 고마웠다.

＊　　＊　　＊

그녀는 한 걸음씩 조심스레 걸었다. 조심스럽게 걸었지만 내딛는 걸음에는 흔들림도 막힘도 없었다.

인혜는 백화점에 갔다가 오겠다는 그를 만류하고 나서야 레스토랑 안으로 걸음을 옮길 수 있었다. 직원의 안내에 따라 세진호텔에서 이번에 새로 마련했다는 레스토랑 안에 마련된 룸으로 들어갔다.

모두가 처음 보는 사람으로 인해 얼어 버렸지만 그녀만큼은 예외였다. 이들이 자신의 얼굴을 알고 있다는 건 시외할아버님께 귀에 못이 박힐 정도로 들어 외울 정도였다.

그러니, 지금 눈앞에 보인 여자들이 얼굴에 띤 표정이나, 하고 있는 행동들은 모두 속으로 계산을 하고 있는 것이 분명했다.

이 모임을 한동안 주관하고 있었다던 정 이사 아내의 눈치를 보고 있기도 한 것 같았다.

"제가 한동안 신경 쓸 일이 많아 미처 나오지 못했네요."

이들 사이에서 잘 할 수 있을 것이다. 그런 자신감이 어디서인지 모르게 뻗어 나와 마음 안을 그득하게 채워 가고 있었다.

"여기 앉으세요."

그녀보다 나이가 많은 사람들 중 몇 명은 박 여사를 잘 알고, 오늘의 일을 분명 전할 것이었지만 인혜는 개의치 않았다.

더는 이제 그 집과 상관하지 않고 살리라 다짐했기에 그럴 수 있었다.

옷뿐만 아니라 걸음걸이, 행동, 태도…….

그 무엇 하나 흠 잡을 것이 없도록 행동하는 인혜의 모습에 그들은 평소처럼 소문들을 두고 왈가왈부하지 않았다.

세진의 모든 것을 공식적으로 물려받게 될 정선우가 아내를 잘못 골랐다는 말을 입버릇처럼 하던 정 이사의 아내는 입을 다 물고 있었다.

그 모습에 인혜는 선우가 자신에게 보여 주고자 했던 것이 무엇인지 확실하게 볼 수 있었다. 그는 곧 자신의 울타리였고, 그 울타리를 무너뜨리거나 쓰러뜨려 넘길 수 없다면 저들은 자신의 앞에서 지금처럼 아무 말도 못하고 있을 것이라는 사실.

그 사실을 그는 보여 주고 싶었고, 알게 해 주고 싶었던 것이다.

이런 그의 진심을 알기에…… 간절히 바랐던 평범한 생활은 아닐지 몰라도, 괜찮았다. 그녀는 평범한 생활이 아니라도 보통 다른 사람들이 가지는 그런 관계를 손에 쥐었다.

그걸 가능하게 만들어 준 그가 고마웠다.

느리게 걸어 겨우 이만큼 온 자신을 기다려 준 그가 고맙고 또 좋았다.

그 사람이라서 좋을 수 있다는 말이 이런 경우에 해당된다는 걸, 이렇게 알 수 있었다.

＊　　＊　　＊

선우의 마음은 물론 걸음도 모두 조금씩, 그리고 천천히 나아가 앞으로 향하고 있었다.

마음은 이미 아내가 좋다고 하고 있었지만, 그는 속도를 내는 법을 몰랐다. 그렇게 했다가는 지금 겨우 만들어 놓은 것들마저 다 놓치게 될까 봐 조심스러웠다.

그렇게 조심스러웠지만, 마음은 언제나 그녀를 생각하고 있었다. 처음에는 이처럼 명인혜라는 여자를 걱정하게 될 줄, 그도 몰랐다.

그저 지켜 주고 싶다는 마음이, 어머니와 비슷한 그 분위기가 그를 그녀의 앞으로 이끌었다. 시작은 그저 그것뿐이었는데, 어느새 이토록 그녀가 스스로 일어서기를 간절히 바라고 있었다.

"오래 기다렸어요?"

시끌벅적한 영화관 한편에 마련된 나무 계단에 앉아 그는 그녀를 기다리고 있었다. 이곳에서 만나기로 했으니 별다른 말없이 묵묵히 앉아서 기다렸다.

아이들이 기다란 미끄럼틀을 타고 신나게 소리를 내지르는 온갖 잡음이 들려왔지만 그마저도 듣기 좋은 배경음악으로 들릴 정도로 그녀를 기다리는 시간이 즐거웠다.

"얼마 안 기다렸어요. 잘 다녀왔어요?"

"잘 다녀왔어요."

영화 한편, 그는 이런 삶을 바랐다. 그는 그녀도 이런 평온한 일상을 바라고 있다는 걸 알기에 인혜의 손을 잡고 앉아서 이야기를 나눴다. 시끄러운 가운데서도 서로의 이야기는 너무나 잘 들렸다.

아내의 손을 잡아끈 그는 자신의 어깨에 인혜가 기대어 쉴 수 있도록 등을 벽에 기대었다.

"영화는 한 시간 뒤라 시간 많아요. 그러니까, 이렇게 잠깐 쉬어요."

"별로 안 힘들었어요. 사실 다들 나이가 많으셔서 제가 낄 자리가 아닌 것 같은 어색함? 그런 게 있었던 것뿐이지 괜찮아요. 정선우 아내 명인혜, 하는 거 생각보다 안 어려워요. 그러니까 선우 씨, 걱정하지 않아도 돼요."

사실 그녀가 단단하다는 건 이미 알고 있었다. 사실 인혜는 친어머니의 이야기나, 명 회장의 이야기를 할 때에 유달리 약했었다.

그걸 알고 있었고, 그녀가 괜찮다는 것도 이미 알고 있었기에 그는 자신이 느끼는 불안함이 스스로의 문제라는 것도 안다.

모든 것을 알고는 있었지만 어쩌지는 못했다.

이 모든 상황들이 전부 깨끗이 해결되지 않는 한 불안감을 떨쳐내기란 힘든 것이니까.

"인혜 씨 어머니가 사셨던 그곳. 그거 내가 다시 가져올 거예요."

명 회장을 만나기 전, 그녀의 입에서 명 회장이 주려고 한 땅을 거절했다는 말을 들었던 순간 결심했다.

그리고 요즘 외할아버지 집에서 잘 지내는 아내를 보며 그 마음을 더욱 굳혔다.

"그거 가져오고…… 나도 편안하고, 인혜 씨도 편안해지고. 그렇게 우리 삶을 살아가면서 못 해 본 거 해 봐요."

지금처럼 영화관에 와서 영화도 보고, 서점에 가서 책도 읽으며 두 손 꽉 맞잡고 다니는 그런 일들.

"그런 거 해 봐요."

"하지만 가져올 필요 없어요. 지금으로도 충분해요. 옆에 선우 씨가 있어 줄 거잖아요."

그녀의 말처럼 자신이 있을 것이었지만, 그렇지만 그녀에게도 무언가 있는 편이 좋지 않을까 생각했다. 그래서 지금까지 내내 그녀 어머니의 산소를 찾고 있었겠지만, 굳이 입 밖으로 꺼내 말하지 않았다.

"이따 영화 보면서 와인 마실래요?"

다시금 사소한 이야기로 말을 돌린 선우는 그녀의 안색을 살폈다. 더 없이 평온하고 평화로워 보이는 인혜의 모습에서 그는 불안감을 다시 잊었다.

거의 눕다시피 할 수 있는 의자 24개가 한 쌍으로 이뤄져 배치된 작은 영화관은 그가 영화를 보고 싶으면 자주 찾는 관이었다.

영화관 중에서도 특히 이 관을 자주 찾았다. 신발을 벗고 몸을 편안하게 기댈 수 있을뿐더러 다른 곳에 비해 아담해서 좋았다.

한쪽에 벗어 뒀던 구두를 찾는 인혜를 보며 선우는 몸을 일으켰다.

테이블을 살짝 밀어 구두를 찾은 그는 다리 받침대에 올린 발을 어쩔 줄 몰라 하는 아내를 보고 웃었다. 그녀를 비웃는 것이 아니라 즐거워서 웃는 것이라는 걸 한눈에 알아차릴 수 있을 정도로 진심이 담긴 웃음이었다.

구두를 신겨 주려는 그의 손에 얼굴이 붉어진 인혜가 주저하며 막으려 했지만 그의 손이 조금 더 빨랐다. 높다란 구두가 마음에 들지 않았지만 자신의 손으로 한 뼘이 조금 넘는 그녀의 발에 조심스럽게 구두를 신겨 줬다.

"혼자 할 수 있어요."

인혜가 볼멘소리를 하는 걸 들어 본 적 없는 그는 처음 보는 아내의 모습에 귀엽다는 생각을 했다.

이런 투정 가끔은 부려도 될 텐데…… 지금까지 한 번도 하지 않았던 인혜의 모습만 봤던 그에게 아내의 모습은 신선했다.

"괜찮아요. 내가 해 주는 건 다 괜찮은 거예요."

"하지만……."

사람들이 보잖아요, 라고 속삭이듯 토해 내는 여린 음성이 그를 더 웃게 했다.

"저녁 뭐 먹을래요?"

눈코 뜰 새 없이 바빴지만, 그는 그녀에게 할애하는 시간만큼은 예외로 두었다. 이 시간만큼은 절대 방해받고 싶지 않았기에, 핸드폰도 아예 꺼 둔 상태였다.

"저녁요?"

사소한 이야기들로 채워진 하루가 간절한 순간이 찾아들곤 하면, 인혜의 얼굴을 들여다봤다. 그리고 그 안에 모든 것이 있는 사람처럼 행동하고 말하며, 그녀에게 괜한 말들을 건네곤 했다.

결혼 후, 연애를 하자던 그녀의 얼굴을 보고 있던 날처럼······.

"네, 저녁요."

"하지만 오늘 저녁엔 할아버님 댁에 오늘 간다고 연락을 했는데요."

그녀에게는 연애보다 시댁이 먼저인 것만 같아 그는 왠지 미안했다. 하지만 그 미안한 마음보다 먼저였던 건 함께 있고 싶은 마음이었다.

"인혜 씨, 오늘 하루쯤은 상관하지 마요."

"어떻게 그래요. 연락을 드렸는데. 그러지 말고 우리 할아버님 댁에 갈 때 괜찮은 간식거리 사 가요. 그러면 될 것 같아요."

"아뇨. 그러지 마요."

선우는 오늘만큼은 물러서지 않으리라 다짐했다.

"오늘 하루 정도는 가족들을 잊어요. 지금은 그냥 나랑 있는 생각만 해요. 할아버지 댁에는 내가 연락할게요."

결국 그녀는 그가 무릎을 꿇은 채로 자신과 이야기를 나누고 있었음을 깨닫고 나서야 두 볼을 붉히며 그러겠다 답했다.

이런 인혜의 모습마저 좋다고 말한다면 사람들이 혀를 찰지도 모르겠다고 생각하면서도 그는 내내 웃었다.

⁎　　⁎　　⁎

박 여사가 세진의 안주인 행세를 한다는 이야기를 건너서 듣고는 소문이 과장된 것은 아닐까 염려했었던 마음도 잠시, 인혜는 그 이야기를 믿지 않은 자신을 향해 혀를 차고 싶었다.

사람이 사는 모습은 비슷비슷하고, 닮은 구석이 더러 있기도 하다고 그녀는 그렇게 생각했다. 하지만 그게 착각이라는 걸 보여 주는 사람은 어머니가 단연 최고라고 해도 과언이 아니었다.

그게 자신을 무시하는 것에서부터 시작되는 행동이라는 걸 알기에 그녀는 더 이상 뒷걸음질 치지 않기로 했다. 이제 자신이 그런 행동을 당하면, 그가 당하는 것과 다르지 않다는 걸 알기에 더는 무섭지 않았다.

응당 다른 사람들이라면 했을 법한 행동들을, 그녀 역시 할 생각이었다. 인혜는 그렇게 앞으로 나서서 경고를 하고 위협할

작정이었다. 그래야 사람들이 자신을 간단하게 보지도, 쉽고 가볍게 여기지도 않을 것이었다.

"어머니라고 부르지 않을 거예요."

처음으로 해 보는 것임에도 괜찮았다. 숨이 막히는 것 같아 어지럽지도 않았고, 무섭고 두렵지도 않았다.

이 모든 것이 그가 해 준 노력으로 인한 결과라는 걸 박 여사는 결코 모르리라.

"이제 아주 광고를 하는구나."

"여사님만 하겠어요."

그냥 앉아서 당하는 게 좋은 일이 아니라는 걸 내내 말하던 시외할아버지의 이야기처럼 그제야 가만히 있는 게 능사가 아니라는 걸 깨달을 수 있었다.

이런 세상을 다 이해할 수는 없지만, 최소한 자신을 얕보고 내려다보는 그 시선을 없애고 싶다면 대꾸도 하고 행동으로도 보여 줘야 한다는 그 말을 처음엔 이해할 수 없었다.

응당 어른에게는 그렇게 하면 안 된다고 알고 있었고, 배웠기에 그녀는 그걸 지키려고 노력했다.

하지만 그럴 필요가 없는 사람에게는 하지 않는 것도 괜찮은 방법이라고 알려 준 중문으로 인해 그녀는 그 방법을 써먹어 보는 중이었다.

무척 어색했지만, 한번 해 보는 것도 나쁘지 않겠다 싶었다.

"제 남편 회사 직원 아내들의 모임을 이렇게 벌이실 줄 몰랐네요. 여사님께서 선우 씨를 이토록 신경 쓰고 계신 줄은 더더욱 몰랐구요. 장난은 이쯤에서 그만두시죠. 이 이상 하신다면 회장님께서도 별로 달가워하시지는 않을 것 같아서 말이에요."

가끔은 시외할아버지도 팔고, 아주 가끔은 정 의원을 입에 올려서라도 사람들을 막아 낼 수 있다면 기꺼이 그러라고 했던 말이 무슨 의미인지 어렴풋하게나마 알 것 같았다.

가장 확실한 건 걱정하고 염려해 주는 가족들의 말을 듣는 것이 좋다는 사실이었다.

"네가 정 의원을 입에 올리다니 우습구나."

"앞으로 제가 아닌 다른 분이 주관하는 모임에 나가고 싶은 분이 계시거든……."

박 여사가 제아무리 말을 이어 가도 인혜는 듣지 않았다. 다른 이의 말을 듣지 않고 자신의 할 말만 하는 것이 이토록 쉽고 간단한 일인지 이전에는 미처 알지 못했다.

"그렇게 하세요. 대신, 제가 주관하는 모임에는 나오지 않으셔야 할 겁니다. 세진에서 일을 하시는 것이 아니라, 명호에서 일하고 싶으시다면 그렇게들 하세요. 어느 쪽의 말을 들어야 하는지 모르는 분들이라면 저 역시 함께 대화를 나누고 싶지 않으니까."

단호하게, 그리고 분명하게 자신의 의사를 전달했다. 그 뜻을 알아듣지 못하는 사람은 이곳에 없으리라 생각될 정도로 인혜의 어조는 명확했다.

선을 긋고, 그 테두리 안으로 사람을 들이는 건 언제나 스스로 선택해야 할 몫이라고 중문은 말했다. 함께 차를 마실 때에는 그걸 말한 이유를 알지 못했지만 그녀는 이제 알 것도 같았다.

어렴풋이 그 의미를 알아 가는 이 과정들이 있어야 앞으로 나아갈 수 있다. 이런 이야기들을 해 주는 사람이 곁에 있어서, 그 과정들을 모두 지켜봐 주는 사람도 곁에 있어서 그녀는 기뻤다.

지금처럼 턱, 숨이 막힐 순간에도 그녀가 쳐 놓은 울타리 안에 들여놓은 가족을 생각하면 숨을 쉴 수 있었다. 지레 겁을 더럭 집어먹지 않을 수 있었다.

"오늘은 즐거운 시간들 보내시죠."

그게 감사하고 또 고마웠다. 그래서 그녀는, 중문이 한사코 말릴 것을 알면서도 직접 만든 저녁밥을 내어 주고 싶었다.

고마운 마음을 달리 표현할 길이 없어 그녀는 정성을 다한 식사를 차려 표현하고 싶었다. 그렇게 한자리에 모여 앉아 밥을 먹어도 그는 더 이상 시외할아버지를 어색해하지 않았다. 또한 그녀 역시 이제는 시외할아버지가 어색하지 않았다.

그제야 그녀는 집으로 돌아가겠다고 날을 정했던 생각을 접었다. 이렇게 지내며 사는 것도 나쁘지 않았다. 주에 몇 번은 시외할아버지의 집에서 자기도 하고, 몇 번은 자신들의 집에서 지내는 이 생활이 나쁘지 않은 것이 아니라 좋았다.

그저 이렇게 살다가, 이렇게 행복해하다가 이 행복을 더 크게 만들어 줄 아이를 만나게 된다면 고마울 것 같다고 간절히 바랐을 따름이었다.

그러니 인혜는 더 이상 아버지의 아내를 신경 쓰지 않을 수 있었다.

$$* \qquad * \qquad *$$

아내가 밖으로 나온 순간부터 그는 어딘지 모르게 더 안정감을 찾아가고 있었다. 일도 잘 되는 기분이었고, 결코 잘 지내지 못하리라 생각했던 외할아버지와의 관계도 조금씩 개선되고 있었다. 이 모든 것은 인혜가 있었기에 가능했다.

"그 사람, 뭐 하고 있습니까?"

고용인들을 모두 내보내고, 편안하게 살고 싶다는 생각도 잠시. 이 정도 집이라면 사람들이 있어야 그녀가 힘들지 않을 거란 생각에 입을 다물었다.

"주방에서 일하는 사람 내보내고 저녁 만든다고 들어가 있다."

신문을 보고 있는 외할아버지의 심드렁한 말투에서 느껴지는 불만에 그는 바람 빠진듯 피식 웃음을 터트릴 수밖에 없었다.

"또요?"

그제도 이랬고, 어제도 이랬으며 앞으로도 이럴 그녀가 좋았다.

"그러게나 말이다. 일하는 사람도 좀 생각해 줘야 할 텐데, 도통 들어가서 나올 생각을 하지 않으니."

주방장이 주는 음식만 먹다, 손부가 차려 주는 음식을 먹는 외할아버지의 하루가 어떨지, 선우는 상상이 가지 않았다.

삼십 년이 넘는 시간 동안 혼자 이 큰 저택을 지키던 외할아버지의 외로움이 어떠했을지…… 신경 쓰지 않은 채 관심 밖의 일로 두고 살았던 자신이 잘못 행동했다는 것을 이제야 아내로 인해 알게 되었다.

외할아버지가 살고 있는 세상이라면, 어머니가 겪어 낸 그 세상이라면…….

이런 일들이 이상하지 않은 곳이었으니 다른 사람들도 별반 다르지 않아 몰랐다. 돈 때문에, 혹은 회사 때문에 자기 형제를 배신하고 아버지의 등을 치는 일쯤, 그럴 수도 있다고 마음먹는 사람들이 었으니까.

하지만 그는 이제 안다.

그런 행동들이 무척이나 잘못된 것이라는 걸…….

"들어가서 좀 볼게요."

"그래."

그래서 그는 그녀가 고맙고 한없이 좋기만 했다. 싫은 것을 찾아보라고 해도 찾아지지 않을 정도로 좋았다.

도마 위에서 칼이 부딪히는 소리가 경쾌해 그는 가만히 듣고만 있었다. 주방 밖에서 불안해하는 주방장과 직원을 내보내고 나서야 그는 문을 열고 안으로 들어설 수 있었다.

분주히 움직이는 모습이 집에서 단둘이 있을 때 늘 보던 순간과 닮아 웃었다.

가끔 멍하니 이렇게 아내의 등을 보면서 불안했던 마음을 다스리던 날들이 있었다. 가만히 서재에 있는 간이침대에 누워 귀만 열고 집 안에서 들리는 다양한 소리를 듣고 있노라면 옆집과 다를 바 없는 평범한 가정을 가졌다는 생각에 좋기만 했다.

"인혜 씨."

"언제 왔어요? 왔으면 부르죠."

부른다고 해도 달려 나오지 못했을 것이면서, 그녀는 늘 그렇게 말했다. 왔으면 찾지 왜 그냥 있었느냐는 그 말들이 그의 마음에 온기를 불어넣는다는 것을 알기라도 하듯이 그렇게 말했다.

"오늘은 또 뭐 만들어요?"

"아…… 오늘은, 쑥 넣은 된장찌개예요. 아까 콘렌드 호텔에 갔다가 오는 길에 시장에서 샀어요. 시장 아주머니가 가득 담아주셨는데, 된장찌개에 넣는 거 말고는 쑥으로 뭘 해야 할지 모르겠어서……. 내일 할아버님 집에 가서 아주머니에게 물어보려구요."

재잘재잘거리는 소리가 듣기 좋았지만 그는 그녀를 만류했다. 이 이상으로 부엌을 침범했다가는 정말 주방장이 먼저 그만두겠다고 선언할지도 몰랐다.

"인혜 씨가 그렇게 요리 잘하면 주방장님 이제 곧 잘리겠어요."

선우 역시 그녀가 해 주는 밥이 좋았지만, 밖의 일에 신경을 많이 쓰고 다니는 인혜가 힘든 건 보기 싫었다.

"왜요?"

동그랗게 두 눈을 뜨고 되묻는 모습이, 그렇게 수저를 들고 서서 사랑스럽게 올려다보는 모습이 견딜 수 없게 좋아서 그는 결국 아내를 안아 올렸다.

그는 테이블 한쪽에 놓인 식재료들을 밀어내고 그 위에 인혜를 올려놓았다. 서 있는 그와 테이블에 앉은 그녀의 시선이 마주치자 그는 그녀를 훑어보듯 아내를 바라봤다.

"선우 씨?"

놀란 인혜가 자신을 몇 번이고 불렀다. 선우는 제가 그 소리가 듣기 좋아 대답하지 않았다는 걸 인혜가 계속 몰랐으면 좋겠다고 생각했다.

"그거 알아요?"

"네?"

"지금 엄청 예뻐요."

놀란 얼굴로 저만을 바라보는 인혜의 시선을 옭아매듯 선우는 인혜를 뚫어져라 바라보았다. 그 시선이 향한 끝이 처음부터 끝까지 자신이라는 사실이 좋기만 했다.

살짝 허리를 숙여 인혜와 시선을 마주치던 그는 붉어진 얼굴로 고개를 숙여 버린 인혜의 턱을 잡았다. 턱을 살짝 들게 하자

붉어진 얼굴로 어찌할 바를 모르고 시선이 마구 흔들리는 인혜의 시선을 다시 마주할 수 있었다.

쑥스러움에 시선을 피하려던 인혜의 모습을 보자마자 그는 그녀의 입술을 막았다. 호흡을 같이하려는 듯 그 숨결을 붙들고 놓지 않았다.

계속해서 그렇게 하기만 하던 그는 이내 아내의 이마 위에 입을 맞추고 다시 말했다.

"원래도 당신은 예쁘지만, 조금 전엔 더 예뻤어요."

환한 그 얼굴로 웃는 모습이 참을 수 없이 아름다웠다고 하면 놀랄 것 같아 평소 했던 생각을 말했지만, 이미 인혜는 놀란 표정이었다.

지금 이 모습도 좋다고 말한다면 더 놀라지 않을까 싶어 그는 말을 돌렸다.

"놀라게 해서 미안해요. 옷 갈아입고 올게요."

거실에서 퍼지는 웃음소리가 배경음악처럼 서재까지 번져 들어오자 그는 잠시 핸드폰에서 귀를 살짝 뗐다. 여전히 인혜는 외할아버지와 함께 앉아 조곤조곤 이야기를 나누는 중이었다.

"찾으셨다는 말입니까?"

— 네, 한데. 누가 한 건지는 알 수 없습니다. 사실 저희도 찾기 힘들었습니다. 아는 분이 나타나시기 전까지는…….

사람을 시켜 그녀의 어머니의 유해라도 찾아 편안하게 쉬시도록 만들려던 그의 생각과 달리 이미 안식을 찾고 계시다는 말에 안도해야 할지 아닌지…… 마음의 갈피를 잡지 못했다.

"문자로 주소 보내 주시죠. 직접 내려갈 겁니다."

직접 어머니를 두 눈으로 보고 머리로 인식하지 않는 한, 인혜의 마음은 정리되지 않는다는 걸 그는 알고 있었다. 그랬기에 그는 그녀에게 그 끝을 보여 줄 생각이었다.

— 네. 바로 넣어 드리겠습니다.

그는 어머니의 죽음을 목도했었지만, 인식하지는 못했었다. 나중에 장례식을 치르고 난 이후 평안을 찾은 어머니의 봉분을 보고 알아차리게 됐다. 그가 가지고 있던 그 미련스러운 마음들이 그리움이라는 사실을…….

그래서 어머니와 같은 마음으로 살아가지는 않겠다고 생각했었다.

그럼에도 불구하고 어느새 아내를 마음에 품었고, 어머니가 느꼈었을 그런 마음으로 살아가고 있다는 걸 인정하지 않을 수 없었다.

어머니가 품었던 그 지독한 마음을 자신이 품어서 다행이라고 여길 정도였다. 스스로가 변해서 그래서 좋다는 생각을 하게 만들어 준 인혜가 그는 참 좋았다.

거실에서 대화를 나누는 두 사람의 모습이 참 좋아 보여 잠시 더 바라만 보던 그는 서재에서 나가 아내의 옆으로 다가갔다.

"뭐가 그렇게 재미있어요?"

"아······. 별거 아니에요. 그냥 할아버님이 오늘 내기 골프 치셨던 거 이야기하고 있었어요."

어차피 내기라고 해도 그냥 노는 일에 불과한 것일 텐데도 그녀는 16살 소녀처럼 즐거워했다.

"내일 아침에 어디 좀 갈래요?"

외할아버지가 있는 자리였기에 이렇게 말할 수 있었다. 결혼한 이후로 종종 회사에 나가지 않는 일이 생겨 사람들이 수군거리고 있는 줄 알고는 있었다. 하지만 그렇다고 해서 회사 일에 소홀하지도 않았으니 딱히 신경 쓰지 않았다.

"회사는요? 선우 씨 출근해야 하잖아요."

"내일은 괜찮아요."

그것보다 중요한 일이 있다고 설명하려는 찰나 중문이 끼어들었다.

"그래, 쉬어라. 네가 어련히 알아서 해 놨으려고."

휴가도 가지 않고 일만 하던 사람이 변했다고들 수군거렸지만 그 변화를 사실 직원들도 좋아하고 있다는 걸 알고 있었다.

휴가를 가지 않는 상사의 아래에서 휴가를 가겠다고 기안을 올리는 것 자체가 어렵고 스트레스 받을 일이었을 테니까.

"네."

내일 정말 어디로 가는 거냐고 묻는 인혜의 물음에 대답하지 않으면서, 그는 내일을 걱정하고 염려했다.

이미 아파할 것은 다 아파했으니 아내가 더는 슬퍼하지 않기를 바랐다.

＊　　＊　　＊

그가 어제 저녁, 다음 날 아침에 어딜 좀 가자고 했을 때만 하더라도 그녀는 대수롭지 않게 생각했었다.

그저 하루쯤 데이트를 하려는 게 아닐까 하고 생각했었다. 하지만 자신을 데리고 가서는 이곳이 어머니의 산소라고, 비석도 없는 봉분 앞에 서서 말하는 것을 듣는 순간 기분이 이상했다.

그리고 그 이상한 기분이 아픈 건지, 슬픈 건지 구분이 가지 않았다.

지금껏 그녀는 조금도 아프지 않다고 여겼다. 그랬기에 그녀는 아버지를 보지 않겠노라고 말했던 순간에도 아프지 않다고 생각했었다.

엄마가 죽었다는 걸 전해 들은 그 순간에도 괜찮다고 생각했다.

하지만 생각해 보니 자신은 그가 있어서 아프지 않은 척, 괜찮은 척할 수 있었던 것뿐이었다.

실제로는 아팠으면서 아픈 티를 내지 않으려 무던히 노력했던 것뿐이었다.

"더 일찍 찾아 주고 싶었지만 어려웠어요. 인혜 씨도 어머님 성함을 잘 기억하지 못하고, 명 회장님은 제대로 말하시기를 거부하셨으니까."

"……그래도 찾았네요."

그는 이 문제가 내내 마음에 걸렸던 모양이었다. 그래서 아마도 처음 이 사실을 알았을 때부터 했을 그의 노력이 말로 표현할 수 없을 정도로 고마웠다.

"고마워요. 정말, 고마워요."

엄마가 묻힌 묘를 보면서도 그녀는 그를 향해 말했다.

"아니에요. 조금 더 일찍 찾아 주고 싶었어요. 우리가 가족이 되었으니까. 나 역시 이해할 수 없는 가족들이 곁에 있으니까. 그럼에도 불구하고 당신은 그 모든 걸 이해했으니까. 당신이 가장 간절히 바랐던 어머니가 있는 장소, 그걸 알려 주고 싶었어요."

그의 진심을 모른다면 그건 바보일 것이라고 그녀는 그렇게 생각했다.

"늦어서 미안해요."

그 모든 마음을 토해 내지 않는 그가 좋았다. 태어나서 처음으로 가지게 되는 가족은 선택할 수 없지만, 두 번째로 가지게 되는 가족은 자신의 손으로 선택할 수 있었다.

그 선택이 옳았다는 사실에 안도했으며 동시에 기뻐, 그녀는 어머니의 묘를 보면서 저도 모르게 울고 있었다.

안도감과 함께 기쁜 마음이 그녀를 덮친 채 놓지 않았다. 그 마음에 울음을 터트린 채로 울고 있음을 깨달았다.

"인혜 씨?"

놀란 그의 말에 결국 그녀는 웃었다. 그가 다시금 불안해하는 걸 원하지는 않았다.

"이건, 그러니까. 좋아서예요, 좋아서. 어쨌든 엄마가 있는 곳을 나도 이제 알고 있으니까. 엄마가 어디에 있는지 이제는 머릿속에 새겨 둘 수 있으니까. 그 모든 걸 당신이 해 줘서 고마워서……. 그래서 좋아서 그러는 거예요."

고맙고 좋은 사람.

엄마의 곁에도 그런 사람 한 명쯤이 있었기를 간절히 바랐다. 자신이 이런 기분을 맛보고 있듯 엄마도 그 짧은 생에 한 명쯤 그런 사람이 있어서 행복했었기를 바라 보았다.

"인혜 씨 어머니가 일하셨다던 그 자리, 명 회장님에게서 사 왔어요."

하지 말아도 된다고 했었지만 그는 그게 아니었던 모양이다.

"그러지 말지. 난 정말 괜찮아요."

입버릇처럼 하는 괜찮다는 말이 그에게 있어서 별 효력이 없을 줄은 알지만, 그럼에도 불구하고 그녀는 또다시 입을 열었다.

"괜찮든, 괜찮지 않든. 나중에는 인혜 씨가 어머니를 기억하고 싶다면 거기 가면 될 테니까요. 여긴 너무 멀기도 하구요."

마지막에는 바다를 보고 잠들었을 엄마를 떠올리는 그녀의 앞에 선우가 버티고 서 있었다.

"오고 싶을 때 가끔 나랑 여기 와요. 평소에는 원하는 때에 언제든 갈 수 있는 그곳으로 가면 되니까. 그러니까 그냥 가져요. 원래 인혜 씨 거였어요."

"그럴게요. 가질 거예요. 그렇게 나도 하나쯤은 엄마를 기억하고, 추억할 수 있는 공간, 가지고 있을게요."

그녀는 선우가 자신에게 온 것이, 고단하고 힘들었던 삶에 엄마가 보내 준 고마운 선물이 아닐까 생각했다.

무작정 내려왔다고 아내는 그렇게 생각하겠지만 이미 외할아버지에게도, 할아버지에게도 연락을 해 놓은 상태였다.

드라이브를 간다고 데리고 나와 놓고 해남까지 그대로 내달린 것을 두고 그녀는 그에게 잔소리를 했었다. 하지만 그 소리를 들으면서도 그는 분명한 목적을 가지고 해남으로 향한 것이었기에 흘려 넘긴 채로 내려왔다.

그녀에게 그녀의 어머니를 보여 주는 일.

"우리 이만 돌아가요. 계신 거 봤으니까 괜찮아요."

"정말 괜찮아요?"

괜찮다고 하는 사람에게 괜찮으냐고 되묻는 일이 어리석은 행동이라는 걸 알면서도 멈출 수가 없었다.

아프면 아프다고 말하고 슬프면 슬프다고 하는 것이 정상이었음에도 정상적으로 자라지 않은 자신들은 표현하는 것에 익숙하지 않았다.

그랬기에 지금 이런 순간에도 마음속에 눌러 두고 참고 있는 것은 아닐까 염려할 수밖에 없었다.

"정말 괜찮아요."

선우는 그 말이 믿어지지 않아 그저 그녀를 마주 보기만 했다. 더는 묻지 않았다. 그 순간 그녀의 입에서 나온 말이 그를 웃게 만들었다.

걱정으로 가득했던 얼굴이 물결이 번지는 것처럼 서서히 웃음으로 물들어 갔다.

"선우 씨가 있으니까 괜찮아요."

그 역시 그녀가 있어서 괜찮을 수 있었듯, 그녀도 자신이 있어 괜찮을 수 있다고 말했다.

"나한테는 당신이 있으니까."

그날 그 장소에, 그녀를 만나러 나가지 않았더라면 오늘의 이 순간은 없었을 것이다. 무수한 시간들이 지나서 만났다고 해도 서로를 원하지 않았을 수도 있다.

그랬기에 그는 그녀가 자신을 만나러 나왔던 그날이, 자신이 그녀를 만나러 나갔던 그날이 좋았다. 좋을 수밖에 없었다.

지금처럼 명인혜라는 여자가 웃을 때도, 울 때도 곁에 서 있을 수 있으니까.

"다행이네요."

그랬기에 정말 다행이었다.

"나도 인혜 씨가 있어서 괜찮을 수 있었으니까."

그냥 올라가기에는 내려온 시간도 있었고, 올라가는 데 걸리는 시간도 있었기에 어딘지 모르게 아쉬운 마음이 들었다.

"근데 정말 그냥 올라가요?"

"왜요?"

반문하는 인혜의 머릿속에는 아직 올라가는 시간이 계산되어 있지 않은 듯했다. 넉넉히 6시간 걸리기에, 오후 3시인 지금 출발한다고 해도 밥시간은 훌쩍 넘길 것이 분명했다.

게다가 내려오다가 먹은 것이라고는 간단한 간식거리 정도가 전부였으니 그는 식사라도 하고 올라가는 것이 낫겠다고 생각했다.

"밥 먹고 올라가요. 지금 올라간다고 해도, 넉넉히 6시간은 걸리는데, 그러면 8시 넘을 거예요. 게다가 우리 점심도 안 먹었잖아요."

"아…… 그렇네요."

작게 고개를 끄덕이는 인혜의 모습에 결국 그는 입가에 번지는 웃음을 막지 못했다. 짐짓 웃지 않은 척 인혜를 보고 손을 내밀었다. 앉아 있던 아내를 일으켜 산중턱에서 내려가는 걸음은 생각보다 훨씬 가벼웠다.

＊　　＊　　＊

어머니의 산소에 다녀온 후 조금쯤은 더 밝아진 인혜의 모습에 그는 평소처럼 움직였다. 할아버지 댁에 들른다는 인혜에게 데리러 가겠다는 말을 하고, 가는 길에 간식거리를 사 가는 그런 행동들을 했다.

평소와 다르지 않은 그 행동들 가운데 안도하는 스스로가 있음을 알고 있었다. 변하지 않은 이런 관계가 처음이었고, 생소해 낯설어하는 자신과 그녀에게 지금 이 순간들은 지금껏 손에 넣지 못했던 하루였다.

그게 그의 마음을 덮혀 주고 있었다.

"뭐예요?"

상자를 받아 든 아내의 모습이 평범했음에도 그는 눈을 떼지 못했다. 요즘 들어 그는 종종 이렇게 넋을 놓고 아내를 바라보는 일을 자주 하곤 했다.

"선우 씨?"

"아……. 그거 초코파이예요."

결국 오늘도 인혜가 다시 한 번 더 묻고 나서야 대답할 수 있었다. 큼지막한 초코파이가 상자 안에 가득 들어 있는 모습에 열여섯 살 소녀처럼 웃음을 터트리는 인혜를, 그뿐만 아니라 정 의원도 보고 있었다.

처음 결혼하고 이 집에 발을 디뎠을 때보다 한결 밝아진 모습에 그도 마음이 평안했다.

"뭐 도와줘요?"

"아뇨. 다 했어요. 차만 내어 갈 테니까 앉아 있어요."

그 말에 말 잘 듣는 어린아이처럼 거실에 있는 소파로 가 식구들 틈에 끼어 앉았다. 일이 늦어져 식사 자리가 마무리된 뒤에야 도착할 수 있어서 급하게 달려왔음에도 티는 내지 않았다.

조급해하는 마음까지는 아내가 알지 않았으면 좋겠다고 생각했다.

그러면서도 시선을 떼지 못하는 선우의 모습에 결국 정 의원이 혀를 차고 말았다.

"그러다 닳겠구나."

"안 그럽니다."

"네 외가는 평안한 게냐."

할아버지의 말에 그렇다고 대충 대답할 정도로 그는 인혜만 보고 있었다. 그토록 바라보고 있는 줄 알았더라면, 잠시 눈을 다른 곳에 뒀을 것이 분명했다. 하지만 그는 알지 못했고, 그녀도 그 사실을 느끼지 못했다.

다만 그런 그를 보고 있었던 건 다른 가족들이었을 따름이었다.

"차 드세요."

"그래, 차 들자."

한 사람 앞에 하나씩 초코파이를 내려 두고 나서야 자리에 앉는 인혜의 모습을 보며 그는 결혼 후 이곳에 있었던 아내를 데리고 가기 위해 들렀던 날을 떠올렸다.

에클레어를 사 와서 무심하게 건넸던 그 순간에도 좋아하던 인혜가 여전히 선명하게 그의 머릿속에 남아 있었다.

그 모습들이 지금과 꼭 닮아 있어 좋기만 했다.

마치 변하지 않았을 어제처럼 오늘도, 내일도 똑같이 변하지 않을 것이라고 말해 주는 것만 같았다.

6
Think about u

인혜는 가끔 카페에 혼자 앉아 밖을 내다보고는 했다. 그러다 보면 이전에는 보이지 않았던 사람들이 두 눈 가득 들어왔다.

이토록 많은 사람들이 있었으며, 다양한 삶을 살아가는 사람들도 있었다는 걸 이제야 알게 된 스스로가 어리석게만 느껴졌다.

자신 또한 그 삶의 한 부류였던 것뿐이었음에도 자신보다 더 슬픈 사람은 없을 것이라고 쉽게 단정 지었다.

이보다 더 힘들게 살아온 사람은 없다고 여겼다.

행복이라는 게, 사람들이 바라는 삶이라는 것이 결국은 생각의 차이라는 걸 그를 만나고 알게 됐다.

[뭐 해요?]

지금처럼 종종 그에게서 문자가 오는 순간이면, 기억 속에 희미하게 남아 있는 엄마가 떠오르곤 했다.

엄마가 바란 것은 자신이 사는 이런 삶이었을 것이라는 생각에 조금은 엄마가 안쓰러웠다. 그 곁에 누구라도 좋은 사람 한 명쯤 있었지 않을까 싶어 기억을 더듬어 봐도 기억나지 않았다.

온통 분 냄새 가득한 언니들 사이에 있던 엄마만 기억이 났다. 그 사실에 다시금 엄마가 안쓰러워졌지만, 그래도 엄마를 찾았으니 되었다고 자신을 위로했다.

엄마도 그 사실에 위안을 얻기를 바랐다.

그렇게 엄마를 찾아 준 그가 고마웠다. 홀로 설 수 있는 시간을 기다려 준 그가 고마워 선우가 보낸 문자를 더듬듯 손가락으로 따라 그리다 천천히 답장을 눌렀다.

[집에 가려구요.]

책상 옆에 있는 핸드폰 화면 위로 뜬 인혜의 답에 그는 슬그머니 번지는 웃음을 막지 않았다.

"사장님?"

"그만 들어가 보세요."

아직 오후 4시밖에 되지 않았다는 걸 알면서도 그는 비서에게 퇴근하라고 말했다. 요즘 들어 처리해야 할 일들이 많아 이른 퇴근을 결코 반겨하지 않을 걸 알면서도 그는 자신이 일찍 집으로 돌아가고 싶어 대답조차 듣지 않고 자리에서 일어섰다.

집으로 돌아가고 있을 인혜에게 전화를 걸어 다시 나오라고 말할 생각이었다. 자신의 전화에 놀란 것도 잠시 인혜는 기꺼이 밖으로 나올 것이 분명했다.

그녀는 그런 사람이니까.

"나예요."

길거리에 서서 전화를 받고 있는 것인지 차가 지나다니는 소음이 온통 가득했지만, 그는 마냥 좋았다.

"나올래요?"

아내가 요즘 바쁘고 힘든 걸 알기에 무언갈 해 주고 싶었다. 그러나 그럴 기회가 없어서 가끔 인혜가 좋아하는 과일이나 차를 사 가는 것으로 마음을 대신할 따름이었다.

오늘처럼 기회는 만들면 되는 것이라는 걸 진작 알고 있었음에도 실천하기란 쉽지 않았다.

비서가 여러 차례 불렀지만, 그는 그대로 인혜가 있을 곳으로 가기 위해 사무실을 빠르게 빠져나갔다.

붉은 코트가 잘 어울리는 사람을 꼽으라면 단연코 아내를 꼽을 것이 분명한 선우는 공연장 건물로 올라가는 계단에 앉아 있는 아내를 발견했다.

여전히 날이 제법 쌀쌀했음에도 불구하고 그녀는 예쁜 붉은 코트를 입고 그곳에 앉아 자신을 기다렸다.

"들어가지 않구요."

"왔어요?"

서로의 안부를 묻는 이런 가벼운 대화도 나눌 수 있는 사이라는 것이 이토록 좋을 줄은 몰랐다.

"도착한 지 얼마 안 돼서 괜찮아요. 게다가 선우 씨가 빨리 왔잖아요."

"여기서 이렇게 기다리면 감기 걸려요."

"정말 괜찮아요. 이제 조금 있으면 1월이라 어제처럼 춥지도 않고, 제법 날도 따뜻해졌는걸요."

거짓말이라는 걸 알면서도 그는 좋았다. 자신이 인혜에게 하는 말들이 그녀의 기분을 지금처럼 만들어 주리라는 생각이 들어 더 좋을 수밖에 없었다.

비슷한 기분을 서로가 알 수 있어서 더할 나위 없었다.

"들어가요. 저녁은 먹었어요?"

"아뇨. 이 근처에 김치찌개 맛있게 하는 집 있어요. 거기 가요."

갑작스럽게 박스석으로 뮤지컬 티켓을 구할 수 있는 건, 내내 그 공간을 대여하듯 사 놓고 가지 않는 외할아버지 덕분이었다.

"그런데 오늘 정말 뮤지컬 볼 거였어요? 어제까지는 아무 말 없었잖아요."

재잘거리는 인혜를 일으켜 세운 그는 그녀의 옷매무새를 챙겨 주며 계단을 함께 올랐다. 한 걸음씩 내딛는 걸음이 무척이나 느렸지만, 그래서인지 더 좋았다.

"오늘 정말 볼 거였어요."

아무것도 하지 않고, 아무 데도 가지 않았던 여자와 함께하는 것이 하나씩 늘어만 갈수록 그 시간들이 소중했다.

인혜의 얼굴에 번지는 웃음이 지금 그녀가 자신과 비슷한 감정이라고 대변해 주는 것만 같아, 그는 비슷한 얼굴을 하고 옆을 걸었다.

극이 끝나면 시간이 결코 이른 시간이 아닐 게 분명함에도, 그는 그녀와 함께 저녁을 먹고 적당히 차를 마신 뒤에 집으로 돌아가고 싶다는 생각을 했다.

그런 하루를 함께 나누고 싶어 저지른 오늘의 행동을 잘했다고 말이라도 해 주고 싶은 기분이었다.

영화를 보고 나서 영화 이야기로 시간을 보내며 식사를 하고, 차를 마시는 여느 연인들처럼 인혜는 그와 식사를 하며 오늘 본 뮤지컬이 좋았다고 이야기하는 중이었다.

사실 별다를 것 없는 그저 그런 뮤지컬이었지만, 함께 보는 사람에 따라 그 극이 좋기도 하고 좋지 않게 느껴지기도 한다는 걸 처음으로 알 수 있었다.

"재미있었으면, 다음에 또 보러 와요."

맛있는 김치찌개를 먹고 집으로 돌아가기가 아쉬워, 공연장 인근에 있는 커피숍에 그와 함께 들어갔다.

가게 안에 들어와 언 몸을 녹일 수 있는 따뜻한 레몬진저 티를 호호 불어 마시며 나누는 이야기는 마치 작지만 몸을 따뜻하게 만들어 주는 손난로처럼 마음을 훈훈하게 해 줬다.

"그래요. 다음에 또 보러 와요."

결혼을 막 했을 때에는 1월이 올 것이라는 사실도, 처음 맞이하는 명절이 곧 다가올 것이라는 사실도 까마득했었다.

하지만 지금은 벌써 1월을 앞두고 있었고, 사람들은 모두 너나 할 것 없이 연말을 즐기기에 바빴다.

"다음번에도 같이 보러 와요."

인혜는 집에 홀로 있는 최 회장이 내심 마음에 걸렸다. 오늘은 더욱이 최 회장의 집으로 놀러 가기로 한 날이었기 때문이다.

그 집에서 함께 살기로 한 건 일시적인 것이었고, 워낙 해외를 많이 다니는 최 회장에게도 따로 있는 편이 더 편안했기에 다시 그녀는 그녀만의 작고 아담한 집으로 그와 함께 돌아갔었다.

그 후 처음으로 최 회장의 집에 놀러가려고 마음먹은 날, 그가 불렀다. 그 부름을 거절하는 건 그녀에게 있어서 꽤나 어려운 일이었다.

연말은 연인들이 넘쳐나는 시기였으니까.

"그래요. 같이 보러 와요."

조금은 특별하게, 그리고 평범하게 이 연말을 보내는 방법엔 어떤 것들이 있을까 고심했던 스스로가 무색하게도, 그는 그냥 마음 가는 대로 행동했다.

그리고 그의 행동이 어쩌면 맞는 것일 수도 있다고 생각했다.

생각만 하는 것으로는 아무것도 할 수 없었다. 행동을 하는 건 움직이고 실천에 옮기는 일이라는 걸 알면서도 그녀는 열 번을 생각하고 난 뒤에야 행동했다.

다른 사람이 보기에는 그 행동이 매우 느리고 굼뜨다 여겨질 수도 있었다. 그렇다고 정답이 있는 문제들도 아니었는데, 그녀는 마치 틀릴까 주저하는 사람처럼 행동했던 스스로가 어리석었다는 걸 깨달았다.

"내일은 시외할아버님에게 갈 거예요."

"내일 퇴근하고 데리러 갈게요."

이번 주는 내내 서울에 계신다고 했으니, 내일은 중문이 좋아할 만한 것들을 가득 만들어 볼 생각이었다.

부엌을 또 점령하면 주방장이 싫어하겠지만, 어쩔 수 없었다.

"올 때 좋은 치즈 하나만 사 와요."

그녀는 이때까지만 해도 몰랐다. 자신이 그에게 처음으로 무언가 사 오라고 자연스럽게 말했다는 걸…….

그가 한 보따리 들고 온 봉투 속에 들어 있는 건 오로지 치즈뿐이었다. 종류도 다양하고, 맛도 다양한 치즈만 가득 담겨 있어 웃고 말았다.

어제 저녁 그에게 부탁했었던 건 분명 자신이었지만, 이렇게 많은 양의 치즈를 가져올 줄은 전혀 짐작할 수 없었다.

"선우 씨, 전화를 하죠. 아니면 물어봐도 괜찮았는데요."

치즈를 눈앞에 두고 고민했을 그가 눈앞에 선하게 그려져, 인혜는 웃으면서도 한숨을 내쉴 수밖에 없었다.

"이거 언제 다 먹어요?"

"근데 왜 사 오라고 한 거예요?"

서로 다른 물음을 동시에 던지고선 함께 웃음을 터트리는 이런 날을 가지지 못해 주저앉아만 있었던 시간은 이제 없었다. 인혜는 서로 치즈를 물끄러미 보고 웃음을 터트렸다는 사실이 싫지만은 않았다.

"주방장님이 알아서 잘 써 주실 거예요. 전 이거 하나면 충분해요. 우리 와인이나 맥주 먹을 때 치즈 괜찮은 거 하나쯤 있으면 좋을 것 같아서 말한 거였어요."

그중에서 잘라 먹어야 하는 치즈 한 개를 꺼내 들어 봉투에 넣고 나서야, 그녀는 남은 치즈들을 바구니 안으로 담아 넣었다.

그 행동들을 가만히 보기만 하던 그는 문득 인혜가 오늘 무엇을 했는지 궁금했다. 오늘 무엇을 했고, 내일은 무엇을 할 건지 그게 궁금했다.

"오늘 뭐 했어요?"

"할아버님 가끔 간식처럼 드시라고 전에 주문해 뒀던 고구마 말린 거 가져왔어요. 뭐, 조미된 거라고는 하지만 폭신폭신해서 먹기 괜찮아요."

"내일은 뭐 할 거예요?"

오늘과 내일, 그리고 그다음 날도 그녀가 이렇게 서 있으면 그는 언제고 같은 질문을 할 것이었다.

"내일은 서점에 가려구요."

"그러지 말고 내일 나랑 놀아요."

그리고 그 틈에 서로를 바라보는 순간을 만들어 낼 것이다. 선우는 두 눈을 동그랗게 뜨고 자신을 바라보는 인혜의 얼굴을 마주 보고 웃었다.

"내일 나랑 놀아요. 퇴근하자마자 갈게요."

내일 퇴근이 이르다는 것은 말하지 않았다.

더욱이 밝아 오는 새해를 함께 보내고 싶어서라고 굳이 말하지 않았지만, 그녀는 이미 알고 있는 것만 같았다.

그러겠다고 대답하며 웃는 그 얼굴이 대답을 대신했다.

인혜는 불꽃놀이가 한창인 예술의전당 분수대 앞에 앉아 밤하늘을 수놓는 불꽃들을 바라봤다. 가방 안에는 행여 자신이 추울까 걱정한 게 분명한 증거로 두꺼운 담요와 가벼운 먹을 것들이 있었다.

"이거 보자고 그렇게 당부한 거예요?"

"네, 이거 보자고 그렇게 당부했어요."

조금만 있으면 새해라고 사람들이 모두 함께 카운트를 하고 있는 그 사이에서 그녀는 그와 나란히 앉아 있었다.

카운트가 끝나는 소리가 들리자 그녀는 고개를 돌려 새해라고 말하려고 했다. 그보다 먼저 그가 그녀의 입술에 자잘한 입맞춤을 하기 전까지, 그녀는 그에게 새해라고 올해도 이렇게만 있자고 말할 생각이었다.

그 자잘한 입맞춤이 더할 나위 없이 달콤해 놓치고 싶지 않은 마음이 가득 번져 가기 전까지 인혜는 그 말을 하려 했었다.

손과 무릎을 덮고 있던 담요를 어느새 손에 꽉 쥐고 왁자지껄한 그 틈에서 웃음을 터트리면서도 두 사람은 서로의 숨결을 놓지 않았다.

"새해예요."

그 말을 누가 먼저랄 것도 없이 서로에게 해 줬다는 것도 즐거워 그녀는 다시금 웃음을 터트렸다. 이 밤, 사람들로 가득한 공간에서 서로를 바라보고 있는 행동만으로도 마음이 이제 더는 외롭지 않았다.

더 이상 이전처럼 외로움을 느낄 공간이 마음속에 남아 있지 않았다. 외려 가득 따뜻해져만 가 행복했다.

＊　　＊　　＊

외국에서 공부를 했을 때는 구하기 쉬웠던 차들이 한국에 들어오자 없어서 시무룩했던 것도 잠시, 그녀는 조금씩 혼자 해결해 나가는 법을 배우고 있었다.

모르는 것이 있으면 물어보는 게 맞다고, 알려 주는 사람도 주위에 가득했기에 무섭지는 않았다. 새로운 것을 시도해서 두렵고 무서운 건 당연하다고 맞장구쳐 주는 가족이 있어 괜찮았다.

"차, 좋아하시나 봐요."

지난번 간식거리를 선물한 것에 대한 답례로, 시외할아버지가 선물이라고 보낸 사람이 불편하긴 했지만 잘 맞이하는 것 또한 배워서 괜찮았다.

혼자였던 세상에 사람들이 조금씩 왕래하니 무언가 붐비는 기분이 들기도 했고, 바쁜 것도 같았다. 그게 싫지 않아 인혜는 티마스터라고 온 여자를 가만히 바라봤다.

"네, 좋아해요."

"좋아하는 차 종류를 말씀해 주시면, 제가 다음번에 올 때에는 구해서……."

이내 인혜는 열심히 하는 여자를 만류했다. 그녀가 즐기는 정도는 이런 것이 아니라, 그냥 가벼운 정도였다. 어느 회사의 어떤 차가 맛있다더라 같은 소박한 앎이 좋았다.

"그러지 않으셔도 괜찮아요. 시외할아버님께서 선물을 주시고 싶으셨던 것 같은데, 제가 즐기는 건 그렇게 어렵지 않은 수준이라 딱히 준비하실 건 없어요. 게다가 이걸 본격적으로 배워서 어딘가에 나가 써 먹겠다는 생각도 없구요. 그러니까 다음번에 오실 때에는 가볍게 놀러 오세요."

그녀는 자기 자신이 몇 달 전과 확연히 달라져 있다는 걸 아직 모르고 있었다. 낯선 사람에게 자신의 의사를 밝히는 건 그녀가 망설이고 하지 못했던 일들 중 하나였다. 하지만 지금은 자연스럽게 의견을 말하고 있었고, 제안을 하고 있었다.

"레이디 그레이가 맛있는데 왜 맛있는지. 그게 취향이니까, 이런저런 것들이 더 좋을 것 같다든지. 그런 류의 대화면 충분해요. 전 그 정도로만 즐기면 좋을 것 같아요."

"하지만 대부분 저를 부르시면 직접 블랜딩을 해 보고 싶어 하는 경우가 많은데……. 정말 그렇게 하시겠어요?"

"그렇게 해 주세요."

조금은 특별한 선물, 하지만 그저 평범하고 싶은 마음뿐이었기에 그녀는 그렇게 해 달라고 청했다.

이제 막 티 마스터가 나갔을 뿐인데, 벌써부터 인혜는 일주일에 한 번, 온 집 안에 향긋한 차향이 가득할 날이 기다려지기 시작했다.

선우는 쌉싸래한 끝 맛이 가득 번지는 차를 조용히 내려 두고는 그 옆에 얌전히 놓여 있던 작은 쿠키를 하나 집어 들어 입안에 넣었다.

절로 인상이 찌푸려지는 이런 것을 인혜는 즐기기까지 했다. 심지어 어떤 건 향이 좋다며, 가끔씩 서재에 올려 두는 간식거리와 함께 카페인이 없는 차가 등장하고는 했다.

그럴 때마다 그는 자신의 취향이 아니라고 말해 줘야 하는 건가 싶다가도 웃으며 설명하는 인혜의 얼굴에 번번이 입을 다물 수밖에 없었다.

이렇게 좋아하는데 맞장구를 쳐 줘야만 할 것 같았다. 게다가 같이 내어 주는 티푸드를 함께 먹으면 그럭저럭 먹을 만했다.

"선우 씨? 듣고 있어요?"

어느새 곁에 와서 재잘거렸던 건지 알아채지 못할 정도로 찻잔을 보고 있었나 보다.

"아……. 듣고 있어요."

어떤 말들을 했는지 기억하지 못하면서도 그저 듣고 있다고 대답했다. 그러면서도 여전히 찻잔에서 시선을 떼지 못했다.

"이 차가 괜찮아요? 조금 더 가져올까요?"

곁에 앉아 있는 인혜의 말도, 그가 보고 있던 신문 안에 있던 활자도 기억에 남아 있지 않았다.

당장에라도 일어서려는 인혜의 얇은 팔목을 붙들어 다시 곁에 앉힌 그는 소파에 기대었던 몸을 일으켰다. 보고 있던 신문은 어느새 구겨서 소파 한쪽에 던져두고는 그녀에게 바싹 다가갔다.

당장 입술이 맞닿는다고 해도 이상하지 않을 거리에서 그는 인혜의 두 눈을 바라봤다.

"저 차가 좋은 거 같아 보여요?"

선우는 숨만 쉬어도 서로의 숨결이 느껴지는 거리에서 그녀의 시선을 붙들 듯 바라보며 입을 열었다.

"차가 좋은 게 아니라, 차 마시는 인혜 씨를 좋아하는 거예요."

그러니 아내의 취미까지도 함께할 수 있는 것이었다. 하지만 그 말에 놀란 인혜는 허둥거리는 것이 눈에 훤히 보일 정도로 부산을 떨었다.

괜스레 구겨진 신문을 보고 치워야겠다고 말한다든가…… 여전히 남아 있는 쿠키를 더 가져와야겠다고 하다가 결국 설거지 거리를 아직 치우지 못했다고 말하며 서둘러 자리에서 일어났다.

가끔 이런 상황이 벌어지면 두 볼이 발그레해지면서 어색해한다는 걸 알고 있었음에도 그는 부러 장난을 걸 듯 이런 상황을 만들어 냈다.

한 침대에서 함께 잠을 자면서도 그녀는 아직 이런 상황들을 어색해했다. 그게 바로 인혜라는 걸 알기에, 그는 온전히 자기 자신을 내보여 주는 아내가 좋았다.

그녀를 온전하게 보여 주고 있었기에…….

＊　　＊　　＊

장을 보면서도 순간순간 그가 보여 주던 행동이 떠올라 그녀는 두 볼을 붉혔다. 어제 저녁 거실에서 벌어진 순간을 떠올리면 그녀는 놀란 마음을 쓸어내리지 않을 수 없었다. 이미 결혼했는데 그게 뭐 대수냐고 했지만, 그녀는 밝을 때 입을 맞춘다든가, 마치 잘 때처럼 가까워진다든가 하는 게 쑥스러웠다.

"새색시네. 새색시."

함께 장을 보던 아주머니의 입에서 놀리는 소리가 나오고 나서야 인혜는 어제 저녁 소파에서 벌어진 일을 떠올리지 않을 수 있었다.

명절이 성큼 다가와 정 의원의 댁에 들러 함께 해야 할 게 있는지 없는지 확인하던 인혜는 장을 보러 간다는 아주머니의 말에 집 안에 들어가자마자 다시 돌아 나왔다.

아주머니를 따라 시장에서 장을 보는 건 마치 놀이터를 가는 것처럼 재미있고 즐거운 일 중 하나가 되어 있었다.

마트나 슈퍼와 달리 시끌시끌한 시장에서는 서로 이야기도 나누고 가끔은 싸게도 물건을 주기도 하며 단골인 가게에 가면 서로 안부를 묻기도 했다.

농담을 주고받고, 함께 인사를 건네며 가격을 묻는 그런 종류의 일들은 인혜가 혼자 외국에서 지낼 때 가던 벼룩시장을 떠올리게 했다.

가끔 벼룩시장이 열릴 때면 인혜는 매번 나갔었다. 굳이 살 물건이 없어도 나가서 괜스레 물건이 얼마인지, 어디에 사용하는지 물어보고 다녔다. 벼룩시장은 그런 게 자연스러운 장소니까.

"근데 원래 이렇게 준비하는 게 많아요?"

어렸을 때 명절을 지냈었겠지만 인혜의 기억에는 남아 있지 않았다. 엄마가 맛있는 음식을 가득 하고 있었던 날로 기억되고 있을지도 모를 일이었지만 말이다.

명확하지 않은 기억 속에 명절이라는 단어 자체가 없었다. 그

래서 더욱 명절이 신기하고 즐거운 행사처럼 느껴지는 것일지도
몰랐다.

"올해는 간소하게 하는 편이고, 작년 설에는 좀 크게 했지. 사
모님이 직접 나서서 했으니까. 매번 안 챙기시던 분이 이상하게
작년 설은 챙기시더라고. 뭐, 의원님이 추석 땐 집에 안 계셔서
그냥 대충 넘어가긴 했지만."

길거리에서 파는 호떡도 하나 사 먹으면서 도란도란 이야기를
나누고 장을 보는 게 그저 좋기만 해 그녀는 작년 설을 챙겼었다
던 시어머니를 생각하지 못했다.

잘 뜬 동태포를 두 봉지나 사고 동그랑땡을 만들 고기, 상에
올릴 나물, 떡국에 쓸 떡국 떡…….

다양한 재료를 사고 난 뒤에야 아주머니와 함께 다시 정 의원
의 집으로 돌아갈 수 있었다. 묵직한 재료를 식탁 위에 올려놓고
나서야 가방을 내려놓으려 거실로 나선 인혜는 거실 소파에 앉
아 있는 시어머니를 보곤 걸음을 우뚝 멈췄다.

"오셨어요?"

"그래. 이리 좀 와서 앉아라."

평소 얘기도 없었고 딱히 뭐라 하는 일도 없는 시어머니였지
만, 시선은 얼음장처럼 차가워 자신을 싫어하고 있는 게 눈에 보
이는 사람이었다.

말 섞는 것도 싫어 아예 상대를 하지 않겠다는 게 보이는, 그
저 조용히만 지내는 시어머니가 불렀으며, 심지어 말을 먼저 걸

어왔다는 것이 그녀를 놀랍게 만들었다.

"네."

인혜는 조용히 그 앞에 있는 소파에 언 손을 매만지며 앉았다.

"내가 해야 할 일을 네가 하려고 하더구나."

"하지만, 어머님. 저도 신경 써야 할 부분이라."

"너는 말이다. 그 녀석하고 조용히 있는 듯 없는 듯 지내기만하면 돼. 아버님 집에 자주 드나들어서 뭘 어떻게 해 보려는지까진 모르겠다만. 선인이나 선주가 그 녀석하고 형제처럼 지내는 일은 없을 거다."

시어머니가 그를 마뜩찮아 한다는 것도 알고 있었기에 그다지 새로울 것도 없었지만, 이토록 냉담하고 차가운 시선과 말들을 들었을 그를 떠올리지 않을 수 없었다.

"말씀이 지나치세요. 그저 할아버님께 다녀갔을 뿐인데요. 지난번 아가씨가 선우 씨 카드 사용한 것 때문에 이러시는 거라면……."

"그것도 네 문제 때문에 불거진 거라는 걸 알면서도 가만히 있었다. 하지만 이번만큼은 그냥 있을 수 없구나."

"어머님, 그만하세요."

인혜는 차라리 박 여사가 나을지도 모르겠다는 생각을 했다. 적어도 박 여사는 그녀의 완고한 태도로 인해 부르기만 어머니라고 했을 뿐, 철저한 타인처럼 지냈다.

차라리 그게 더 나을지도 모르겠다는 생각을 했다.

"안주인 행세는 그만하렴. 해도 내가 하고, 선인이 처가 할 거다. 그러니 넌 그냥 조용히 있다가 조용히 그 녀석하고 너희 집으로 가렴. 그보다 좋은 게 어디 있다고 나서서 안주인처럼 구니."

"어머님 지금 이러시는 거 별로 좋지 않아 보여요. 하필, 할아버님 출타 중이실 때 말씀하시는 것도 다른 사람이 알면 그리 좋지 않을 거예요."

"사람들 입에 많이 오르내리다 보니 네가 어지간히 신경이 쓰이나 보구나. 아버님은 대체 네 어디를 보고 그 사달을 그냥 넘어간 건지 모르겠지만."

그에게도 이러했으리라는 생각이 들자, 인혜는 이 상황이 모두 이들이 만들어 낸 부산물이라는 사실을 깨달았다.

그렇게 시어머니와 잘 지내 보고 싶다는 생각을 조금쯤 고쳐 다른 사람들 눈에 탈이 없을 정도로만 지내도 괜찮을 것이라고 바꿨다.

"나는 아니니, 그만 집안일에 신경 좀 끄렴."

"어머님, 저 결혼하고 나서 한 번도 직접 나서서 집안일 챙기신 적 없으시잖아요. 전 당연히 아주머니께서 음식 준비 혼자 하셔서 도와 드리려고 하는 것뿐이었어요. 그러다가 어떻게 만드는지도 배웠구요. 어머님이 오해하시는 게 뭔지 모르겠지만, 저는 그저 가족이 생겨서 좋아서 그랬어요. 그러니까 그만하셔도 괜찮아요."

아버지의 집에서도 시할아버님의 집에서도 벌어지는 비슷한 상황들에, 사람이 변하지 않는다면 어쩔 수 없는 것이라는 걸 알게 됐다.

그래서 그녀가 아버지를 보지 않겠노라 말했듯, 그가 그럴 수 있는 문제라면 상관이 없었지만, 그는 시할아버님과 사이가 좋았다. 그 사이에 들어가 함께 가족으로 지내고 있다는 사실도 그녀는 좋았기에 이런 상황을 그냥 넘길 수 없었다.

맞받아칠 수 있을 정도로 조금은 자랐기에 그녀는 괜찮았다. 이제 이런 말과 행동은 적당히 넘기고 흘려버릴 수 있어 아프지 않았다.

속으로 삭히는 일도 잘 하지 않았기에 그녀는 시어머니의 앞에서 적당한 태도로 응대했다. 선주의 어린아이 같은 태도가 저절로 생긴 건 아니라는 생각을 하면서 천천히 입을 열었다.

"앞으로는 오해하지 않으셨으면 좋겠어요. 단순히 인사드리러 오는 거예요. 선우 씨가 결혼 전까지 여기서 생활했고, 할아버님이 선우 씨를 키웠다고 알고 있어서. 그래서 당연히 해야 하는 부분이라고 생각했어요."

할 말을 전부 뱉어 내고 나면 시어머니의 표정이 일그러진 종이처럼 구겨져 있을지도 모른다는 생각을 하면서도, 이렇게 해서 그를 한번쯤 생각하고 행동하고 말하게 된다면 그걸로 충분하다고 생각했다.

시어머니의 눈에 자신이 이상해 보일 수 있겠지만, 그가 이 안쓰러운 상황에서 반듯하게 잘 자랐다는 걸 알기만 한다면 상황은 조금 다르게 변할 수 있지 않을까 생각했다.

"그러니까 오해는 하지 않아 주셨으면 좋겠어요. 어머님이 생각하시는 것처럼 다른 생각이 있어서 할아버님을 찾아뵈러 오는 게 아니니까요. 가족 행사를 챙기는 부분은 그럼 이제 제가 하지 않을게요. 어머님 말씀처럼 어머님이 계시니까, 나중에 동서와 의논해서 부수적인 건 저희끼리 알아서 할게요."

더 이상의 말이 나지 않도록 인혜는 소파 옆 바닥에 놓아둔 가방을 들며 인사를 건넸다.

오늘 보고 싶었던 명절음식은 다음에 보는 걸로 미루는 편이 현명하다는 생각에 그녀는 아직 자신이 외투조차 벗지 않고 있다는 사실이 꽤나 고맙기까지 했다.

이 이상의 언쟁은 피해야 얼굴 붉히지 않고 조용히 넘어갈 수 있을 테니까.

"먼저 돌아가 보겠습니다. 안녕히 계세요."

정 의원의 얼굴이야 내일 다시 보면 그만이었다. 내일 올 때에는 입이 심심할 수 있으니 간식거리로 붕어빵을 사 와야겠다는 생각을 하면서, 그녀는 조금 전 벌어졌던 일을 잊었다.

잊어도 괜찮았다. 어차피 그와 그의 아버지의 아내는 섞일 수 없는 사이였으니 이대로 적절한 거리를 유지하기만 하면 괜찮을 수 있었다.

누가 뭐라 해도 자신의 행동에 다른 뜻이 없다는 걸 정 의원이 더 잘 알고 있었으니까.

어제 한바탕 벌어졌던 상황을 까마득히 잊은 사람처럼 정 의원의 집 앞에 도착하자마자 인혜는 선우의 손을 잡아끌고 시장으로 향했다. 어제 눈여겨봐 놓은 길거리 음식이 먹고 싶어서 내내 꼭 가는 길에 사서 들어가자고 했던 터였기에 그가 별다른 말 없이 같이 걷고 있는 걸 알고 있었다.

"맛있게 생기지 않았어요?"

붕어빵 하나에 눈을 빛내고 있는 걸 아는지 모르는지 인혜는 환하게 웃으며 주문했다.

"아주머니, 열 개만 주세요."

어제는 호떡, 오늘은 붕어빵…… . 내일은 집에서 어묵탕을 끓여 볼까 생각 중이었다. 겨울철 길거리 간식을 모두 섭렵하기라도 할 것처럼 행동하는 인혜의 행동에 고개를 내젓다가도 아내의 코끝이 벌겋게 변한 것을 보고는 마주 잡은 손을 제 외투 주머니에 넣었다.

추우면서도 이걸 사겠다고 같이 가자고 한 인혜의 마음에는 분명 이 길을 함께 걷고 싶다는 생각도 있었을 테니 추운 날에도 인혜가 하자고 하는 건 마다하지 않았다.

"열 개나 먹을 사람 그 집엔 없을 텐데요."

"내가 두 개, 아주머니가 두 개, 선우 씨가 세 개, 할아버님이 세 개 드시면 딱이잖아요."

다만 그녀가 모르는 게 있다면 그도, 정 의원도 주전부리를 즐기는 편이 아니라는 것이었다. 하지만 그는 이 사실을 굳이 인혜에게 알려 할아버지만 홀로 이 상황에서 빠져나가는 걸 바라지는 않았다.

"그럼 되겠네요."

그렇게 말하면서도 웃음을 지울 수는 없었다. 곤란한 할아버지의 얼굴과 환히 웃는 아내의 모습이 눈에 선하게 보여 그는 어서 집으로 가 그 모습을 보고 싶어졌다.

"오늘 날씨 진짜 춥네요."

두 볼이 붉게 변하는 모습에 그는 내일 퇴근길에는 꼭 아내의 장갑과 목도리를 사 와야겠다고 생각했다.

따뜻하게 입고 돌아다니는 편이, 행여 감기라도 걸리지 않을까 걱정하는 그의 마음을 덜어 주기도 했으니 내일은 꼭 하나 사 올 생각이었다.

＊　　＊　　＊

인혜는 흘긋 테라스를 바라보다가 다시 고개를 돌렸다. 나가서 차를 마시기엔 나가자마자 차가 얼어 버릴지도 모르겠다는 생각이 엄습할 정도로 추운 날이었다.

"이런 날 밖에 나가서 마시면 차 마시기도 전에 인혜 씨가 먼저 얼어 버릴 거예요."

따뜻한 물에 오미자 원액을 잘 섞은 차를 후후 불어 마시고 싶다는 생각을 수정할 수밖에 없었던 것도 곁에서 한마디 보태고 있는 선우 때문이었다.

혼자라면 옷을 껴입고 그가 사 준 장갑을 끼고 나가 마셨을 텐데, 아쉽게도 오늘은 그가 있는 주말이었다.

"절대 안 돼요. 그러다 감기 걸리면 당장 모레 인혜 씨가 가야 하는 바자회는 어쩌려구요."

"갈 수 있을 걸요."

잔을 들고 고민하는 인혜의 모습에도 선우는 고개를 내저었다. 더는 보지 않는 편이 결정하는데 어려움이 없겠다는 판단에 그는 시선을 다시 신문에 고정시키고 입을 열었다.

"그래서 지난달에도 그랬다가 독감 걸려서 며칠 못 일어난 건 기억 안 나죠?"

걱정하는 그는 떠밀듯 회사에 보냈던 기억이 조금씩 밀려들자, 인혜는 얌전히 그의 옆에 앉아서 다시 차를 마시기 시작했다. 조용히 차를 마시며 TV를 보는 모습에 안심하는 것도 잠시 그는 아내가 그토록 좋아하는 취미를 즐길 수 있도록 도와줄까 싶은 생각이 들었다.

좋아하는데 못 하게 막는 것도 한두 번이지 싶었다. 테라스에 부는 바람을 막아 줄 수 있다면, 인혜가 나가서 차를 마셔도 괜찮지 않을까 생각했다.

"근데, 왜 차를 마시는 게 좋아요?"

전부터 궁금했었지만 이제야 물어보게 됐다. 그는 궁금했다. 인혜는 왜 그 수많은 일들 중 홀로 차를 마시는 일을 즐기게 된 것인지, 전문적으로 즐기는 것이 아니라는 건 분명한데 왜 이토록 즐거워하는 건지 궁금했다.

"혼자 할 수 있잖아요. 혼자 해도 이상하지 않고, 사람들이 이상하게 보지 않는 일이잖아요."

수많은 일들 중 유달리 좋아하는 것을 꼽으라면 인혜는 차를 즐기는 것과 적당한 전시회를 관람하는 일을 꼽을 것이다.

공연을 홀로 즐기는 건 요즘에야 많지 예전엔 많지 않았으니, 만약 그녀가 서울에서 자랐더라면 그 취미는 즐기지 못했을 것이었다.

"그럼, 나랑 같이할 수 있는 걸 찾아요."

신문을 잘 접어 테이블 한쪽에 올려 둔 그가 그녀에게 제안했다. 그 제안에 놀라 그대로 행동을 멈춘 인혜가 그를 물끄러미 바라보았다.

그조차 충동적으로 한 말이었으니 그녀는 분명 매우 놀랐을 것이다. 선우는 인혜가 차를 즐기는 이유가 그것뿐이라면 함께 무언가를 하고 싶었다.

그는 이내 자세를 고쳐 앉았다. 앞만 보고 있던 시선은 인혜를 향했고 몸도 그녀를 향해 돌아 앉아 있는 상태였다.

"지금 당장 하고 싶은 거 있어요? 그냥 떠오르는 거요. 굳이 깊게 생각하지 않고, 이 말 들었을 때 바로 생각난 거 뭐 있어요?"

"있긴 한데……."

망설임 가득한 인혜의 모습에 그는 그녀가 무언가 떠올렸음을 바로 알아차릴 수 있었다. 그 고민을 툭 털어 주기라도 하듯 그는 그녀에게 말했다.

"그게 뭔데요?"

"심야 영화 보는 거요. 가 보고 싶었거든요."

요즘에는 밤새서 보는 것도 많다고 하니 전혀 문제가 될 게 없었다.

"가요."

"지금요?"

놀란 인혜의 모습에 그는 웃었다. 이토록 잘 놀라고, 자주 웃는 여자가 표현하지 못하고 살아온 시간들이 안쓰러워서 보상해 주고 싶어졌다.

매 순간, 매일 아내를 생각하고 다시 생각했다.

그렇게 아내와 함께 만들어 갈 오늘을, 또 다른 내일을 상상했다. 그 생각이 그를 즐겁게 만들었다.

"네, 지금요."

지금 당장 하지 않으면 안 될 사람처럼 행동했다. 그는 이렇게 행동해도 사는 데 무리가 없다는 걸 이전에는 알지 못했었다.

하지만 오늘 하루가 아닌 더 나은 내일과 미래를 생각하기 시작하자 보였다. 삶을 꾸려 가겠다는 생각을 하자마자 눈앞에 있는 것들보다 더 중요한 것들이 눈에 들어오기 시작했다.

그 순간들을 놓치지 않기 위해 그는 그녀에게 손을 내밀었다.

모든 것을 해 주려 하지 않아도 괜찮았음에도 그는 자신이 주는 만큼, 아니 그보다 더 많은 것을 돌려주고 싶어 하는 것만 같았다.

적어도 인혜의 눈에는 그렇게 보였다.

"자, 여기 표예요. 먼저 들어가 있어요. 간단한 거 좀 사서 들어갈게요."

밤이 늦은 시간이라 사람이 없을 줄 알았던 그녀의 생각과 달리 사람들은 많이 있었다. 그런 사람들을 천천히 바라보던 인혜는 자신의 생각이 많이도 고루하다는 걸 깨달을 수 있었다.

결혼했으면 어떻고, 혼자이면 또 어떻다고…… 사람들이 이상하지 않다고 여길 만한 것을 나름대로 선정해 즐겼다.

혼자였기에 좋았고, 혼자였기에 잘 즐길 수 있었다고 했지만, 찾아보면 모르는 사람들과도 함께 즐기며 할 수 있는 일들이 주위에 많이 있다는 걸 깨달았다.

"먼저 들어가 있으라니까요."

운반할 수 있는 갑에 담겨진 음료와 간식을 본 인혜는 그의 곁에 섰다. 팔을 붙드는 정도, 손을 잡을 수 있는 위치와 거리, 서로 얼굴을 마주 보거나 살결이 맞닿아도 어색하지 않을 그런 사이가 되었기에 그녀는 이제 아주 자연스럽게 그의 곁에 서서 자유로운 다른 한 손을 잡고 걸었다.

"그래도 같이 가야죠."

"이건 좀 많은 것 같지만 여긴 여전하네요. 중간이 없어요."

"선우 씨가 팔면 중간 만들 거예요?"

이런저런 이야기를 하며 다른 이들처럼 자리에 앉아 영화를 보며 시간을 보내는 일들을 하고 있다는 사실이, 그 곁에 그가 함께 있는 현실이 그녀를 즐겁게 만들었다. 내일이면 다시 일상으로 돌아가 다른 이들처럼 하루를 보내야 한다는 것도 얼마간 잊고 순간을 즐길 정도로 그녀는 지금이 가장 좋았다.

새근새근 옆에서 잠이 든 인혜를 보는 그의 시선이 한없이 다정하기만 했다. 영화를 보다 언제 잠이 든 건지, 이렇게 앉아서 잠을 자는 것이 불편하지는 않은지 떠오르는 물음들은 여러 가지였지만 그는 영화 대신 인혜의 얼굴을 바라보는 것으로 그 물음을 대신했다.

이렇게 보고만 있어도 좋은 사람이 곁에 있다는 게 신기할 따름이었으니까.

처음에는 어머니의 죽음을 발견했다는 사실이, 그래서 어머니가 고즈넉한 별장에서 스스로 생을 끊었다는 사실이 그를 아프게 했다.

처음에는 그저 아프기만 한 줄 알았다. 아내를 만나기 이전에는 그렇게만 생각했었으니 어쩌면 당연한 것일지도 몰랐다.

어머니와 자신은 다르다고 생각해야 숨쉬기도, 살기도 편안했으니 그로서는 불가피한 선택이었다.

하지만 인혜를 만나고 그는 자신이 지금껏 잘못 생각했다는 것을 자인했다. 어머니가 죽은 걸 처음 발견한 사람이 자신이라는 사실에 아팠던 것이 아니라 어머니가 자신을 버렸다고 생각해 아팠던 것이었다.

그녀가 어머니를 그리워할 때 알았다. 자신도 그냥 어머니가 그리웠고, 버림받았다는 생각이 머릿속에 뿌리 깊이 박혀 제거되지 않아 아팠던 것이라는 걸.

이 모든 생각들을 다시 하게 만들어 준 아내가 고맙고 좋았다.

인혜의 곁에 있는 사람이 다른 누구도 아닌 자신이라는 사실이 고마울 정도로 그는 기뻤다. 그날 할아버지가 이번에는 꼭 나가 보라던 그 자리에 나가서 다행이라고 생각했다.

아내의 얼굴을 마주 보며 그는 지금까지 그랬듯 앞으로도 아내와 함께 평범한 일들을 하고 평범한 가족을 만들며 살 것이라고 다짐했다.

그 과정에서 어느 정도는 투닥거릴 수도 있고, 삐그덕거릴 수도 있겠지만 그릇된 선택이나 믿음을 깨 버리는 행동들은 하지 않을 것이라는 사실을 알기에 그 모든 과정마저 좋은 추억이 되리라는 걸 안다.

그래서 그는 자신에게 온 그녀가 고마웠다.

＊　　＊　　＊

자선바자회일 뿐이었지만, 인혜는 그녀가 주관하는 첫 공식행사가 부담스럽기도 하고 기대가 되기도 해 묘한 설렘을 가득 끌어안고 있었다.

"사모님. 오늘 수고하셨어요."

가끔 TV에서 돈 많은 사람들이 선심을 쓰듯 보여 주는 식으로 이런 행사를 여는 게 싫었던 인혜는, 오늘 참석하는 이들에게 가급적 딱딱한 옷이나 격차를 느낄 만한 것은 착용하지 말아 달라 당부했던 터였다.

모두가 그녀의 말을 지킬 것이라고 기대하지는 않았었기에 제법 많은 임원진 아내들이 그녀의 말을 지켰을 때에는 솔직히 기뻤다.

이런 사소한 걸로 좋아하지 말라고 하던 중문의 당부를 잊을 정도로 여전히 작고 사소한 일에 좋아하고, 슬퍼하기도 했다. 다만 그 모습들을 온전히 내보여 주는 건 그의 앞에서뿐이었다.

곧, 시외할아버지가 회사에서 물러나고 그가 공식적으로 모든 걸 받으면 이보다 더 할 일이 많아지니 사람도 붙여야 한다는 말이 오가기 시작해 조금 부담스러웠다.

하지만 그것들이 상쇄될 정도로 그녀는 그가 좋았다. 지금처럼 기부를 위해 돈을 모으는 일도 좋았고, 앞으로 나서서 사람들 사이에 섞여 있는 일도 좋았다.

모든 것은 자신을 위한 것이었음에도 그는 항상 자신을 위한 일을 해 줘서 고맙다고 말해 줬다. 그런 사람이라 그녀는 선우가 좋았다.

"모두 오늘 수고하셨어요."

다음번에는 오늘 모인 금액을 어떻게 활용할 것인지 의논해야 겠다는 생각을 하며 인혜는 빠뜨리고 가는 것은 없는지 하나씩 확인했다.

오늘 하루 아르바이트를 하는 학생들까지 돌아가는 모습을 보고 난 뒤에야 자리에서 일어나 집으로 돌아갈 수 있었다.

오늘 이른 오후에 집에 올 거라던 그를 보기 위해 걸음을 서두르는 그녀의 얼굴에는 어느덧 그의 미소를 닮은 웃음이 걸려 있었다.

바람이 차가워지는 계절에도 사용할 수 있도록 그는 테라스 한쪽에서 나무를 골재로 한 작은 공간을 만들기 시작했다.

나무 기둥을 만들고, 기둥과 기둥 사이에는 투명한 바람막이를 쳐 바람이 들어오지 못하도록 만들었다. 그렇게 작은 나무 상자와 같은 공간에 테이블을 밀어 넣고 긴 멀티탭을 거실과 연결해, 오늘 집에 올 때 사 온 탁상 전기난로를 테이블 위에 올려 뒀다.

그 옆에는 잘 개어진 두터운 호텔 담요가 자리를 차지하고 있었다. 그렇게 하고 난 뒤에야 그는 만들어 뒀던 문을 들어 옆면에 달았다.

모두 하고 나서야 그는 하얀 나무와 테라스가 제법 잘 어울려 다행이라고 생각했다. 오롯이 아내를 위해 만든 저 작은 공간은 경치도 볼 수 있고 춥지도 않은 공간이 되어 줄 것이었다.

지난번 인혜가 혼자 즐길 수 있어서 좋아했었다는 차는 그에겐 아직 어려운 것이었지만, 무언갈 좋아한다는 건 좋은 일이었다.

이제는 인혜가 그냥 차 마시는 일 자체만을 즐겼으면 하는 마음도 있었다. 물론 단순히 그런 이유로 지금까지 차를 마시는 걸 취미생활로 즐겼다고 하기에는 그녀가 그 시간들을 사랑하는 것이 눈에 보였다.

이쯤이면 되었으리라고 생각하면서도 그는 문이 잘 열리는지 한 번 더 확인하고 난 뒤에야 거실로 들어갈 수 있었다.

만드느라 고심도 하고, 추운 날에 고생도 좀 했지만 완성된 모습을 보니 내심 뿌듯했다. 저 공간을 본 아내가 좋아하리라는 생각에 그는 입가를 비집고 나오는 웃음을 막을 수가 없었다.

곧 인혜가 돌아올 시간이니 옷을 갈아입고 모르는 척 앉아 있어야겠다는 생각에 그는 서둘러 움직였다.

여전한 추위에 언 몸과 손이 따뜻한 집 안으로 들어오자마자 풀리면서 홧홧해지는 기분에, 몸이 노곤해지는 것 같았다.

"다녀왔어요."

편안한 복장이지만 밖에 나가려는 차림새가 분명한 선우의 옷차림에 인혜는 조금 의아했다. 오늘 집에서 쉰다고 했던 것 같은데, 다시 밖에 나가야 할 일이 생긴 건가 싶어 그에게 다가가던 인혜는 테라스에 못 보던 것이 자리하고 있다는 걸 눈치채고 두 눈을 깜박이며 그 자리에 섰다.

저게 뭔가 싶어 선우를 보던 그녀는 이내 그의 손등에 묻어 있는 하얀 페인트를 보고 웃었다. 환하게 번진 그 웃음을 어떻게 할 겨를도 없이 그녀는 그에게 말했다.

"저거 선우 씨가 만든 거예요?"

천장은 뾰족하게, 주위는 네모나게…….

그 주위는 밖의 풍경을 볼 수 있도록 투명하고 튼튼한 비닐로 에워싸져 있어 놀랐다. 저걸 혼자 했다면 힘들었을 것이 분명했다.

그녀는 그가 이번 달 내내 감기에 걸린다는 이유로 야외 테라스에서 무언가 하는 걸 막으면서도 마음에 걸려 했던 걸 알고 있었다. 그가 자신을 위해서 하는 말이라는 걸 알았기에 절대 서운하지 않았다.

하지만 그는 그 말들이 내내 걸렸던 모양이었다. 결국 저런 공간을 만들어 준 것을 보면, 정말 마음에 걸렸던 게 분명했다.

"춥지는 않을 거예요. 나가서 밥 먹어요."

"그보다 저거 만드는 거 안 쉬웠을 거 같은데……. 안 힘들어요?"

"인혜 씨야말로 바자회 힘들었을 거 같은데……."

서로를 생각하는 마음이 비슷해 비슷한 걱정을 서로에게 전하는 모습을 보고는 서로 웃음을 터트릴 수밖에 없었다.

"그러니까 밖에 나가서 먹어요. 저녁 차린다고 힘들게 움직이지 말구요."

"그래요. 우리 나가서 먹어요."

인혜는 결혼을 해서 좋은 점이 있다면 사람들을 많이 마주하게 된 것, 자유롭게 행동할 수 있게 된 것 등을 꼽을 수 있었지만 그중 가장 좋은 점을 꼽으라면 그를 만나서 가족이 된 일을 꼽을 것이었다. 그렇게 그가 자신을 얼마나 생각하고 걱정하는지 알게 되는 매일을 가지게 된 것이 가장 좋은 점이었다.

그걸 선우도 알았으면 해서 인혜는 그에게 말했다.

"그날, 나왔던 사람이 선우 씨여서 정말 고마워요."

사실 일이 바빠 잊을 수도 있었다는 건 나중에 들어 알고 있었다. 그날 만약 그가 나오지 않았더라면 어느 다른 집안의 내다 놓은 자식과 결혼했을 테지.

불쑥 내밀어진 손이 무엇을 의미하는지 알기에, 그녀는 말없이 그 손을 마주 잡았다. 차가운 손끝에 그의 온기가 닿자 추위를 모를 정도로 몸이 따뜻해져 갔다.

"그럼, 나갈래요?"

함께 2월의 거리를 걷고, 그렇게 3월을 보내며 돌아오는 1년째 되는 날엔 무엇을 하고 있을지, 인혜는 오늘이 아닌 앞으로가 더 궁금했다.

단 한 번도 그렇게 살아 본 적 없었기에 지금의 변화가 얼마나 좋은 것인지 알고 있었다.

＊　　＊　　＊

전을 부쳐서 나는 기름 냄새가 진동하는 집 안.

하얀 떡국, 노르스름한 조기 등 설날 아침상에는 다양한 음식이 올라오기 마련이었다. 그런 것을 잘 알지 못하는 인혜는 언제나처럼 아주머니 옆에 붙어서 조용히 물어보고 있었다.

오랜 외국 생활 탓에 그녀는 사실 한국 전통음식 같은 건 잘 알지 못했다. 그저 유명한 거나, 그녀의 머릿속에 어렴풋이 남아 있는 것 정도가 그녀가 알고 있는 전통음식의 전부였다. 그 외에 알고 있는 건 결혼을 해서 아주머니에게 배운 것들이었다.

건강하라는 덕담이 오고 가는 날에 그녀는 왠지 적막했다. 어쩐지 혼자 집을 지키는 시외할아버지도 마음에 걸리고, 지난번 시어머니와 이야기한 뒤로는 함께 있는 자리가 더욱 불편해 오래 마주 앉아 있고 싶지 않았다.

그녀는 결국 상을 물리고 얼마 지나지 않아 그에게 시외할아버지에게 가자고 조용히 종용해 일어섰다.

"저희 먼저 들어가 보겠습니다. 제가 일이 있어서요."

결국 자리에서 일어나 밖으로 나온 인혜는 한숨을 내쉬었다.

"왜요?"

별다른 토를 달지 않고 따라 나온 그가 자신이 한숨을 쉬는 것에는 민감하게 물어보는 게 좋기도 하고 재미있기도 해 그녀는 천천히 걸으며 입을 열었다.

인혜의 목에는 그가 사다 준 목도리가 돌돌 둘러져 있어 추운 기운은 느끼지 못했지만, 입을 열자마자 하얀 입김이 나와 지금 제 귀가 빨갛게 물들었음을 알 것 같았다.

"좀 내가 한심한 것 같아서요. 그냥 있으면 되는 걸, 불편하다고 일어났으니까요. 물론 시외할아버님이 혼자 계셔서 일찍 일어나려고 생각하긴 했지만 그렇게 생각 안 하실 수도 있잖아요."

"괜찮아요. 그게 뭐 어때서요."

얼른 타라며 차 문을 열어 준 그의 행동에 인혜는 종종 걸음으로 서둘러 차 문 앞에 섰다. 그 앞에 서서도 머뭇거리는 인혜의 모습에 선우는 웃으며 아내를 앉히고 나서야 문을 닫을 수 있었다.

가끔 인혜가 이런 모습을 보일 때면 아내가 어린아이 같아 보여 웃음이 났다. 걱정할 필요 없는데도 행여 오해는 하지 않을지, 혹 그래서 원래 의도 같은 건 어떠했든 왜곡할까 봐 걱정하는 이유 중 가장 큰 부분이 자신이라는 걸 알고 있어서 선우는 마냥 좋았다.

　오는 길에 마트에 들러 사 온 삼치와 배추가 아니었더라면 외식을 하러 문을 연 식당을 찾았어야 할지도 몰랐었다는 생각에 인혜는 고개를 내저었다.

　"할아버님, 어떻게 하시려고 사람들 다 나오지 말라고 하셨어요."

　걱정스러운 마음에 두어 마디 하고 나니, 자신이 하고 있는 것이 잔소리라는 걸 알게 됐다. 하는 사람은 잔소리가 아니라고 할지 모르지만, 듣는 이에게는 분명히 잔소리로 들릴 것이다.

　"그 사람들도 설은 보내야지."

　"그럼 전화를 좀 해 주시죠. 그럼 좀 더 일찍 왔을 텐데."

　"안 그래도 주방에 뭘 좀 만들어 놓았으니 그거 챙겨 먹으라고 하고 가서 괜찮다."

　그러니까 잔소리를 그만하라는 중문의 볼멘소리에 웃고 마는 선우의 모습과 중문의 모습을 보던 인혜는 평범한 가정집의 풍경 같아 웃고 말았다.

　"그래도요. 저 집에 있잖아요. 일 년에 반 정도는 한국에 계시면서……."

　"집에 들어오겠다는 말이거든 그만해라. 늙은이랑 살아 뭐하겠다고, 저 녀석이 제일 싫어할 게다."

　식사를 마친 뒤, 과일까지 내오고 나서야 그만 돌아가라는 중문의 성화에 결국 집으로 돌아갈 수밖에 없었다.

＊　　＊　　＊

이제 막 이틀이 지났을 뿐인 설 연휴를 어떻게 보내야 할지 고심하는 인혜의 모습에 선우가 지나가듯 물었다.

앞으로 이틀이나 더 남은 연휴를 그냥 흘려보내기 싫은 마음을 알 것 같아 그녀가 가지 않았을 것 같은 곳을 입에 올렸다.

"혹시 정동길 가 봤어요?"

"아뇨, 그게 뭐예요?"

서로에게 기대어 앉아 한가로운 오후를 보내고 있었던 인혜는 그의 말에 테이블에 올려 뒀던 핸드폰을 들어 찾아보기 시작했다.

"그냥, 한적한 길이에요. 가다 보면 교회도 있고, 성당도 있고. 내일 거기 갈까요?"

그렇게 해도 그다음의 하루가 더 남지만, 그날은 집에서 쉬엄쉬엄 있으면 좋을 것 같다고 생각했다.

"여기 가고 싶어요. 가요."

인혜의 말에 그는 그러자고 이야기하며 그녀가 그동안 가꿔 놓은 집을 둘러봤다. 그리 오래 살진 않았지만 함께 만들어 가는 집은 어느덧 익숙해져, 마치 오랫동안 지낸 것처럼 안정감을 주고 있었다.

그것보다 더, 곁에 누군가가 있다는 사실이 말로 다 할 수 없을 만큼 그를 평온하게 만들어 주었다.

선우는 놓치고 싶지 않은 마음처럼 인혜의 손을 꽉 잡은 채 앞을 바라봤다. 그의 어깨는 언제나처럼 인혜의 머리가 기대어 있었다.

여전히 쌀쌀한 날이라 걷는다는 것이 무리였다는 걸 알면서도 인혜는 그의 손을 마주 잡고 걸었다. 그의 주머니에 손을 함께 넣어 온기를 더하고, 다른 한 손은 외투 주머니에 넣고 걷노라면 그다지 춥지 않은 것 같았지만, 두 사람은 성당을 지나고 나서 보이는 카페에 들어갔다.

오늘 누군가의 결혼식이 성당에서 열리는 모양이었다. 한복을 곱게 차려 입은 어른들과 아이들의 재잘거리는 소리가 한바탕 밖에서 들리자 인혜는 커피숍 밖을 내다봤다.

"오늘 결혼식이 있나 봐요."

"그러게요."

작년에 결혼식을 올린 것이 어제만 같은데…… 다른 사람의 결혼식을 보게 되니 자신의 결혼식은 어땠는지 기억이 나지 않았다.

"분명 어제 같은데, 결혼식 날이 기억나지 않아요."

"그날 워낙 정신이 없어서 그래요. 인혜 씨 집 찾아온 사람도. 할아버지 보고 온 사람도 많았으니까."

"그러게요. 이럴 줄 알았으면 찍어 준다고 그럴 때 그냥 둘 걸 그랬어요."

사실 기억나지 않는 가장 큰 이유는 기억하고 싶지 않다는 생각이 그녀를 지배했기 때문이라는 걸 안다.

그랬기에 그녀는 더 아쉬웠다. 왜 그런 생각을 했는지는 알고 있었지만, 그러지 않았더라면 지금 더 좋지 않았을까, 하는 미련이 인혜를 붙들었다.

"인혜 씨, 이제 곧 봄이에요."

그의 말에 그녀는 그렇다며 맞장구를 치면서도 웨딩드레스를 입고 성당으로 들어서는 신부에게서 눈을 떼지 못했다.

"봄에 나랑 같이 다시 오사카에 갈래요?"

그와 여행을 가는 것은 좋지만 이렇게 자주 다녀도 괜찮을까 싶은 찰나 그가 다시 말을 이어 갔다.

"이번엔 정말 관광객처럼, 그렇게 돌아다녀요."

지난번에는 사실 신혼여행이라기보다는 적당한 핑계거리를 찾아 잠시 서울에서 벗어나 있던 것뿐이었다.

"가요. 가서 노을이 예쁜 곳을 보고, 야경이 멋진 곳에도 가보고. 둘이서 그렇게 다 해요. 기억나지 않는 결혼식 대신 기억할 수 있는 것들을 조금씩 만들어 가요."

조금씩 채워 가면 더는 기억나지 않는 결혼식 날이 아쉽지 않을 것이라고 확신했다. 아쉽지도 미련이 남지도 않으리라 확신했다.

늘 그를 생각하고 염려하는 자신이 있었고, 자신을 걱정하고 염려하는 그가 있었기에 그녀는 지금으로도 충분히 좋았다.

늘 서로를 생각했기에 좋았다.

그 역시 비슷하리라, 그녀는 그렇게 생각했다. 그러니 지금처럼 서로를 마주 보고 닮은 미소를 지을 수 있다고 여겼다.

7
Sign of Three

봄의 오사카는 그녀의 생각보다 훨씬 더 따뜻했으며 아름다웠
다.

그 모든 것을 기억 속에 담아 둘 수 있는 날을 눈앞에 두고
있어 그녀는 좋았다. 그의 말이 허언이 아니었듯, 그녀는 그의
손을 붙들고 봄의 오사카를 볼 수 있었다.

사실 그가 오자고 했던 가장 큰 이유는 따로 있었음을 앞에
놓인 드레스를 보고 알았다. 그렇게 그 드레스를 건넨 곳이 성당
이라는 사실에 더 놀랄 수밖에 없었다.

"선우 씨?"

그녀의 되물음에도 쉽게 입을 열지 못한 그가 천천히 입을 열
었다.

"그때 그랬잖아요. 결혼식 기억 안 난다고."

"설마 그걸 기억하고 지금."

"여기서 다시 해요. 사람도 없고, 신부님하고 우리뿐이지만……. 그래서 더 기억에 잘 남을 수 있는 기억거리 하나 남겨요."

원하는 걸 뭐든 들어줘서 그가 좋은 것은 아니었다.

이토록 세심하게 챙겨 주고 생각해 주는 그가 있어서 좋았다. 그가 그렇게 챙겨 주는 사람이 자신이라 더 행복했다.

이 하루가 선물이라고 생각될 정도로 그녀는 하얀 드레스를 보고 환하게 웃었다.

"날이 따뜻해서 정말 다행이에요."

드레스를 입어도 야외에서 춥지 않을 그런 날씨라 괜찮다고 말하는 인혜의 입가가 절로 말려 올라갔다.

그 모습을 보고 있던 그도 어느새 같은 웃음을 터트리고 있었다.

"그러게요."

같은 마음으로, 같은 생각을 하며 마주 서 있다는 사실이 그저 고맙고 좋기만 했다. 그 마음들이 곱고 따뜻하기만 해 그녀는 좋았다.

여기저기 다른 여행객들처럼 돌아다니자던 말을 지키기라도 하듯, 대관람차에서 야경을 보기도 하고 백화점에 들러 사람들의 선물을 고르며 시간을 보내는 일에 몰두하다 보니 다시 일상으로 돌아갈 시간이 얼마 남지 않아 아쉬웠다.

"왜요?"

그의 물음에 인혜는 가만히 고개만 내저었다. 아쉽다고 말하면 분명히 다시 오자고 할 사람이라는 걸 알지만 그녀는 그에게 부담을 지워 주고 싶지는 않았다.

"아니에요. 그냥 이렇게 있는 게 좋아서요."

"다음에는 다른 데로 가요. 굳이 여기 오지 않아도 괜찮아요."

그의 말에 인혜를 조금씩 번져 나오는 웃음을 굳이 막지 않았다. 있는 그대로 행복을 표현하며 사는 것이 얼마나 즐겁고 좋은 일인지 지금에야 알게 됐다고 해서 슬프지 않았다.

지금이라도 알게 되고, 그 사실을 함께 알아 가는 사람이 선우라는 사실이 그녀를 즐겁게 만들 따름이었다.

"참, 할아버님은 뭘 좋아하는지 알아요? 지난번에 보니까 화과자는 별로 안 좋아하시는 거 같은데……. 아주머니가 그러시더라구요. 단것은 잘 드시지도 않는다고."

"그냥, 차 중에 아무거나 사 가도 좋아하실 거예요."

하지만 인혜는 그가 워낙 그녀에게만큼은 예외로 두고 다정하게 행동한다는 걸 알지 못했다.

어떤 면에 있어서는 느끼고 있었던 부분이지만, 이렇듯 그녀 외의 다른 사람들에게 무뚝뚝한 면을 보일 때면 쑥스럽기도 하고 어색하기도 해 웃고 말았다.

"그래요. 그거 사요."

그녀는 이런 순간순간이 즐겁기만 했다. 스스로가 무언가를 하며 무기력한 삶을 살아가지 않다는 것이 사람을 기운 나게 만들 수 있다는 사실을 뒤늦게 알았어도 괜찮을 정도로 기쁘기만 했다.

"차 종류 좋아하시니까, 지난번보다는 더 좋아해 주실 거예요."

인혜는 덤덤하게 덧붙이는 말조차 다정한 정선우라는 남자가 좋았다. 이 남자의 이런 모습들을 온전하게 아는 건 자신밖에 없다는 것 또한 좋았다.

이렇게 매일매일이 좋았으면 좋겠다고 생각하며 그녀는 그의 크고 따뜻한 손을 꽉 마주 잡았다.

손을 마주 잡고 걷는 길은 어제와 또 다른 풍경처럼, 거리처럼 느껴졌기에……

* * *

여행에서 돌아오고 나서도 인혜는 다른 날과 다름없는 날들을 보내며 바쁘게 지내고 있었다. 어느덧 성큼 다가온 봄도, 그에 따라 더 바빠지기만 하는 그의 생활에도 익숙해져 갔다.

하지만 시어머니와의 일로 그녀는 시할아버지 댁에 가는 걸음을 신경 쓸 수밖에 없었다. 전에 열흘 중 다섯 번쯤을 갔다고 치면 이제는 두어 번밖에 가지 않았다.

"뭘 또 이렇게 사 왔대……. 의원님은 산책 나가셨는데, 잠깐 여기 앉아 있어."

물건을 한 아름 들고, 시할아버지 댁으로 걸음 하는 것을 그녀는 좋아했다.

"요기 앞에 지나가다 보니까 봄동이 괜찮더라구요. 이거 지난번에 같이 봤던 거 맞죠?"

아주머니의 반가움과 염려에도 인혜는 밝게 웃으며 힘들게 들고 온 봉지들을 건넸다. 선우와 관련된 모임을 나갈 때에는 중문이 보내 준 차를 타고 다녔지만, 이렇듯 개인적으로 다닐 때는 버스와 지하철을 타고 다니는 것을 선호했다.

그리고 그 편이 그가 왔을 때에도 함께 돌아가기 더 편했기에…….

"오늘 점심은 이걸로 하면 되겠네."

도란도란 나누는 이야기가 별다를 것 없어도 좋은 관계가 이런 종류가 아닐까 고심하던 그녀의 등 뒤로 정 의원의 음성이 들렸다.

"왔으면 들어오지 않고."

"아, 할아버님."

그 음성에 놀라 허둥거리며 일어선 인혜는 뒷짐을 지고 벌써 안방으로 사라진 정 의원의 뒤를 쫓았다.

"산책 나가셨다고……. 오늘 날이 괜찮죠?"

종종걸음 치며 들어온 인혜는 언제나처럼 정 의원의 맞은편에 앉아 그가 하려는 말에 귀 기울였다.

사실, 그녀가 건네는 말들은 평범한 인사와 다를 바가 없는 것들이었다. 정 의원이 잘해 주긴 했어도 그녀에게 엄연히 시할아버지였으니까, 어느 정도의 어색함은 공존했다.

"여행은 잘 다녀왔고."

"네, 그럼요. 선우 씨가 일본은 잘 알아서 걱정하지 않으셔도 돼요."

인혜는 정 의원이 무언가 말을 하고 싶었음에도 망설이고 있다는 사실을 알고 먼저 말해도 괜찮다고 이야기할까 고심했지만, 그만 접었다.

신중하게 무언가 고심하고 있는 모양새가 분명한 그 얼굴을 보고, 채근하는 것은 아니라는 판단 때문에 그녀는 한동안 적막하기만 한 공간에 앉아 다음 말을 기다렸다.

"소식……은 아직이냐."

결혼하고 난 뒤로 거의 1년이 다 되어 가는 동안 아무런 말이 없던 정 의원의 입에서 '아이'를 기다리는 듯한 말이 나오자, 그녀는 선뜻 무어라 말할 수가 없었다.

"됐다. 마음에 담아 두지 마라."

대답이 바로 나오지 않자, 마음 쓰지 말라고 상황을 정리하는 정 의원의 모습에 인혜는 자신이 아이를 신경 쓰지 않는 것처럼 보였던 건 아닐까 싶었다.

그동안 너무 자신의 문제와 그의 상처에만 신경 쓰기 급급해서 정작 어른들이 기다리고 있는 아이는 등한시한 것이 아닌가 싶었다.

"나가서 일 봐라."

정 의원의 말에 자리에서 일어서서 거실로 나왔음에도 인혜는 쉽사리 얼굴을 펼 수가 없었다.

그녀도 아이를 바라고 있었다. 가끔 아이가 있으면 어떨까, 하는 생각을 하며 혼자 집을 지키고 있을 때도 왕왕 있었기에, 아이는 인혜에게도 기다려지는 존재였다.

하지만 가족, 그것도 어른의 입을 통해 갑작스레 기다리는 듯한 뉘앙스의 말을 듣게 되니 기분은 또 달랐다.

"의원님이 뭐래?"

서재를 걸레로 청소하고 나오던 아주머니의 은근한 물음에 인혜는 멋쩍게 웃을 뿐 말을 하지 못했다.

아이가 생기면 좋겠다고 그녀 역시 간절히 바라 왔으니까. 그렇게 그와 자신을 연결해 주는 또 하나의 고리가 생긴다면 참 좋겠다는 생각을 했다.

서로가 가지지 못했던 평범한 가정까지 이룬다면 더없이 좋을 것만 같았다.

"별거 아니에요. 괜찮아요."

"싱겁기는……."

오늘 밤에는 선우의 손을 붙들고 진지하게 말해 봐야겠다고 그녀는 생각했다. 조금쯤 진지하게 말하면, 그가 오늘 밤은 내내 자신을 놓아주지 않을 수 있지 않을까 싶은 은근한 기대감도 있었다.

"저 그거 알려 주세요. 그거 어떻게 무쳐서 먹는다고 했는지 잘 모르겠어요."

인혜는 해맑게 웃으며 곁에서 싱겁다고 놀리는 아주머니의 팔을 붙들고 부엌으로 향했다. 오늘은 그도 이리로 퇴근한다고 했으니 어제처럼 새벽녘에 들어오는 것은 아닐 것이다.

이야기할 시간은 많으니, 인혜는 그를 기다리며 곰곰이 생각해 보기로 했다.

차를 내오는 손길이 몹시도 분주해 보여, 선우는 인혜가 평소 같지 않음을 인식하고 있었다. 무슨 일이 있었던 건가 싶었지만, 이내 그 생각도 접을 수밖에 없었다.

오늘 할아버지의 집에는 그녀와 할아버지 그리고 일하는 아주머니만이 있었기에 딱히 일이랄 것이 벌어지지도 않았을 터였다.

결국 그는 내내 그 생각을 하면서도 그녀를 적당히 표 나지 않게 도와주기만 할 뿐 부담스럽게 묻는다거나, 캐내려고 하지 않았다.

때가 되면 인혜가 알아서 말해 주리라는 믿음이 그에게는 있었다. 차를 몰아서, 집에 다다를 때까지도 그녀는 별다른 말없이 옆에 앉아 있을 뿐이었다.

그는 그런 인혜가 더 익숙했지만, 오늘따라 무언가 다른 느낌은 감출 길이 없었다.

"인혜 씨."

그는 결국 슬쩍 다른 이야기를 꺼내 보기로 생각했다.

오늘따라 반찬을 챙겨 주시는 아주머니 덕에 인혜의 손에는 쇼핑백이 들려 있었다. 그는 그녀의 손에 들려 있던 쇼핑백을 받아 들고는 차고에서 집으로 걸어가며 말했다.

"선물은 드렸어요?"

"아, 차요. 드렸어요. 사실 아주머니가 받아서 넣어 두시긴 했지만 아까 보니까 드시고 계시더라구요."

가끔 이렇게 재잘거리는 인혜의 음성은 그를 사뭇 들뜨게 만들었다. 아는지 모르는지, 한번 터진 말은 쉼 없이 나오고 있었다.

조금 전 가만히 있기만 하던 여자라고는 믿기지 않을 정도로…….

집 안에 들어와 조금은 썰렁한 집에 온기를 넣기 위해 보일러를 켤 때까지도 그녀는 듣기 좋은 목소리로 재잘거렸다.

듣기 좋은 음악 같다고 생각하여, 가만히 들으며 옷을 갈아입던 그는 이내 머뭇거리는 인혜의 음성에 움직임을 멈췄다.

집에서 입는 편안한 티로 갈아입던 그의 손길이 느려지는 것과 동시에 조금은 슬픈 것 같기도 하고, 조심스러운 것 같기도 한 아내의 목소리가 선우에게 닿았다.

"선우 씨는 아이…… 기다리지 않아요?"

그는 그녀의 말에 서둘러 옷을 꿰어 입고 거실로 나갔다. 그러자 보일러 버튼 앞에서 서성거리며 조바심을 내고 있는 인혜를 마주하게 됐다.

그는 그 모습에 뒷머리를 크게 얻어맞은 것 같은 충격에서 벗어날 수가 없었다.

"인혜 씨?"

길가를 함께 걸을 때나, 이야기를 나눌 때면 늘 인혜의 마음 한편에 평범한 가정에 대한 동경이 서려 있는 걸 알 수 있었기에 그는 더 표현하지 않았다.

그 역시 그녀를 닮은 아이를 보고 싶지 않은 건 아니었다.

다만, 부담스러워할까 봐 먼저 이야기를 꺼내지는 않았다. 인혜가 일부러 부담감을 느끼고 아이를 가져야겠다는 책임감에 스트레스를 받는 게 싫었다.

"오늘 무슨 일 있었어요?"

"아뇨. 그냥……. 그런 생각이 들었어요. 우리도 조금 있으면 결혼한 지 1년이 다 되어 가는데. 다른 부부들은 어떤가 싶기도 하고."

결국 선우는 내도록 버튼만 쳐다보는 인혜의 몸을 돌려세워 그 얼굴을 천천히 들여다봤다. 걱정에 어두운 얼굴을 하고 선 아내를 웃게 해 주고 싶었다.

손을 마주 잡고 길가를 걸을 때처럼 밝게 웃고 다니는 그 얼굴이 보고 싶어 그는 품 안에 인혜를 안으면서도 조심스럽기만 했다.

한없이 조심스럽고 다정한 그 행동에 어느 정도 아내의 얼굴이 봄을 만난 눈처럼 녹아들고 있음을, 그는 알아차리지 못했다.

"무슨 말을 들었든지. 신경 쓰지 마요. 나는 지금 이대로도 좋아요."

"아이……싫어요?"

주저하는 그 음성에, 선우는 고개를 내저었다. 어떤 때에는 강한 것 같다가도 한없이 여린 면들이 보이면 그녀도 여자이고 아내라는 생각을 하게 됐다.

바로 지금처럼.

"아이 좋아요. 하지만 인혜 씨가 너무 스트레스를 받는다거나, 부담을 가지면서까지 가지고 싶은 마음은 없어요. 게다가 우리 아직 신혼부부잖아요."

그간에 일이 많아서 그렇게 느낀 적이 많지 않다고는 해도, 여전히 신혼부부였으니 좀 더 신혼을 즐기다 아이를 갖는다고 해서 뭐라고 할 사람은 없었다.

게다가 어른이라고 해 봤자, 양가 어른들인데…….

그는 어른들을 신경 쓰지 않았다. 그분들에게 증손주를 안겨 드리고 싶은 깊은 효심에 아이를 갖자고 인혜에게 강하게 권할 생각도 없었다.

"그러니까 그냥 편하게 생각해요. 이러다가 어느 날 아이가 찾아오면 정말 좋아할 거예요."

그는 진심을 다해 아내의 등을 어루만지며 토닥였다. 다정한 그 목소리에 굳어진 몸을 푸는 인혜의 몸을 여실히 느끼며, 선우는 안도했다.

괜한 것에 마음을 쓰고, 안달하는 아내를 보는 것보다 힘든 건 없었으니까.

그는 할아버지와 외할아버지 모두에게 아이 문제를 거론하지 말라고 못 박아 둬야겠다고 마음먹었다.

오늘 인혜의 모습을 보니, 그래야 할 필요성을 절감했다.

*　　*　　*

푸르른 빛이 물들기 시작하자, 낮에는 그럭저럭 베란다 문을 열어 놓아도 적당한 온기가 돌았다.

그녀는 겨울에 그가 만들어 준 그녀만의 공간을 물끄러미 바라보다가 고심했다. 난방기기가 필요한 일이 없으니 당분간 창고에 넣어 둬도 괜찮지 않을까…….

베란다 한쪽을 바라보던 인혜는 토요일임에도 드물게 출근을 하지 않고 서재에서 업무를 보고 있는 선우를 떠올렸다.

조금 이따가 그가 나오면 치워 달라고 할까, 먼지 털이를 들고 서서 그녀는 고민했다. 아니면, 혹시 갑자기 날이 또 추워질 수도 있으니 당분간은 그냥 더 두고 볼까 싶었다.

하지만, 그녀는 요즘 무척이나 바쁜 그가 이런 일에 신경 쓸 겨를이 없을 것 같다는 생각이 들었다. 서재에서 선우가 나오는 대로 말해 봐야겠다고 생각하며 그녀는 거실 청소를 서둘렀다.

협탁, 소파, 장 등을 꼼꼼히 털고 닦는 손길이 바빴지만 힘들지는 않았다. 가끔 일주일에 서너 번쯤 청소를 해 주는 아주머니를 불러다 쓰라는 중문의 권유가 심심할 때면 툭 튀어나와 질기도록 이어졌지만 인혜는 내내 거절했다.

그와 자신의 집을 누군가에게 맡기는 게 싫어 그녀는 고집스레 스스로 집안일을 했다. 비록 조금 느리게 가꿔 나갈지라도 하나씩 스스로 가꿔 나간다는 것이 좋기만 했다.

"도와줘요?"

서재에서 언제 나온 건지, 그가 안경을 손에 든 채로 식탁 앞에 서서 묻고 있었다. 그 모습은 분명하게 물을 찾는 모양새였기에 그녀는 입꼬리를 슬쩍 말아 올리며 손가락으로 물병이 있는 곳을 가리켰다.

"저기 있어요, 물."

컵이야 식탁 위 컵 걸이에 있으니 굳이 말하지 않아도 잘 꺼냈다. 인혜는 그런 그의 모습을 보며 괜스레 간질거리는 마음이 들어 슬그머니 선우의 모습을 눈에 담아냈다.

"왜요?"

"아뇨. 그냥⋯⋯."

이런 모습에 시할아버님 댁에서 일하는 아주머니는 싱겁다고 매번 놀리곤 했다. 하지만 인혜는 어쩐지 오래도록 고치지 못할 것 같았다.

"사실, 저거요."

인혜의 손끝이 가리킨 방향으로 고개를 돌린 선우의 옆모습이 너무나 가까워 그녀는 살짝 뒷걸음질 쳤다.

그 덕에 뒤에 놓아 뒀던 걸레 바구니를 발로 밟아 소리를 지르며 허둥거리는 인혜를 그가 재빠르게 잡아 안았다.

"바닥에 두지 마요. 그러다 다치면 어쩌려고 그래요."

걱정 가득한 그의 말에 심장이 쿵, 떨어지는 것 같았지만 인혜는 고개를 끄덕이며 그러겠노라 대답하는 것으로 모든 걸 대신했다.

"어떤 거요? 저 바람막이?"

이내 다시 무엇을 원하는지 되묻는 그의 음성에 인혜는 고개를 끄덕이며 입을 열었다. 아무래도 남자인 그가 옮기는 편이 수월하고, 힘도 덜 들 것 같았기에 오늘 정리하는 편이 좋겠다 싶었다.

"네, 그거랑 그 안에 있는 난방기기 멀티탭도 창고로 들이는 편이 나을 것 같아요."

"알았어요. 하나만 정리하고 치워 줄게요."

아직 끝내지 못한 일이 남았다는 사실을 그제야 안 인혜는 서둘러 들어가라고 그의 품에서 벗어나려고 했지만 그럴수록 선우는 그런 아내를 꽉 끌어안았다.

"그거 알아요?"

온기가, 입고 있는 옷을 넘어 고스란히 전해질 정도로 오랫동안 그녀는 그의 품 안에 안겨 있었다.

그렇게 귓가를 조심스럽게 두드리는 선우의 음성에 인혜는 두 볼을 붉히면서도 가만히 있었다. 이제는 익숙한 그 품이 그녀에게 휴식을 찾아 주고 있었다.

"자꾸 이렇게 열심히 하면, 방해하고 싶어져요."

가끔은 이렇게 자신을 놀리는 걸 좋아하는 것도, 그래서 그 말을 하고 도망치듯 빠르게 일을 보러 들어가 버린다는 것도 이제는 알고 있다.

인혜는 그런 그가 좋았다.

말로 다 할 수 없을 즐거움을 서로에게 만들어 주는 이 관계가 좋았다.

서로를 믿는 이런 삶을 살아갈 수 있다는 사실에 그녀는 매일매일을 감사해했다. 이런 삶을 살 수 있다는 것 자체만으로도 즐거워해야 하는 게 맞았으니까.

하지만 욕심은 어쩔 수 없었다.

그가 신경 쓰지 말라고 해도 인혜는 아이가 생기기를 바라고 있었다.

요즘 들어 더 바빠진 그를 붙들고 함께 꼭 자야 한다고 할 수

도 없는 노릇인데, 아이는 생겼으면 하는 마음이 점점 커져만
가, 드물게 그녀를 우울하게 만들었다.

지금처럼 그냥 행복하기만 하면 좋을 텐데, 그렇지 못하는 욕
심에 그녀는 입술을 지그시 깨물었다.

살짝, 깨물었다가 뗀 입술은 붉은 기운이 돌아 혈색을 좋아
보이게 만들었지만 인혜는 내내 엎어진 걸레 바구니만 쳐다보고
있었다.

바구니를 쳐다보며, 스스로에게 되새기듯 안으로 곱씹었다.

'욕심을 내지 말아야지, 자연스럽게 생기는 게 더 좋은 거야.'

그렇게 속으로 몇 번 곱씹고 나니 다시 괜찮아져, 그녀는 좀
전처럼 청소를 서둘렀다. 오늘은 유달리 볕이 좋으니 청소하기에
정말 좋다고 콧노래도 흥얼거리며 열심이었다.

＊　　　＊　　　＊

돈 많은 사모님들 사이에서, 돈 많은 사모님 역할을 하려니
여간 버거운 것이 아니었지만 매번 다달이 찾아오는 모임과 행
사들을 그녀가 빠질 수도 없는 노릇이었다.

오늘도 어김없이 일정을 마치고 나서야 인혜는 시외할아버지
의 집에 도착할 수 있었다.

그녀는 불편한 옷을 벗고 조금이라도 편안한 원피스로 갈아입
고 싶었지만 중문의 집에 있는 고용인들이 신경 쓰여 곧장 옷을

갈아입지는 못했다.

"참, 선우 씨……. 요즘 많이 바쁜 거죠?"

인혜는 불과 보름 사이 얼굴을 볼 새도 없이 바빠진 그가 걱정이었다. 시외할아버지라면 사정을 잘 알고 있을 테니 운을 떼본 것이었다. 하지만 대답을 하지 않는다고 해서 섭섭하지는 않았다.

워낙 그녀의 앞에서는 회사 일 이야기를 잘 안하는 두 사람이었으니, 인혜는 그저 바쁜 일이 생긴 건가 하는 정도로만 생각했다.

세진 그룹 임원진들 아내들끼리 모이는 모임에 나가도 남자들이 요즘 큰일이 있어 바쁘다는 이야기만 할 뿐 누구 하나 자세히 알지 못했다.

안다고 해서 직접적으로 도움이 되지는 않겠지만, 인혜는 오늘 저녁에 옷이라도 챙겨 호텔로 가는 것이 낫지 않을까 생각했다.

"내가 평생 뒷방 늙은이로 남아서 돌볼 수는 없는 노릇이니. 얼마 뒤엔 선우가 전부 맡게 될 거다."

그런 생각을 하며 뭐라도 먹을 것을 사 갈까 고심하던 인혜에게 중문이 뜻밖의 소식을 전했다.

"네가 더 해야 할 일이 많아질 게다. 그러니까 그만 몸 고생시키고 사람을 써. 잔일에 신경 쓰다가 정작 중요한 일을 하지 못하면 그게 무슨 짓이냐."

중문의 말 하나하나가 다 맞았지만 어쩐지 인혜는 아쉬웠다.

"하지만 제 집인걸요. 제가 직접 가꾸고 싶어요."

"그 마음도 안다만. 몇 달 뒤에는 선우뿐만 아니라 너도 덩달 아 바쁠 거다. 지금처럼 한 달에 서너 개 있는 모임과 간헐적으 로 열리는 행사만 참석하는 게 아니라, 자선재단 일도 네가 할 테고 주연이가 본래 관리했던 갤러리도 네 앞으로 돌릴 텐데. 그 모든 걸 하면서 집안일까지 챙길 수는 없지 않겠니."

중문의 말에 인혜는 그가 요즘 무척이나 바쁜 것을 자신에게 말하지 않았다는 사실에 섭섭하기보다는 그가 혼자 힘들었을 것 이라는 생각에 더 마음이 쓰였다.

"네."

"알아들었으리라고 생각하고 있으마."

지금의 일에 자선재단과 갤러리까지 자신이 맡아야 한다면 인 혜는 정말 중문의 말처럼 집안일을 돌볼 겨를이 없을 것이라는 걸 어렴풋이 짐작할 수 있었다.

"선우 씨, 호텔에 있죠?"

옷을 갈아입고 싶다는 생각은 진작 지워 버린 그녀가 그를 찾 았다.

"아마, 거기 있을 게다."

중문의 대답에 그녀는 옆에 놓아 뒀던 핸드백만 들고 서둘러 자리에서 일어났다. 그가, 지금 당장 무척이나 보고 싶었다.

그 생각만이 그녀의 머릿속에 가득했다. 지금 간다고 해서, 그가 바쁘지 않으리라는 보장은 없었지만 얼굴을 마주 보고 그 너른 등을 토닥여 주고 싶었다.

"먼저, 가 볼게요. 다음에……."

"가 봐라."

말을 채 끝맺기도 전에 중문이 서둘러 보내 주려고 대답해 주는 모습에 인혜는 웃었다. 말간 웃음에 중문의 딱딱했던 얼굴이 슬그머니 풀려 있었다.

인혜는 중문의 대답을 듣자마자 서둘러 저택을 빠져나왔다.

어둠이 내려앉아도 호텔은 늘 직원들이 움직이는 곳이었다. 선우는 그런 호텔의 분주함이 좋았다.

그 분주함이 있었음에도 어딘지 모르게 시끄럽지 않았고, 정적인 공간처럼 항상 조용했으니까.

사장실 밖, 김 비서밖에 남지 않았기에 평소보다 더 조용했다. 어제보다는 파악하고 알아둬야 할 일이 그렇게 많지 않아 그는 새벽 2시 정도면 집에 들어갈 수 있겠다 싶었다.

문을 열고 빼꼼히 모습을 드러낸 아내가 아니었다면, 그는 속도를 붙여 숙지하기 시작한 일들에 고개를 파묻었을 터였다.

"인혜 씨?"

"다행이다. 여기 있어서."

살짝 밭은 숨을 내쉬는 인혜의 모습을 보던 선우는 자신이 걸음을 빨리하고 있다는 걸 알아차리지 못했다.

대신 서둘러 다가가 인혜의 등 뒤로 살짝 열린 사무실 문을 닫았다.

문이 잠기는 소리가 나자 동그랗게 두 눈을 뜬 인혜의 모습이 그를 웃음 짓게 만들었다.

"왜요?"

"아, 아니……. 그러니까."

결혼을 하고 수도 없이 같은 침대에서 잤으며 서로의 온기를 탐했음에도 불구하고 그녀는 여전히 소녀 같았다.

그는 수줍어 어쩔 줄 모르는 이 얼굴을 가장 좋아했다.

"무슨 생각해요?"

한 걸음, 뒤로 물러서도 문인데, 그녀는 그 사실을 아는지 모르는지 한 걸음씩 뒤로 걷고 있었다.

그녀가 뒷걸음질 칠수록 그는 그녀를 문과 자신 사이에서 옴짝달싹할 수 없도록 만들었다.

"당장 룸 하나 비워 놓으라고 하면, 내가 인혜 씨한테 단단히 미쳐 있는 것처럼 보일 거니까."

물론, 부정하고 싶은 생각은 없었지만 그는 일부러 그렇게 말했다. 인혜가 얼굴을 벌겋게 하고 어쩔 줄 몰라 하는 모습을 보고 싶어서……

"오늘은 미안한데, 여기서 해도 괜찮아요?"

늘 신사같이 괜찮냐고 물어 놓고 내내 괴롭히는 질 나쁜 장난을 잘 치기도 했지만 오늘만큼은 예외였다.

정말 한 달이 다 되어 가는 시간 동안 아내를 품에 안아 본 적이 없었다.

일이 바빠서였지만, 대개의 경우는 잠에 곤히 든 아내를 깨우고 싶지 않아서였다. 하지만 이렇게 직접 찾아왔다면 이야기는 달라졌다.

김 비서는 조금쯤 자리를 지키다가 오랜만에 새벽이 아닌 시간에 돌아가게 되어 기뻐할 것이 분명했다.

"……괜찮아요."

아내의 말을 듣자마자 그는 숨길 수 없는 웃음을 입가에 그리며 자신을 올려다보는 아내의 붉은 입술을 탐했다.

이 공간 안에 오롯이 단둘뿐이라는 사실이, 해야 할 일이 많이 남아 있음에도 아득히 잊혀 버렸다는 사실이 그를 더 안달하게 만들었다.

인혜는 슬그머니 소파 위에 잘 개켜진 투피스를 보고 다시 눈을 질끈 감고 말았다. 그와의 잠자리는 늘 그렇게 이어진다는 걸 알면서도 문을 열고 들어섰을 때 본 선우의 표정으로 인해 또 어수룩하게 괜찮다고 하고 말았다.

비서가 모든 소리를 다 들었을 생각을 하면 귀까지 빨갛게 달아올랐다. 하지만 인혜는 그에게 방해되지 않으려 소리는 최대한 죽인 채로 덮고 있는 긴 담요만 꽁꽁 싸매어 잡고 있었다.

"금방 끝나요. 잠깐만 기다려요."

그는 이곳에 들어섰을 때와 달리 넥타이도 푼 상태였고, 목의 단추도 풀어져 있었다. 또 소매는 조금 접혀져 아까 전보다는 편한 느낌이었다.

"천천히 해요. 괜찮아요."

그러고 보니 그녀는 여기 들어오기 전 비서에게 잠깐만 맡아 달라고 했었던 쇼핑백 하나를 떠올렸다.

사실 이러려고 온 게 아니라 밥도 못 먹었을 것 같은 그에게 먹을 걸 주고, 힘들었을 선우의 등이라도 토닥이고 싶어서 온 것이었는데…….

순서가 너무 뒤바뀐 것만 같은 느낌에 애꿎은 발만 동동거렸다.

그녀는 조심스럽게 구두만 신은 채로 소리 내지 않으려 애쓰며 걸음을 옮겼다. 그녀는 문을 살짝 돌리기만 했을 뿐인데, 어느새 다가와 등 뒤에 선 그가 문고리를 함께 잡고 있었다.

놀란 인혜는 고개를 들어 위를 쳐다봤지만 살짝 열렸던 문은 선우의 힘에 의해 굳게 닫힌 채였다.

"그 모습을 하고 어디 가려구요."

그제야 인혜는 자신이 담요로 몸을 싸매고 있는 상태라는 것을 파악하고 그대로 얼어 버렸다. 바보처럼 가져오지 않은 것만 생각하고 밖으로 나갔더라면 더 곤란해졌을 것이라는 사실에 그녀는 쉽게 움직이지 못했다.

"뭔데요?"

다정한 물음에 인혜는 주저하며 입술을 달싹였다.

"아……. 사실 선우 씨 주려고 뭘 좀 가져왔는데……."

"어디 뒀어요?"

원래 이렇게 다정한 사람이었지만, 유달리 더 자상한 행동과
말투에 인혜는 조금 전 일이 떠올라 다시 볼을 붉혔다.

이런 스스로가 이상할 정도로 그녀는 그의 앞에서만큼은 열일
곱 살 소녀처럼 행동하고 만다.

"앞에 있던 그 여자 비서분에게 맡겼었어요."

"내가 찾아올게요. 그 모습을 하고 어딜 나가려고 그래요."

일을 하다 말고 다시 일어서게 만들어 방해한 것은 아닌가 싶
었지만, 인혜는 결국 인정하고 말았다.

자신도 좋았었다는 걸…….

쇼핑백을 찾아 들고 올 그를 생각하며 그녀는 그의 말처럼 얌
전히 소파에 앉아 지금의 상황을 곱씹었다. 이런 상황을 경험하
리라고 생각해 본 적 없었기에 더욱 당황스러웠지만 싫지는 않
았다.

외려 안달하는 그의 모습이 새로워서 더 좋았다. 오랜만에 얼
굴을 마주보고 무언가 함께 먹을 수 있는 시간을 가지게 되어 그
녀는 설레었다.

마음을 두드리는 그 작은 설렘이 큰 파동을 만들어 기분을 잠
식해 갔다.

　　　　　*　　　*　　　*

　속이 메슥거려 몇 번이고 게워 내고 싶었지만 그녀의 뜻대로
속이 비워지지는 않았다. 외려 더 심해지는 것 같아 인혜는 결국
소파에 몸을 뉘였다.

　이럴 때 매운 거라도 먹으면 좀 좋을 것 같은데, 그는 출장이
라 집에 없었다. 매운 게 먹고 싶다고 하면 몇 가지 종류로 사다
줄 사람이라는 걸 알고 있었다. 하지만 인혜는 굳이 선우가 힘들
게 사다 달라고 떼를 쓰는 편은 아니었다.

　그냥 있으면 먹고, 없으면 말면 된다고 그를 타일렀으면 타일
렀지.

　정말 먹고 싶었지만 나갈 기운도 나지 않아 소파에 누워 있는
채로 텔레비전 채널만 이리저리 돌리고 있었다.

　완연한 봄에, 인혜는 가벼워진 차림이었지만 슬그머니 추운
것 같아 두꺼운 담요를 덮은 채였다.

　한 달 전쯤 그의 사무실에서 했던 행동이 다시금 그녀의 얼굴
을 붉혔지만 그것도 잠시, 텔레비전 화면을 통해 나오는 셰프들
의 레시피에 눈길을 박았다.

　그녀는 이런 몸으로 어떻게 내일 바자회에 가서 행사를 총괄
할 수 있을지 걱정이 앞섰다. 하지만 하룻밤 자고 나면 괜찮아질
것이라고 가볍게 여기며 화면에서 나오는 맛깔스러운 요리들을
보는 데 열중했다.

꼼꼼히 기억해 뒀다가 이번 주말에 해 볼까 싶어 인혜는 잠시도 다른 곳에 눈을 돌리지 않고 요리가 진행되는 장면을 보기 시작했다.

내일의 걱정 같은 건 까마득히 잊은 채, 매우 열심이었다. 만약 그가 봤더라면 방해하고 싶다고 장난을 칠 정도로 열중해서 봤다.

자꾸 어지럽고 속이 메슥거려 결국 제대로 서 있을 수가 없어진 인혜는 바자회에 참석한 사람들에게 양해를 구한 후 구석에 마련된 자리에 앉아 속을 진정시키기에 바빴다.

"속이 많이 안 좋나 봐요."

그런 인혜에게 다가온 사람은 세진호텔 임원진의 아내 중 한 명이었다. 조금 전 알바로 일하는 학생이 가져다준 따뜻한 차에 겨우 속이 진정되려는 찰나, 그녀는 다시금 속이 메슥거리는 통에 코와 입을 막으며 대답했다.

"아, 죄송합니다. 좀 안 좋아서 오늘은 정말 어쩔 수가 없네요."

"혹시, 냄새가 역해요?"

역하다기보다는 무언가 다른 느낌이었지만 인혜는 쉽게 판단하기 어려웠다. 그냥 그가 얼른 출장을 마치고 돌아왔으면 좋겠다는 생각밖에 들지 않았다.

"병원 한번 가 보는 게 어때요?"

"병원요?"

놀란 그녀가 앞에 선 여자를 보고 되물었다. 물론 병원에 가봐야 하는 건가 하는 생각을 하지 않았던 것은 아니었다.

하지만 여자가 말한 병원은, 그런 일반 병원이 아니었다.

"네, 산부인과요. 딱 우리 조카가 애 가졌을 때 보였던 행동이라서 말하는 거니까, 혹시 아이 기다리고 있는 거라면 너무 기대는 말고 가 봐요. 사람마다 증세는 다르다고들 하니까."

말을 듣자마자, 인혜는 알겠다고 하고서도 쉽게 마음을 진정시킬 수가 없었다.

당장 가고 싶은 마음을 억누르며 그녀는 따뜻한 차만 홀짝였다. 최근에 그럴 만한 일이 있었는지 곰곰이 생각하던 인혜는 깊게 탄식했다.

그가 견딜 수 없게 보고 싶어 그의 사무실로 한달음에 찾아갔던 그날.

그날의 기억이 떠올라 인혜는 바보처럼 웃고 말았다. 그토록 간절히 바랐을 때에는 소식조차 없더니……

이렇게 확신할 수 없지만 기대감에 부풀 수 있는 현실을 맞닥뜨리게 되니 기분이 묘했다.

보통이라면 선우의 처는 바깥 행사를 마치면 우선 중문의 집으로 바로 오곤 했다. 그랬기에 말은 하지 않아도 내심 기다리고 있던 중문은 시간이 제법 흘렀음에도 오지 않는 아이가 걱정스러웠다.

무슨 일이 생긴 건가 싶어 사람을 부르려던 찰나 밖이 소란스러워지고 있었다. 중문은 자연스럽게 인혜가 온 것이라는 걸 알아차리고는 아무렇지 않은 얼굴로 신문을 읽는 척 가만히 앉아 있었다.

"다녀왔습니다."

사람들이 있을 때와 없을 때가 묘하게 다른 선우의 아내의 모습은 중문이 싫어하는 것이라기보다는 좋아하는 종류였다. 사실 사람들 앞에서는 나름의 격식을 차리고, 없을 때에는 조금 유들해지는 모습은 그를 편안하게 만들었으니까.

"오래 걸렸구나. 늦게 끝난 거냐."

내심 기다린 티라도 날까 싶어 던진 말에 머뭇거리기만 할 뿐, 소파에 앉아 말을 쉽게 꺼내지 못하는 인혜의 모습에 의아해진 그가 다시 입을 떼려고 했을 때 작은 소리가 들렸다.

"병원에 좀 다녀……오느라 늦었어요."

사람들을 어느새 물린 건지 사위가 적막했다. 적막한 공간에서는 작은 소리도 또렷하게 들리기 마련이었다.

"병원? 어디가 안 좋은 거냐? 서 박사를 불러 주랴?"

단박에 걱정스러운 물음이 튀어 나간 것은 인혜를 그만치 아끼고 있었기 때문이었다.

"아, 그런 게 아니라."

머뭇거리는 인혜의 행동과 말투를 진작 알아차렸지만 중문은 쉽게 결정을 내릴 수가 없었다. 원래 몸이 약한 편에 속했던 인혜였으니, 요즘 조금 더 무리를 한 탓에 탈이 난 건가 싶어 걱정스러웠다.

하지만 그런 그의 걱정이 기우였다는 듯, 뒤이어 들린 인혜의 말에 중문은 즐거운 소리를 뱉어 낼 수밖에 없었다.

"아이……를 가졌대요. 요즘 사실, 조금 이상해서……."

"그 몸을 하고, 바자회에 간 게야? 그런 일이 있었으면 진작서 실장이나 박 팀장에게 일을 맡기지 그랬어."

중문은 겉으로 보기에 인혜를 나무라는 듯싶었지만, 그 안에 담겨 있는 즐거운 어투는 감출 수가 없어 웃으며 말하고 있었다. 딸에게 해 주지 못한 표현을 대신 하기라도 하는 양 그는 선우의 아이가 무척이나 반가웠다.

먹고 싶은 것은 없냐는 등의 말을 수도 없이 뱉어 내며 일하는 사람들을 귀찮게 했지만 그들 중 그 누구 하나 싫은 기색을 내비치는 사람은 없었다.

다만 적막하고 고요하던 집 안에도 이제 웃음소리가 끊이지 않겠다는 생각을 다들 할 따름이었다.

말은 하지 않아도 나이가 많은 분들이었으니 아이를 기다리고 있다는 걸 알기에 그녀는 무던히도 아이를 바랐다.

사실, 아이의 포근한 숨소리와 해맑은 웃음소리라면 집 안 분위기를 단번에 밝게 만들 수도 있을 게 분명했다.

손이 귀한 그의 외가에는 그보다 더한 선물이 없으니까, 그래서 그녀가 가장 바라고 있던 것이 바로 아이였다.

"인혜 씨?"

그의 부름에 그녀는 멍하니 있다가 정신을 차리고 그를 바라봤다. 그는 어제 행사가 끝났으니 오늘이면 당연히 집에 있으리라 생각했던 자신이 왜 하루가 넘도록 시외할아버지의 집에 머물고 있는지 설명을 바라는 얼굴이었다.

그 얼굴을 마주 보면서도 그녀는 무슨 말을 꺼내야 그가 놀라지 않고 기뻐할까 내내 생각했다.

"아, 그러니까. 그게……."

인혜는 시외할아버지의 표정을 지금도 잊을 수 없었다. 처음 말을 꺼냈을 때 그토록 기뻐하는 얼굴은 본 적이 없었다. 하지만 그녀는 간곡히 부탁했었다.

그에게는 직접 말하고 싶어, 그가 출장에서 돌아오기를 손꼽아 기다리고 있었다.

그동안 시외할아버지는 그녀가 조금이라도 움직여서 무언가 하려고 하면 큰일이 날 것처럼 행동했었다. 자신을 위해 그렇게 행동하는 사람을 보는 건 신기하기도 하고, 생경하기도 한 낯선 경험이었다.

무척이나 기쁘고 좋았지만, 인혜는 어떤 말을 먼저 꺼내야 그가 덜 놀랄 수 있는지 고민했다.

"인혜 씨?"

이상한 기운을 느낀 건지 자꾸 채근하는 그의 행동에 그녀는 머뭇거리기만 했다. 용기가 나지 않아 입안에 맴도는 말을 뱉어 내지 못했다.

그런 그녀를 끌어안으려는 그의 행동에, 인혜는 결국 선우를 제지시키며 입술을 달싹였다. 작은 그 소리를 너무나 가까이 있었던 그는 들을 수밖에 없었다.

"우리, 아이 생겼어요."

작은 그 말에 10분 같은 10초가 지나고 나서야 환하게 웃는 선우의 얼굴을 마주 볼 수 있었다. 인혜는 그런 선우의 얼굴을 본 적이 없었다.

밤에 보여 주는 그런 얼굴도 아니고, 평소에 보여 주는 다정한 얼굴도 아니었다.

그저 모든 것을 가진 것만 같은 그런 얼굴을 하고 있는 정선우라는 남자의 얼굴은 명인혜라는 여자가 처음 마주한 것이었다.

인혜는 그 순간만큼은 그에게 무어라 더 말할 수가 없었다.

지금 당장 매콤한 닭강정이 먹고 싶다고도, 신 게 당긴다고도 말하지 않은 채 그의 모습을 바라보기만 했다.

"괜찮아요?"

"네, 괜찮아요."

인혜는 자신보다 더 힘들었을 그를 알기에 괜찮았다. 출장이 쉬워 보여도 그가 맡은 지위가 있기에 결코 만만하게 볼 일이 아니라는 걸 알고 있었다.

그랬기에 시외할아버지가 그토록 자신을 향해 당부를 하고 있다는 것 역시 알고 있었다. 고단한 그를 위로해 주는 존재가 되기를 간절히 바라고 있다는 걸 알기에 그녀는 두말하지 않았다.

사실, 그녀 역시 그에게 그런 존재가 되고 싶었다.

가족이라는 관계 외에도 그에게 있어서 그런 사람이 되고 싶다는 생각을 자주 하곤 했었다.

번번이 그가 자신에게 그런 존재로 남아서가 아니라 그냥 그에게 그런 사람으로, 여자로 남고 싶은 마음이 간절했다. 그에게도 그런 사람 한명쯤 간절히 필요한 순간순간이 있을 거라고 믿어 의심하지 않았기에.

"언제 안 거예요?"

"어제 알았어요. 정말 괜찮다니까요."

인혜는 자신을 걱정스럽다는 듯 쳐다보는 선우의 얼굴을 마주하자 안 되겠다 싶었다.

그냥 냄새에 민감한 것과 어지러운 것을 빼면 멀쩡하다는 걸 알릴 필요성이 있겠다는 생각에 말을 이어 가려고 했지만 그가 더 빨랐다.

"어제요? 어제 알았으면 전화를 했어야죠. 할아버지는 아세요? 먹고 싶은 거 있어요?"

쉼 없이 흘러나오는 말이 마치 선우의 음성이 아닌 것만 같았다. 인혜는 지금껏 그가 이렇게 말을 빨리하는 걸 본 적이 없었다.

"서, 선우 씨?"

정말 좋아하는 그의 얼굴을 마주하니 즐거웠지만 이내 고개를 저었다. 굳이 지금 막 출장에서 돌아와 피곤한 사람을 괴롭히고 싶을 정도로 먹고 싶지는 않았다.

게다가 이 집에는 말만 하면 음식을 금세 가져다줄 조리사도 있었고, 고용인들도 있었다. 그녀는 그저 그와 나란히 앉아 아이에 대한 이야기를 나누고 싶었다.

"없어요? 뭐 사 올까요?"

"정말 괜찮아요."

그만하고 앉아요, 라는 인혜의 목소리가 뒤이어 들린 선우의 음성에 묻히고 말았다.

"어제 행사였잖아요. 거기 갔다 온 거예요? 그런데는 서 실장이나 박 팀장을 시켜도 돼요. 정말 괜찮은 거예요? 서 박사님이, 서 박사님이 괜찮다고 하셨어요? 왔다 가신 거예요?"

그의 분주한 말에 인혜는 웃음밖에 나오지 않았다.

"선우 씨. 나 정말 괜찮아요. 왜 이렇게 불안해해요."

"아……."

그제야 말을 멈추고, 표정을 갈무리하는 그가 눈에 들어왔다.

"진짜 꼭 아이는 아들이기를 바랄래요."

짐짓, 인혜가 토라진 투로 이야기 하자 안절부절못하는 그가 그녀의 눈에 훤히 들어왔다.

"이렇게 아이가 생긴 것만으로도 좋아하는데……. 딸이면 나는 진짜 선우 씨한테 제일 뒤로 밀려날 것 같아요."

진심과 농담이 적절히 섞였다고는 하지만 조금쯤은 진심에 더 가까웠다. 아직은 더 그의 우선순위에 놓이고 싶은 마음과 아이를 위하는 그의 마음이 좋았다.

"무슨 소리예요. 뭐든 인혜 씨가 먼저예요."

그제야 자신이 아는 그로 돌아와 등을 토닥거려 줘서, 인혜는 저절로 번지는 웃음에 눈꼬리를 휘었다.

각서라도 받아 놓을까, 고민도 잠시 그녀는 손을 들어 그를 마주 안았다.

"근데요……."

"왜요?"

그를 향해 새초롬하게 말하는 것은 처음이었다. 인혜는 무엇이든 처음이 선우인 것이 좋았다.

"자몽 먹고 싶어요."

그도 출장을 다녀와서 힘드니까, 라는 생각도 잠시. 못 견디게 먹고 싶은 자몽 생각에 인혜는 결국 참기를 포기하고 그를 졸랐다. 단번에 1층으로 내려가 자몽을 들고 올라올 그라는 걸 알면서도 그녀는 내내 웃기만 했다.

"금방 가져올게요. 여기 있어요."

그의 말에 인혜는 웃음 지었다.

그가 급히 재킷을 벗어 던지고 내려가는 그 모습이 너무나 보기 좋아 내내 시선을 떼지 않은 채로 가만히 앉아 슬금슬금 입가를 비집고 나오는 웃음에 고개를 숙였다.

하지만 끝내 입가를 비집고 나오던 기분 좋은 웃음은 입 안쪽에만 머물렀다.

—The end

에필로그
He's……

눈앞의 다섯 살 정도 된 사내아이의 모습에서 수진은 남편의 모습을 볼 수 있었다. 드문드문 제 아들인 선인의 모습도 봤다.

"아버님. 다른 건 다 받아들여도, 이건 못 해요. 정말 할 수 없어요."

"너도 떠도는 소문은 들어 알 거 아니냐. 그럼 저 아이 저렇게 살도록 내버려 두자는 말이냐."

좀처럼 집에는 찾아오지 않으시는 분이 어쩐 일로 오늘 온다고 연락이 왔을 때는 반가운 마음도 있었다.

곁을 쉽게 내어 주지 않는 분이었으니, 이 기회에 조금 가까워져 아이들이 할아버지와 가깝게 지내면 좋겠다고 생각했었다.

"하지만 저 아이는!"

"너도 알고 있었을 텐데, 모른 척한 거 아니냐."

"아버님 눈에는 선인이는 안 보이세요? 선주는요? 그 여자 집이 세진이라면서요. 저희가 굳이 데려올 필요 없잖아요. 그냥 그 집에 두세요. 왜 굳이 데려오시려고 하세요. 저희 아이가 듣게 될 수많은 말들은 신경 안 쓰이세요?"

남편과 좋아서 결혼한 연애결혼은 아니었지만, 선주는 자신이 적당한 사내와 적절하게 혼인을 맺었다고 생각했었다.

선인을 가진 후 들려온 지겨운 소문만 아니었더라면 단 하나도 흠 잡을 곳 없는 시댁이었다.

"아가."

"아버님, 저는요. 제 아이들이 가장 중요해요. 만약 저 아이가 그이 호적이 오르고, 아이들이 상처를 받는다면. 저는 전부 그 탓을 저 아이 탓이라고 할 거예요."

"내 너에게 키우라는 소리는 하지 않으마. 하지만, 나는 내 장손, 이대로는 못 두겠다. 주연이는 건강이 좋지 못해. 주연이와는 이미 이야기 끝냈다. 내가 키우면서 일주일에 한 번씩 최 회장 집에 보내 주기로 했다."

통보와 같은 정 의원의 말에 수진은 허탈해 헛웃음을 터트렸다.

"이미 다 결정하셨네요. 제 의사는 전혀 중요한 게 아니셨어요."

"그러니 이번엔 네가 나를 좀 봐서……."

"저는 저 아이 신경 안 쓸 거예요. 아이들이 싫어하면, 싫어하게 그냥 둘 거예요. 좋아할 수 없어요. 좋아하고 싶지 않아요. 듣자 하니 그이랑 그 여자, 서로 죽고 못 살 정도로 좋아했다던데요?"

학교에서 연구만 하는 교수가 성에 차지 않았던 최 회장이 아니었더라면, 어쩌면 결혼을 한 건 자신이 아니라 최주연이었을 거라는 추측들도 무수히 많았다.

그럼에도 불구하고 안 들은 척, 모른 척한 것은 믿기 싫어서였다. 눈앞에 버젓이 그 증거를 들이밀며 믿으라고 강요하는 사람이 시아버지일 줄은 꿈에도 몰랐기에 그녀는 숨이 막혔다.

"아가."

"그러니까, 아버님도 이 이상 아이들에게 뭐라고 하지 마세요. 갑자기 떨어진 형이라니, 놀라는 게 당연해요."

선주의 성격이라면 능히 불안해서 며칠이나 울 것이었다. 아빠를 뺏기는 것이냐는 물음을 질기도록 할 것이 분명했다.

"그러니까 전 그 아이 그냥 그대로 둘 거예요. 아버님이 알아서 하신다고 했으니 그렇게 하세요. 그이에게도 분명히 말할 거예요. 우리 아이들이 우선이라고."

분명한 통보였지만 정 의원에게는 들리지 않을 터였다. 알면서도 말하지 않을 수 없었다. 정 의원에게 최주연의 아이가 안쓰럽듯, 그녀는 선인과 선주가 안쓰러웠다.

지금도 할아버지라면 무서워하는 그 아이들이 안쓰러웠다. 저

렇게 다정한 분이 왜 선인이와 선주에게만은 무섭게 굴었는지
더는 이해하기 싫을 정도로, 아이들이 싫어하는 만큼 정 의원이
싫었다.

아이들은 점점 자라나고 있었고, 성장기에 들어선 선우와 선
인이는 지금 한창 클 나이였다. 그렇게 조금씩 자라는 아이들을
보며 수진은 속으로 한숨을 내쉬었다.

"오셨어요."

인사를 했을 뿐인데도 그녀는 곁에 선 아이들을 선우의 시선
에 닿지 않게 서도록 하고 나서야 집 안으로 발을 디딜 수 있었
다.

한 달에 한 번 밥이나 먹으러 오라니, 아버님의 의중이야 뻔
했다. 아이들 사이에 있는 골을 메우고 싶은 것 같은데 그건 쉽
게 메워지는 일이 아니었다.

"정선우는 왜 할아버지 집에서 살아?"

매달 시아버지 집에 오면 선주는 늘 같은 질문을 했다. 아직
이해하고 싶지 않은 아이의 속내를 알고는 있지만 그녀도 선주
처럼 이해하고 싶지 않았다.

"글쎄, 우리 선주가 할아버지한테 물어보면 되지 않을까?"

"아주머니, 전 잠깐 밖에 다녀올게요."

선우 군, 이라고 애타게 부르는 아주머니를 한 번 쳐다보며
그만하라고 한마디 하고 나서야 그녀는 아이들을 이끌고 안방으

로 들어갈 수 있었다.

"아버님, 저희 왔어요."

말을 했지만, 돌아오는 대답이 없었다. 선주가 애교를 부려도 도통 별다른 반응이 없이 시큰둥하기만 한 것 같았다. 최 회장에게 처리해야 할 일이 있어서라고는 생각하지 못했던 건, 그녀에게도 그녀의 아이들에게도 내내 다정하지 않았던 시아버지의 태도 때문이었다.

그녀는 결국 아이들을 데리고 거실로 나와 시간을 죽일 수밖에 없었다. 집안일을 도맡아서 하는 아주머니가 따로 있어 시아버지 집에 오면 부엌에 들어가기도 애매했다.

집안일을 해서 점수를 딸 수도 없고, 그렇다고 해서 선우를 제 아이처럼 아껴 시아버지와 가까워지고 싶지는 않았다.

"아주머니, 차 좀 주세요. 아이들 먹을 것도 있으면……."

결국 부릴 수밖에 없어 아주머니에게 이런저런 것들을 달라고 청할 때, 밖에 나갔다 오겠다던 선우가 집 안으로 들어왔다.

그리고 아주 공교롭게도 그때, 안방에서 거실로 정 의원이 나왔다.

"어딜 다녀온 게냐."

"잠깐 문구 좀 살 게 있어서요."

대화는 많지 않았지만 다정한 말투에 수진은 기가 막혔다. 똑같은 손자 손녀인데, 어째서 시아버지는 저 아이를 저토록 살뜰히 챙기는 건지 이해가 되지 않았다.

"이리 와서 좀 쉬어라. 맨 공부만 해서야 어디 머리가 쉴 틈이나 있어?"

"전 그냥 올라가겠습니다."

올라가려는 선우를 굳이 붙들어 한자리에 앉히고 난 뒤에야 정 의원은 아주머니가 내온 차를 받아들었다.

수진은 아주머니가 제 아이들 것이라고 가져온 게 분명한데도 선우의 앞에 놓인 간식거리를 보자마자 모난 소리를 뱉어 내고 말았다.

"그거 먹을 거니? 얘네들 건데, 먹고 싶으면 달라고 부탁하는 게 낫지 않겠니?"

"드세요. 안 먹습니다."

늘 딱딱한 선우의 태도도 마음에 들지 않았다. 아니, 그냥 전부 마음에 들지 않았다. 그래서 가급적 대화를 나누고 상대하는 게 싫어 애초부터 그런 문제를 만들지 않으려고 했다.

아이들의 적대적인 태도에도 단단한 갑옷을 입은 듯 꿈쩍도 하지 않는 선우의 모습에 수진은 질리기만 했다.

그이도, 그 여자도 저런 성격은 아니었다는데 누구를 닮은 건지 모르겠다는 생각을 하면서도 싫어하는 그 마음은 버릴 수 없었다.

그런 스스로가 어리석다고 생각하면서도 그녀는 그 마음을 버리지는 못했다. 꽤 오랜 시간동안 그런 마음으로 살아가면 그게 옳은 것처럼 생각하고 행동할 수 있다는 것도 알지 못했다.

＊　　＊　　＊

학교 교수 수입이야 뻔하지만, 그래도 웬만한 직장인보다야 좋고 또 친정 재산이 제법 괜찮으니 수진은 아이들 앞날은 걱정하지 않는 편이었다.

다만, 선주를 꽤 재력도 있고 좋은 집안으로 시집을 보내야겠다는 생각을 하기 전까지는 괜찮았다. 할아버지가 정 의원이고, 그가 정계를 들었다 놓았다 할 수 있는 분이라는 것 외에는 아이들에게 든든한 배경이 될 만한 것이 많이 없었다.

그녀의 외가도 사실 세진에 비한다면 작은 규모의 사업을 하고 있는 것이었으니…… 그녀는 마음이 조급해졌다.

"그 모임에 괜찮은 애들 몇 있다며? 걔네들 주위에 더 괜찮은 애들 없는지 찾아봐."

"엄마, 아직 나 어린데? 벌써 결혼시킬 거야?"

수진은 자신의 속도 모르고 한가한 소리를 하고 있는 선주의 모습에 절로 한숨이 흘러 나왔다.

"정선우가 명호그룹 맏딸하고 결혼한다지 않니."

"그 여자 루머 되게 많아. 안 좋은 쪽으로. 괜찮은데 왜 외국에서 내내 살았겠어. 그 집에서 금이야 옥이야 키워도 모자랄 판에 외국으로 내돌린 이유가 있지 않겠느냐고들 수군거리던데?"

그래도 배경은 무시할 수 없는 거니 그녀는 선주에게도 조금은 든든한 배경을 주고 싶어 안달했다.

물론 결혼이 안달한다고 되는 문제가 아니라는 걸 알고 있었음에도 그녀는 욕심을 내고 싶었다.

그 욕심이 아이를 갉아먹을 정도만 아니라면 괜찮다고 여겼다.

"엄마, 괜찮아. 어차피 정선우 그냥 해야 하니까, 하라니까 그냥 하는 거야. 할아버지 말은 잘 듣잖아. 그러니까 하는 거겠지."

할아버지가 만나라는 여자 만나서, 결혼하라니까 하는 거라고 이야기하는 선주의 말에도 수진은 도무지 안심이 되지 않았다.

선인이 결혼해서 가정을 꾸렸다지만 그 결혼도 어쩐지 마음에 차지 않았기에 선주라도 마음에 차는 곳으로 보내고 싶었다.

이 정도의 욕심은 괜찮지 않을까, 그녀는 그렇게 스스로를 자위했다. 조금쯤 욕심부리고 싶었다. 시아버지가 정선우의 결혼에 조금 욕심을 부리고 싶어 하듯, 그녀 역시 자기 자식의 결혼문제만큼은 그러고 싶었다.

그 마음을 아는지 모르는지 조금씩 엇나가는 딸을 볼 때마다 수진은 겁이 났다. 그러다 문득 이 모든 것이 선우의 탓이 아니라는 걸 알면서도 탓을 하고 있는 스스로를 발견했다.

처음 그 아이를 봤을 때, 그날 했던 말을 반드시 지켜야 할 필요는 없을 텐데, 그녀는 정말 아이들의 잘못마저 전부 선우 탓으로 돌리고 있었다.

그걸 알아차리지 못했던 것이 자기 자신의 고집스러운 마음 때문이었다는 걸, 끝내 인정하고 싶지 않았다.

소란스러운 집안을 보며, 딸아이의 어리고 모난 마음이 조금도 어른스러워지지 않았다는 걸 알기에 더욱 인정하고 싶지 않았다.

선주가 지금 부리는 소동이 오롯이 자기 때문이라는 걸 인정하고 싶지 않아서, 더더욱……

"당신이 애한테 말해요."

"뭘?"

"선주 이대로 그냥 둘 거예요? 아무리 곧 결혼시킨다고 해도, 요즘 세상이 어디 그래요? 사람들이 선주 저렇게 학교만 졸업하고 취직도 안 하고 있는 거 뒤에서 얘기하기 시작했어요."

내 자식이 소중한 만큼, 남의 자식도 소중하다는 걸 그때는 알지 못했다. 그걸 알고, 이해를 해 주기에는 그녀가 얻은 상처가 컸기에 돌아볼 겨를조차 없었다.

"내가 무슨 자격으로 말해. 말하면 말끝마다 아빠는 그런 말할 자격 없다는 소리나 하는데……"

"당신이 그래도 한마디 해 주면, 내가 그 뒤에……"

수진은 알고 있었지만, 그럼에도 불구하고 직접 남편의 입에서 현실을 듣게 되니 암담했다. 그렇다고 머리를 숙여 당장 세진 호텔로 취직시켜 달라고 그 아이에게 부탁하고 싶지도 않았다.

그렇게 하는 건 더 싫어 그녀는 선주가 직접 취직을 생각하기를 바랐다.

마냥 어린아이로 지낼 수 있는 유예기간이 얼마 남지 않았다는 걸 조금만 더 빨리 깨달아 주기를 바랐다.

"누가 뭐래도, 당신이 애들 아버지잖아요. 그러니까, 당신이 나서서 선주 좀 잡아 줘요."

"당신이 애들 문제만큼은 간섭 말라고 하지 않았었나?"

그의 말에 수진은 말문이 턱 막혔다. 맞다, 그가 말한 것처럼 그녀는 그에게 날 선 경고를 하며 아이들을 품에 끼고 살았다.

그 일들이 부메랑처럼 돌아와 그녀를 다치게 만들 줄은 꿈에도 몰랐던 바였다.

"선우 일에도 관심 끄라고. 그만큼 선주나 선인이 문제에서도 한 발짝 물러서서 당신 의견하고 아이들 의사를 존중해 달라고 그날 그렇게 말하지 않았었나. 한데, 지금은 내가 나서기를 바라는 게 어딘지 모르게 모순적이군."

스스로가 멍청하고 모순적이라는 걸 안다. 알면서도 어쩔 수 없었다. 그걸 인정하면, 삶을 지탱해 온 모든 것들이 뿌리째 흔들려 버릴 것만 같아 수진은 끝내 입술을 다물 수밖에 없었다.

"정말 내가 하기를 바라는 거냐고."

다시금 되묻는 남편에게 그녀는 다시 대답하지 못했다. 그럴 줄 알았다는 자조적인 말을 하면서 물러나는 그를 붙들지 못한 건 멍청하고 어리석은 마음 때문이었다.

＊　　　＊　　　＊

"할아버님, 차 더 내올까요?"

평소처럼 고고한 척하는 며느리를 보는 수진의 시선은 가늘기만 했다. 만약 자신이 저 상황에 처했더라면 얼굴조차 들 수 없을 것 같은데, 그래도 집안이 대단한 건지 얼굴이 두꺼운 건지, 시아버님의 앞에 앉아 묻는 모양새 하나 흐트러지지 않았다.

"그래, 더 내와라."

거기에 응대하는 시아버님의 태도는 그녀를 더욱 기함하게 만들었다. 그런 수진의 마음을 안 건지, 딸아이가 자리에서 일어나 무어라 소리를 질렀지만 들리지도 않는 듯 행동하는 두 사람의 모습에 수진은 숨이 막혔다.

"할아버지!"

"선우한테서 연락은 왔고?"

"아니요. 오늘 올라오는 날인데, 말도 없이 집 비워져 있는 걸 보면 놀랄까 봐, 여기 온다고 연락은 남겼어요."

만일 그녀는 자신이 저 상황이었더라면, 그때에도 시아버지가 자신에게 저런 태도일까 하는 의문이 들었다.

당장 집에서 나가라는 소리를 듣게 되지 않았을까 싶었다. 어째서 그 아이만은 모든 게 허용되고 저와 제 아이들은 허용되지 않는 건지, 이제 시아버지의 마음을 알고 싶지조차 않았다. 다만 그냥 이대로 있다가 아이들에게 아버님의 것들이 하나씩 넘어오면 그뿐이라는 생각만 할 따름이었다.

"신경……안 쓰세요?"

"내가 데리고 살 것도 아니고. 네가 나와 살 것도 아니고. 그 녀석이 알아서 하지 않겠니. 내 뭐 하러 그런 신경까지 쓰나."

더는 듣고 싶지 않아 귀를 닫고 시선을 돌리던 그녀는 문을 열고 들어서던 선우와 시선이 마주쳤다. 간단한 목 인사를 하고 이내 안방으로 들어서는 그 모습에 짜증 나고 싫을 정도로 사람을 미워할 수도 있음을 알게 만든 선우가 그녀는 싫었다.

"이 사람이 여기 있다고 해서 왔습니다."

"그래."

쓸데없이 남편과 다른 모습이 보일 때면, 그녀는 그 모습들이 남편의 안에도 내재되어 있을지도 모른다는 생각에 치를 떨었다.

그 여자에게는 다정하고, 단호한 모습들을 보여 줬을까 싶어 견딜 수가 없었다. 소문이 그저 소문으로 그쳤더라면 좋았을 텐데, 그게 사실이 되고 보니 남편을 쉽게 이해할 수 없었다.

"궁금해하실까 봐 말씀드리는데, 저, 이혼 안 합니다."

저렇게 제 사람을 챙기는 모습 어딘가는 남편을 닮은 것일 수 있다는 생각을 하면 모든 것이 다 싫게만 보였다.

그럴 수밖에 없는 스스로가 지겹도록 짜증나고, 질리기만 해 그녀는 아예 생각을 하지 않으려 애썼다.

그런다고 돌아오는 건 없었지만.

하지만 그렇게라도 하지 않으면 살 수 없을 것만 같았다. 굳이 그래야 하는 이유를 말하라고 한다면 그러지 못하겠지만……그녀는 모든 것을 다른 사람을 탓하지 않고서는 굴러가지 않는 자신의 삶이 싫었다. 싫으면서도 놓지 못하는 미련스러움도 지긋했다.

"엄마?"

선주의 부름이 오래도록 들리지 않을 정도로 그녀는 정선우의 면면이 바로 남편의 일부라고 생각되었던 마음들을 털어 내느라 힘겨웠다.

"그래, 가자."

불편한 시아버지의 집이 아니라, 자신만의 안식처로 돌아가고 싶었다.

뻔뻔한 건지, 미련스러운 건지…….

명 회장이 뒤에 있다고 생각해서인지 모르겠지만, 며느리는 집안일에 늘 빠지지 않고 나타났다. 크고 작은 일들마다 꼭 나와서 얼굴을 비추는 그런 손부를 좋아했더라면 선인이의 처에게도 정 의원은 살갑게 곁을 내줬어야 했다.

선인이 결혼하고 나서 제일 크게 상심했던 점이 바로 그것이었다. 수진은 정 의원이 손자가 결혼을 준비할 때에도 손자며느리가 될 아이에 대해 자세히 묻지 않을 줄은 몰랐었다.

소개한다고 데려와도 별다른 말이 없었고, 그 후에도 별다른 이야기는 없었다. 자신에게 곁을 내어 주지 않았듯 쉽게 자리를 내어 주지 않았다.

그래서 그녀는 불안했다. 자신의 자리를, 그리고 선인의 자리를 저 아이가 넘보는 건 아닐까.

저 아이가 그렇지 않다고 해도 시아버지의 마음이 그렇게 움직인 것은 아닐까. 수진은 불안했다. 오래 묵은 불안감이 그녀를 불안케 만들었다. 그러니 오늘은 기필코 말하리라, 다짐했다.

"오셨어요?"

"그래. 이리 좀 와서 앉아라."

나름대로, 위압적으로 불렀다고 생각했으나 인혜는 주눅조차 들지 않았다. 그 모습 또한 마음에 들지 않았다.

다른 사람이 본다면, 고집스럽고 편협하다고 손가락질할 수도 있겠지만 그녀는 자신의 생각과 시야를 고치고 싶지 않았다.

"네."

수진은 인혜가 앉자마자 말했다.

"내가 해야 할 일을 네가 하려고 하더구나."

"하지만, 어머님. 저도 신경 써야 할 부분이라."

내내 벼르고 있었던 부분을 봇물 터지듯 쏟아 내려는 수진을 인혜가 막아 세우듯 조용히 대꾸하는 것도 썩 좋지는 않았지만, 조금쯤 듣고 나서 다시 말했다.

"너는 말이다. 그 녀석하고 조용히 있는 듯 없는 듯 지내기만 하면 되지. 아버님 집에 자주 드나들어서 뭘 어떻게 해 보려는

지까진 모르겠다만. 선인이나 선주가 그 녀석하고 형제처럼 지내는 일은 없을 거다."

"말씀이 지나치세요. 그저 할아버님께 다녀갔을 뿐인데요. 지난번 아가씨가 선우 씨 카드 사용한 것 때문에 이러시는 거라면……."

잊었던 문제를 거론하는 인혜의 말에 수진은 불편한 심기를 숨기지 않았다. 시아버님이 없는 틈을 타 이렇게 하는 게 불만이라면 어쩔 도리는 없지만. 수진은 이것 또한 시아버님이 만들어 낸 문제라고 생각했다.

"그것도 네 문제 때문에 불거진 거라는 걸 알면서도 가만히 있었다. 하지만 이번만큼은 그냥 있을 수 없구나."

"어머님, 그만하세요."

자신을 막아 세우는 행동, 그런 말들은 전부 듣기 거북했다. 자신은 항상 노력해도 가지지 못하는 것을 이제 시집 온 지 1년도 되지 않은 선우의 처가 모두 가져갈 수도 있다는 생각이 그녀를 조바심 내게 만들었다.

"안주인 행세는 그만하렴. 해도 내가 하고, 선인이 처가 할 거다. 그러니 넌 그냥 조용히 있다가 조용히 그 녀석하고 너희 집으로 가렴. 그보다 좋은 게 어디 있다고 나서서 안주인처럼 구니."

"어머님 지금 이러시는 거 별로 좋지 않아 보여요. 하필, 할아버님 출타 중이실 때 말하시는 것도 다른 사람이 알면 그리 좋지 않을 거예요."

"사람들 입에 많이 오르내리다 보니 네가 어지간히 신경이 쓰이나 보구나. 아버님은 대체 네 어디를 보고 그 사달을 그냥 넘어간 건지 모르겠지만."

차갑게 말하고, 경고도 했다가 더러 불편한 얼굴로 마주 앉아 있었지만, 선우의 처는 얼굴색 하나 바뀌지 않고 마주 앉아 있기만 했다.

"나는 아니니, 그만 집안일에 신경 좀 끄렴."

"어머님, 저 결혼하고 나서 한 번도 직접 나서서 집안일 챙기신 적 없으시잖아요. 전 당연히 아주머니께서 음식 준비 혼자 하셔서 도와 드리려고 하는 것뿐이었어요. 그러다가 어떻게 만드는지도 배웠구요. 어머님이 오해하시는 게 뭔지 모르겠지만. 저는 그저 가족이 생겨서 좋아서 그랬어요. 그러니까 그만하셔도 괜찮아요."

심지어 할 말을 전부 하는 그 모습에 수진은 말을 잃었다.

"앞으로는 오해하지 않으셨으면 좋겠어요. 단순히 인사드리러 오는 거예요. 선우 씨가 결혼 전까지 여기서 생활했고 할아버님이 선우 씨를 키웠다고 알고 있어서. 그래서 당연히 해야 하는 부분이라고 생각했어요."

그 말에 틀린 부분이 없다는 것이 더 그녀를 슬프게 만들었다. 그럼에도 불구하고 사리를 분별하지 못하는 어른처럼 선우의 처를 대하고 있었기에 수진은 자신이 더욱 싫었다.

이 모든 현실이 오롯이 자신의 몫이라는 게 싫었다.

그냥 전부 싫은 날이었다.

"그러니까 오해는 하지 않아 주셨으면 좋겠어요. 어머님이 생각하시는 것처럼 다른 생각이 있어서 할아버님을 찾아뵈러 오는 게 아니니까요. 가족 행사를 챙기는 부분은 그럼 이제 제가 하지 않을게요. 어머님 말씀처럼 어머님이 계시니까, 나중에 동서와 의논해서 부수적인 건 저희끼리 알아서 할게요."

사실 선인의 처를 위해서라고, 혹은 제 아이들이 이 집에서 가지될 것들을 위해서라고는 했지만, 그보다 먼저 제 시기심을 견딜 수 없었던 것이었다.

"먼저 돌아가 보겠습니다. 안녕히 계세요."

집을 나서는 선우의 처를 보며 그녀는 자신이 질투했다는 걸 깨달았다. 수진은 그 사실을 깨닫자마자 내내 참아 내고 있었던 울음을 토해 냈다.

토악질을 하듯 토해 내는 그 울음을 아무도 몰랐으면 했다. 그렇게 아주머니뿐인 집 안에서 수진은 해묵은 울음과 분을 토해 냈다.

잊고 살면 되리라 여겼던 스스로가 멍청했음을, 그렇게 유지한 지금의 가정이 모래 위에 쌓은 성과 같다는 걸 이제야 뒤늦게 알게 되었다는 것을……

그래서 돌아가기에는 너무 멀리 왔음을 깨달았다.

자신은 멀리 왔지만, 아이들은 아직 멀리 오지 않았다. 아이들

만큼은 그렇게 하지 않게 하리라 생각하면서도 그녀는 끓어오르는 마음을 쉽게 다스려 내리지는 못했다.

오래도록 참고 눌러 온 만큼, 그만큼 더 아파하다 아무렇지 않은 얼굴로 정 의원이 집으로 돌아왔을 때 인사하고 집으로 돌아갔다.

아무렇지 않은 척 굴었음에도 그녀는 무척이나 아팠다. 아픈 티를 내지 않으려 무던히 노력했을 따름이었다.

아프지 않고 살아가는 사람은 없다고 생각하며, 스스로를 위로하기까지 하면서…….

외전
오해, 그 어리석은 증상

잰걸음으로 바삐 움직이는 주연은 그가 벌써 집으로 갔을까 봐 걱정이었다.

"오빠!"

문을 벌컥 열어젖히고 들어오는 그녀를 맞이한 건 언제나처럼 그였다.

"주연아."

정명우, 그가 자신의 남자라는 게 참 좋아 문득문득 입가에 덧그려지는 웃음을 막을 수 없을 정도로 좋았다.

"언제 들어왔어?"

외국에 자주 나가는 그녀를 우선으로 생각하고, 아버지의 관심에 부담스러워하는 그녀를 매우 걱정해 주는 그가 곁에 있어서 좋았다.

"오늘 저녁에 도착하는 거 오전으로 바꿔 달라고 실장님한테 졸라서 온 거야. 잘했지? 벌써 끝났어? 오빠 오늘 진짜 정식으로 전임교수 된 날이잖아."

어느 날 자선 파티에서 만난 그를 보기 전까지 그녀의 삶은 단조로웠다. 아버지의 기준에 맞춰 적당한 남자와 만나 그룹을 이어 갈 사람을 골라 결혼해야 한다는 생각을 하고 있을 정도로 단조롭기만 했었다.

"나나 너나 특별한 날이지, 다른 사람들은 신경도 안 써. 걱정 마. 축하해 준 거 네가 처음이야."

명호의 말에 주연은 웃고 말았다. 그 명랑한 웃음이 명호에게까지 번져 그를 웃게 만든다는 걸 알지 못한 채로 그녀는 밝게 웃으며 그의 품이 당연히 자신의 것이라는 양 달려들어 안겼다.

"보고 싶었어."

"나도."

보름 만에 마주한 연인을 끌어안은 주연은 그저 좋기만 했다.

앞으로 자신의 집도, 그의 집도 그녀는 무난히 헤쳐 나갈 수 있을 것이라고 생각했기에 그저 좋을 수밖에 없었다.

숨이 넘어갈 듯 터지는 웃음과 즐거운 감정이 그녀를 더 행복하게 만들었다. 하루의 감정에 웃고 우는 사람이 되지 말라는 아버지의 말을 까마득히 잊은 여자로 사는 하루가 더할 나위 없이 행복했기에, 그녀는 머릿속에서 그 말들을 잊었다.

　그녀가 동그랗게 등을 말고 잠을 청하는 걸 아는 건 자신뿐이라 생각하면 명호는 늘 기분이 좋았다.

　주연의 작은 습관, 하루의 일과들을 낱낱이 아는 사람은 오롯이 자신 하나밖에 없다는 생각을 하면 그는 늘 좋았다.

　최 회장님의 성화에 좋아하지도 않는, 그래서 적성에 맞지도 않는 회사 경영에 시달리는 주연의 작은 어깨를 볼 때마다 안쓰러웠지만 공부만 한 그가 도와줄 수 있는 건 그다지 많이 없었다.

　여자가 경영은 무리라는 고루한 생각의 최 회장님이 조금만 달라지기 시작한다면 그녀는 바로 자신과의 관계를 밝히겠다고 말했지만 명우는 만류했다.

　지금도 자신 때문에 힘든데, 잠깐이나마 편안하기를 그는 간절히 바랐다.

　"주연아."

　지금처럼 작고 허름한 모텔방에서 잠을 잘 것이 아니라, 호텔에서 잠을 자는 것이 어울릴 만한 배경과 힘을 가진 여자가 저를 위해 모든 것을 감내했기에 그는 더 이상의 희생은 바라고 싶지 않았다.

　그러기에는 너무나 미안한 것이 많았다.

　"응……?"

졸린 몸을 한 번 더 움칠거리며 서서히 움직이는 작고 여린 여자를 보며 그는 생각했다. 이 여자를 위해서라면 어떤 것도 감내하겠다는 그런 상상과 생각을……

"시간 됐어. 실장님이 너 찾을 것 같아."

정 실장도 요즘 들어 고민이 많아졌으리라…… 그리 생각하면서도 그는 자신의 앞이 더 급해 주변을 돌아볼 여유가 없었다.

자신과 그녀만 생각하기에도 벅찬 하루가 앞에 있었다.

"오빠."

옷가지를 입고, 채비를 서두르면서도 그 모습은 여전히 우아했다. 최주연이라는 여자가 자신을 좋아하고 자신이 그녀를 만나서 무척이나 다행이라는 생각을 하며 그는 눈을 떼지 못했다.

그 뒷모습을 오래도록 바라보면서 그녀의 말에 귀 기울였다.

누워서 가만히 보는 연인의 모습은 아름답고 우아했으며 춤을 추듯 가벼운 몸짓이었다.

"응?"

"내일 우리 호텔 연말 파티에 와?"

"네가 오라면 갈게."

사실 파티와는 거리가 멀었던 그가 주연을 만나게 된 것이 파티장이라는 사실은 기이할 정도로 신기했다.

친한 친구 몇이 그날 성화를 부리지 않았더라면 주연을 만날 수 없었을 것이다. 그날 만약 나가기 싫다고 이전과 같이 고집을 피웠더라면 이토록 아름다운 연인을 품에 안지 못했을 것이었다.

"응, 와. 나 그날 아빠한테 말할 거야."

"어?"

놀란 그가 다시 물어도 그녀는 같은 대답을 했다.

"그날 오빠랑 나 서로 좋아하고 만나고 있다고 말할 거야. 내가 이번에 큰 건도 가져왔으니 아빠도 어느 정도 인정할 거야. 굳이 사위를 들여야 그룹이 이어지는 게 아니라는 걸……."

주연의 말처럼 된다면 더할 나위 없지만, 그는 어딘지 모르게 불안했다.

"괜찮아. 우리 천천히 해도 돼."

그녀를 안심시키듯 다독였지만 돌아오는 답은 달랐다. 옷매무새를 정리하며 한 번도 돌아보지 않는 그녀의 얼굴에는 그가 알아차리지 못한 단호함이 깃들어 있었다.

"아냐. 꼭 이번에 할 거야. 그러니까 그날 와야 해."

결국 그녀의 얼굴을 보지 못한 그는 그러겠다고 대답할 뿐 다른 행동은 할 수 없었다. 주연의 모습은 표정 외에는 달라진 것이 없었으니까.

*　　*　　*

고용인들이 돌아다니는 집 안은 어딘지 모르게 그녀에게 있어서 삭막하기만 했다. 집으로 돌아와도 계속 외국에 있는 호텔에 묵고 있는 기분이 들었다.

"일찍 들어온다더니. 어딜 다녀온 거냐."

아버지의 스치는 물음에도 긴장할 수밖에 없었다. 아버지 모르게 만나는 사람이 있기 때문에 더 긴장돼 예민하게 굴었다.

"그냥 좀 들를 데가 있었어요."

이렇게 말하면, 정 실장이 알아서 둘러말하기 쉽다는 걸 잘 알고 있기에 그녀는 대충 얼버무린 채로 식사를 마치고 바삐 2층으로 올라갔다.

서둘러 올라가는 기색이 역력했지만 그 모습마저 옛 영화 속 여주인공을 보듯, 그 움직임이 자연스럽고 경박하지 않았다.

몸에 밴 행동들을 무시할 수 없다는 걸 그녀는 알지 못했다. 그 사고방식 역시 저절로 만들어지는 것이 아니라는 걸 일찍 알았더라면 그녀는 조금 더 쉬운 선택을 했을 것이 분명했다.

그 모든 사고방식이 아버지로부터 나온 것임을 알았더라면…… 주연은 명우와 함께 깊이 숨었을 터였다.

그녀는 방에 올라오고 난 후에도 차분해질 수 없었다. 문을 닫고 사람들을 모두 물린 후에야 그녀는 조용히 웃음을 지을 수 있었다.

배를 쓰다듬는 손길이 한없이 다정했다.

오늘 그토록 명우가 다정하게 어루만져도 그저 품에 안겨 이루지 못했던 밀린 잠을 청했을 뿐 안기지 않았던 이유, 그걸 안다면 그는 무척 좋아하겠지만 아버지에게 그런 것으로 인정받고 싶지 않았다.

능력껏 일을 해냈고, 이제 세진은 그녀가 지켜 낼 수 있다는 인정을 받고 싶었다.

"아가."

그녀는 아이에게 말을 붙여 봤다. 일본에서 확인하고 난 후 처음으로 그녀는 아이에게 말을 걸어 보았다.

확인하고 나자 비행기에 몸을 싣는 것이 걱정돼 지난밤 한잠도 이루지 못했었기에, 명호의 단단한 품 안에서 단잠에 빠질 수 있었다.

"아빠는 아직 몰라. 하지만 외할아버지도, 할아버지도 너를 몹시 좋아하고 아끼실 거야."

두 집안 모두 손이 귀했으니 좋아하고 아끼실 것이 분명했다. 특히 무뚝뚝한 아버지가 외손주를 아끼는 모습을 보고 싶었다.

"내일 외할아버지가 아빠를 받아들이고 인정하면 엄마가 말할 거야. 우리 아가도 말하고, 엄마가 아빠를 얼마나 좋아하는지 말하고. 우리 오래오래 행복하게 살자."

단단한 껍질을 두르고, 다른 이들이 험한 말을 해도 아프지 않은 척하지 않고 살아왔기에, 그녀는 아버지가 자신이 선택한 사람을 마지막엔 받아들이게 되리라고 생각했다. 그 생각을 단 한 번도 의심하지 않았다.

"그러니까 우리가 조금만 더 참자."

임신 초기에는 조심해야 한다는 이야기를 많이 읽었기에 그녀는 조심하고 또 조심했다. 아이가 명호와 자신을 이어 주는 끈이자, 결실이라는 생각을 하면 그녀는 세상을 다 가진 것처럼 기뻤다.

여기에 계약을 성사시켜 돌아왔으니 이보다 좋을 수는 없었다. 어서 내일이 다가와 모든 것을 털어 놓고 기쁘게 그와 함께 살 수 있었으면 좋겠다고 생각했다.

그녀는 내일 만나게 될 그가 벌써부터 기대됐다.

적당한 사람들이 초대된 자리는 아주 소란스럽지는 않았으나, 서로의 안부를 묻는 정도의 적당한 소란스러움은 있었다.

어젯밤, 아버지에게 미리 주연에 대한 언질을 해 놓은 그는 안심하고 있었다. 오늘 최 회장이 자리에 나타난다면 그녀가 먼저 입을 열기 전 다가가서 말하리라 작정하고 다짐하며 온 자리였다.

그것까지 주연에게 하라고 하고 싶지 않았다. 명호는 그렇게 작고 여린 몸으로 무거운 짐을 짊어지게 된 연인이 안쓰럽기만 했다.

"야, 최주연이다."

가끔 큰 행사에나 얼굴을 비추는 주연을 다른 그룹에서도 탐내고 있다는 걸 알기에, 그는 인기가 많은 연인이 불안하기만 했다. 그러다 자신을 놓을까 봐 염려했다. 고루한 선비같이 공부나 하는 자신을 지루해하지는 않을까 무척이나 걱정했었다.

그녀는 모르겠지만 그는 매순간 그런 모습을 그녀에게 보이고 싶지 않아 책상머리에 앉아 있는 모습을 보여 주지 않았다.

책상에 한 번 앉으면 몇 날 며칠 있어도 모르는 자신을 알면 지겨워할까 봐 걱정이 되어서…….

"오늘은 올 거라니까. 본인 그룹 연말 파티인데 안 오겠냐."

여기저기서 수군거리는 소리는 모두 주연과 최 회장에게 한번이라도 눈도장을 찍어 보겠다는 계산이 있는 말들이었다.

그는 그 말들이 모두 듣기 싫었다. 그녀 자체로도 이미 좋은 사람이었고, 바랄 것이 없을 정도로 착한 사람인데 그들은 계산을 하고 있었다.

아버지 역시 정치를 하는 분이셨으니 계산을 하겠지만 이들 같지는 않았다. 그 사람들 중에 자신의 친구가 없다는 것이 다행이다 싶을 정도로 그는 그들의 말과 행동들이 싫기만 했다.

만약 주연이 봤더라면 또 그랬다고 코를 찡그릴 정도로 그는 싫은 티를 내며 서 있었다. 어느 틈에 최 회장과 주연의 앞에 다가가 이야기를 해야 할지 타이밍을 보면서도 주위에서 수군거리는 소리가 듣기 싫어 귀를 닫았다.

성장을 한 명우의 모습을 처음 보는 것도 아니면서 주연은 그가 새삼 멋있어 눈길을 쉽게 거둘 수가 없었다.

"정명우입니다."

"아……. 정 의원 아들이시라고."

주연은 말투에서 느껴지는 거리감에서 분위기를 읽었지만, 오늘 말하지 않을 수는 없었다. 이럴 때 말하지 않는다면 아이는 영영 포기해야만 했으니까.

그녀는 아이도, 그도 포기할 수 없었다.

"아버지."

"그래. 내 너한테 소개하려던 사람이 있었는데……."

그를 앞에 두고도, 그의 인사를 받고도 다른 말을 하는 아버지의 의중을 뻔히 알면서도 주연은 밀어붙일 수밖에 없었다.

이런 날, 그를 소개하고 심지어 아버지가 화를 내기라도 한다면 소문이 무섭게 돌 것이었다. 그녀는 그걸 계산에 넣었다.

"만나는 사람이 있어요."

놀란 중문이 그대로 몸을 굳히자 그 곁에 선 정 실장과 비서도 그대로 얼음이 될 수밖에 없었다.

"명우 오빠……랑 만나고 있어요."

그제야 그를 보는 아버지의 얼굴 가득 불만이 끼어 있었지만, 그녀는 곁에서 다시금 말했다.

"세진은 제가 지킬 수도, 키울 수도 있어요. 이번에 보셨잖아요. 저도 잘 할 수 있어요."

아버지가 그를 받아 주면, 그래서 자신이 정 의원의 집에 인사를 가고 다른 이들처럼 결혼을 위한 준비를 하기만 한다면 무엇이든 할 수 있을 거란 자신이 있었다.

"무슨 일을 하신다고 했더라……. 정 의원의 뒤를 따른다는 소문은 들은 적 없는 것 같네만."

"얼마 전 전임교수로……."

공부나 하는 교수, 라고 중얼거리던 중문이 결국 노기가 형형한 시선으로 그를 바라보자 주연은 숨이 막혀 왔다.

지금도 충분한데, 어째서 더 가지려고 하는지 알지 못하겠다. 그녀는 눈앞의 상황에만 급급할 뿐 앞을 내다보는 능력은 부족했기에, 아버지를 이해할 수가 없었다.

"오빠."

그녀는 결국 정 실장을 제외한 모두가 물러가고 나서야 명호의 팔을 붙들었다. 사람들의 시선이 그들에게 향해 있든 말든 주연은 신경 쓰지 않았다.

실망한 기색도, 상처받은 기색도 역력한 그를 기운 나게 해주고 싶었다. 그렇게 다시 일어나서 자신에게 다가오기를 간절히 바랐으니까.

"아버지는 신경 쓰지 마. 저러다가도 괜찮으실 거야. 게다가 내가 오빠가 좋다는데, 뭐. 별수 없으실 거야."

아버지도 사람이시니까, 딸이 좋다는 사람을 허락해 주실 거라는 막연한 기대감과 자기 자신에 대한 믿음이 간절했던 주은은 보지 못했다.

세진이 이미 호진과의 사업과 사적인 관계를 이야기 중이라는 걸……

그런 것을 알기에는 그녀의 사람이 생각보다 적었기에, 모든 것은 주연이 알기 힘든 이야기들이었다.

오늘 이후 그를 만나게 될 시간이 별로 없으리라는 것 또한 모르고 있었다. 까마득히 모르는 채로 주연은 자신을 데리러 온 사람들을 따라 걸음을 옮겼다.

"먼저 갈게. 내가 나중에 연락할게."

아쉬움이 가득한 손길로 두어 번 그를 토닥인 후에야 그녀는 파티장을 떠날 수 있었다. 사람들이 수군거리며 그녀와 그를 볼 때에도 그녀는 말하지 않았다.

입술을 앙다문 채로 오늘 밤이 가기 전 아버지와 이 일을 마무리 지어야 한다는 생각만이 가득했다.

자신이 지금 올라가는 곳이 세진 호텔 룸이 아니라 라운지에 있는 레스토랑 내 룸이라는 걸 깨닫지 못한 채로 무작정 걷기만 하던 그녀는 소스라치게 놀랐다.

"호진 그룹 본사 부사장 박호현입니다. 처음 뵙겠습니다."

"아……. 그러니까……. 그게……. 죄송합니다. 제가 잘못 찾아온 것 같네요. 방해가 되어 죄송합니다."

주연은 정중하게 사과를 하고 몸을 돌려 룸을 나서려는 자신을 막는 아버지의 비서와 실장을 보고, 그제야 잘못 찾아온 것이 아니라는 걸 깨달았다.

"실장님. 비키시죠."

"아가씨."

"아버지, 데려오시든. 제가 이 자리에서 실장님을 해고하든.

전자를 하실 게 아니라면 비키시죠."

주연은 꽤나 단호했지만 이미 명우를 보고 마음에 차지 않아한 중문으로부터 모두 한차례 경고를 받은 터라 움직이지 않았다.

"죄송합니다."

그녀는 완력으로 이길 수 없는 사내들 앞에서 깊이 절망했다. 그렇다고 돌아서 저 자리에 앉을 수도 없었다.

호진 그룹 본사 부사장이라면 그 집 첫째 아들이었다. 그런 집 아들과의 자리라면 이 자리는 분명 약혼과 결혼을 위한 초석일 터였다.

주연은 그걸 너무나 잘 알고 있는 스스로가 싫었다. 모르고 있었더라면 까짓 앉아서 이야기 몇 마디 나누다 돌아가면 그만이었을 텐데…….

"앉으시죠. 쉽게 안 물러나실 것 같은데."

결국 나아갈 수 없는 주연은 호현에게서 제법 멀리 떨어진 자리에 앉아 사람들이 물러서기를 기다렸다.

"일본에 가시는 걸 좋아한다고 들었습니다."

"네, 봄에 가는 걸 좋아해요. 덥지도, 춥지도 않은 계절을 좋아해서."

돌아오는 봄, 명우와 함께 가려고 계획 중이었기에 이야기를 하는 주연의 입가에는 그녀도 모르는 사이 미소가 그려져 있었다.

"약혼식 올리고 난 뒤에 저랑 가시죠. 요즘 약혼하고 같이 여행가는 건 흠도 아니니까. 잠시 머리도 식힐 겸⋯⋯."

너무나 자연스러운 호현의 말에 주연은 놀라 자리에서 일어서고 말았다.

"지금⋯⋯."

"네, 약혼식이라고 했습니다."

"저희가 약혼식을 한다는 말이라면 저는 처음 듣습니다. 그러니 앞서 나가지 않으셨으면 좋겠네요."

주연은 선을 그었다. 하지만 그런 주연의 모습에도 시종일관 웃던 호현이 얼굴을 굳히고 묻는 말에 그녀는 답을 할 수 없었다.

"최주연 씨가 만난다는 그 남자, 저도 압니다. 하지만 그 남자를 최 회장님께서 인정하실 것 같습니까. 만약 받아들인다고 해도 그 남자가 지금 하고 있는 일과 회장님께서 바라시는 것이 많이 다를 테니, 결국엔 남자가 떠날 겁니다. 그러니 저희의 약혼은 예정대로 되겠죠. 세진과 호진의 사업도 예정대로 될 테고."

분명 그렇게 되리라는 확신에 찬 호현의 말에 주연은 할 말을 찾을 수 없었다. 그저 자신의 배 속에 있는 아이를 알지 못하는 아버지가 벌인 일이 기가 막힐 따름이었다.

"언제부터⋯⋯ 저희 약혼 이야기가 오갔던 건가요."

언제부터였는지, 그리고 아버지의 생각이 어디까지 미친 건지 그녀는 알아야 했다.

"세 달 전입니다."

그녀는 자신이 어리석었다는 걸 알았다. 세 달 전이라면 아버지의 입에서 처음으로 남자를 만나 봐야 하지 않겠느냔 소리가 나왔을 때였다. 그때 단호하게 사람이 있다고 했어야 했다.

그래야 지금 같은 상황이 일어나지 않았을 텐데…….

그녀는 앞이 깜깜했다. 한 치 앞도 보이지 않는 어둠 속처럼 아무것도 보이지 않았다.

아이가 아니었더라면 깊고 어두운 슬픔에 빠질 정도로…….

치렁치렁한 드레스 자락을 한 손에 꽉 쥔 채로 저택에 들어서자 달라진 집 안 내부를 느낄 수 있었다. 곳곳에 서 있는 검은 양복의 사내들은 처음 보는 사람들이었다.

"아버지."

그녀는 그게 무엇을 의미하는지 알고 있었다.

"오빠 좋은 사람이에요. 이러지 마세요. 명우 오빠 제대로 알지도 못하시잖아요."

"이리 와서 앉아라."

그 부름에 응할 수 없을 정도로 그녀는 중문의 편협한 사고가 상황을 어렵게 만든다고 생각했다.

"네가 보기엔 지금 있는 상황이 쉬워 보이겠지만 그런 공부나 하는 놈보다야 그래도 경영을 해 본 놈이 더 도움이 되고, 네게도 좋아."

"세진에 좋은 게 아니구요?"

날 선 되물음에도 눈 하나 깜짝하지 않을 중문이라는 걸 알면서도 주연은 비아냥거리는 말투로 대답했다.

"지금 우리 상황에는 그 집안이 좋아. 게다가 그만한 인물도 없더라. 약혼식은 다음 주다. 외국에서 돌아온 지 얼마 안 됐다고 내 그리 잡았으니 집에서 쉬며 약혼식 준비해라."

"아버지!"

버럭, 고함을 내지르는 주연의 타들어 가는 속을 아는지 모르는지 중문은 서재로 걸음을 옮겼다. 그런 중문의 등 뒤로 주연은 소리를 내질렀다.

태어나서 처음으로 소리를 치는 주연을 보는 사람들은 모두 놀라 둘만 번갈아 가며 볼 뿐, 끼어들 생각조차 할 수 없었다.

"나도 잘 할 수 있다는 거 보셨잖아요. 내가 할 수 있다고 했잖아요. 세진 내가 망치지 않고, 어지럽히지 않고. 내가 더 보란 듯이 잘 이끌어 갈 수 있다고 했잖아요. 왜 나를 믿지 않아요? 왜요!"

그녀가 바란 건 인정과 아버지의 따뜻한 축하였다. 좋아하는 남자를 만나 다행이라는 이야기와 이번에 계약해 온 건에 대한 인정. 그거면 충분했었다.

이런 이야기가 기다리고 있는 줄 알았더라면 그녀는 한국행 비행기에 아예 몸을 싣지 않았을지도 몰랐다.

일본은 그녀에게 제법 익숙한 곳이었으니 차라리 그곳에서 명우의 아이를 낳고, 아이와 함께 돌아와 버리면 그만이었다.

그러면 아버지도 어쩔 수 없었을 테니까.

"방에서 한 발자국도 못 나오게 해."

돌아오는 답이 그보다 더하리라는 생각은 하지 못했기에 그녀는 되돌아오지 않을 부름만 목 놓아 할 뿐이었다.

애달프게 불러도, 때로는 분노해도 중문은 이미 이 자리에 없었기에 답이 없었다. 그걸 모르는 주연은 자신의 마음을 헤아려 주지 않는 아버지를 미워했다.

"아가, 미안. 정말 미안해."

방에 오도카니 혼자 앉아 주연은 아버지가 이 방 안에 있는 전화마저 끊어 버리기 전 그에게 전화해야겠다고 생각했다.

그전에 그에게 전해야 했다. 당분간 들리는 이야기는 모두 믿지 말라고……. 그가 오해하지 않도록 먼저 말해야 했다.

"오빠!"

— 잘 들어갔어?

다른 때와 같은 그 음성이 그녀를 더 아프게 만들었다. 아버지의 욕심이, 어른들의 과욕이 자신을 아프게 하는 건 괜찮았지만, 아이와 그를 아프게 만들게 하는 건 볼 수 없었다.

"있잖아……."

— 나는 괜찮아. 다음에 내가 회장님 뵙고 다시 말씀드릴게. 오늘은 날이 아니었던 거 같아.

늘 저를 먼저 걱정하는 남자였으니, 아이가 있다는 사실을 알면 더없이 자상하고 좋은 아버지가 되리라는 생각을 하며 그녀는 스스로를 위로했다.

지금 잠깐의 순간쯤은 참을 수 있다고.

"응. 알았어. 나는 괜찮아. 조만간 나랑 호진그룹 첫째랑 약혼한다는 소리 돌 거야. 그거 신경 쓰지 마. 아버지가 멋대로 진행한 거야. 내가 꼭 돌려놓을 거야. 그러니까 오빠, 내가 다시 연락할 테니까. 신경 쓰지 마. 알았지?"

어제까지만 해도 좋았던 그 사랑이 오늘 이렇게 아프게 변할 줄은 몰랐다. 마음은 계산으로 움직이는 것이 아니었기에, 아프게 변했음에도 놓을 수가 없었다.

주연은 그에게서 그러겠다는 대답을 듣고 난 뒤에야 전화를 끊을 수 있었다.

전화를 끊고 나서야 그녀는 방 안에 혼자 있다는 것을 자각했다. 그 사실을 자각하자마자 자신이 그 누구보다 화려한 차림으로 있었음에도 초라하다고 느껴졌다.

"엄마가, 미안해. 우리 아가 아빠랑 만나게 해 주고 싶었는데……. 외할아버지도 좋아하는 거 보여 주고 싶었는데……. 정말 미안해."

사람이 없어서, 문을 꽉 닫아서 다행이라고 여기기는 처음이었다. 주연은 이번엔 꼭 아버지의 마음을 꺾어야 했다.

경영을 공부하는 것도, 사람들과의 관계도 전부 세진을 위해 했었기에 이번만큼은 물러날 수 없었다.

자신을 위해서도, 그를 위해서도…… 아이를 위해서도 그럴
수는 없었다.

사흘째 회장실 앞에서 무릎을 꿇고 앉아 있는 남자를 보는 정
실장은 안타까운 마음뿐이었다. 이미 중문의 의중은 분명했고,
아가씨는 갇혀서 아무것도 할 수 없는 상태였다.

이 상황에서 중문이 마음을 바꿀 수 있는 확률은 희박했다.

"이만 돌아가시죠. 제가 아가씨께 이야기……."

그는 결국 조용히 다가가 말을 붙였다. 일어서면 부축해 주려
는 것이었지만 명우는 움직이지 않았다.

"하지……마세요. 걱정합니다."

그런 사람이 이렇게 오래도록 시위하듯 회장실 앞을 떠나지
않느냐고 되물으려던 그는 결국 물러났다.

항상, 이 남자를 만나러 간다고 했던 주연의 얼굴에서 웃음이
떠나지 않았던 것을 기억해 그는 입을 다물었다.

주연은 지금 홀로 싸우고 있었다. 그 싸움에 동참하는 것도,
하지 않는 것도 아닌 어중간한 상태의 그는 간신히 최 회장의 분
노를 피해 있는 중이었다.

오늘 저녁에 있는 약혼식이 깨지고, 밤에 급히 두 사람을 일
본으로 보내려는 중문의 계획이 어그러질 가능성은 0%에 가까
웠다.

그걸 아는지 모르는지 내내 무릎을 꿇고 중문의 허락을 구하

는 명우의 모습이 그는 안쓰러웠다.

명우가 말하지 말라고 해도 그는 이 모든 이야기를 주연에게 하지 않을 수 없었다. 아가씨가 이 이야기라도 듣고 기운을 냈으면 했기에 그는 반드시 이 이야기를 전하고 싶었다.

"그만 돌아가세요. 오늘은 절대 회사에 안 들어오실 겁니다."

아가씨가 일본행 비행기에 오르는 것을 직접 눈으로 보기 전까지 최 회장은 그 자리를 결코 떠나지 않을 터였다. 그는 지금 당장 약혼식장으로 달려가지 않으면 주연을 보지 못한다는 걸 알고 있었다.

곁으로 최근 입사한 신입을 불러 먼저 출발한다는 이야기를 전하고 나서야, 그는 서둘러 움직일 수 있었다.

약혼식이 초저녁이라고 알고 있었던 정 실장은 이미 끝났다는 소식을 뒤늦게 듣자마자 길을 돌려 김포공항으로 향했다.

"실장님."

그를 알아보고 다가온 서진이 재빠르게 짧은 시간 안에 벌어진 일을 설명하면서도 급속도로 어두워진 표정을 풀지 못하고 있음에 일이 매끄럽지 못하게 돌아갔음을 알 수 있었다.

"아가씨는?"

"회장님을 찾으셨는데, 결국 안 보시고 길을 돌리셨습니다."

"하."

서두른 보람이 없다며 혀를 차는 그의 곁에 선 서진이 명우가 아직도 그렇게 하고 있느냐고 묻자 그는 짧게 고개를 끄덕이는 것으로 대답을 대신했다.

그는 이미 지나간 인연보다, 앞으로의 인연이 될 사람이 좋은 사람이기를 바랐다. 그래서 주연의 마음을 어루만져 줄 수 있는 사람이기를 바랐다.

아가씨의 곁엔 늘 사람들이 넘쳐났지만 마음을 내어 줄 수 있는 사람은 없었다. 그랬기에 그런 좋은 사람이 곁에 있기를 간절히 바랐다.

*　　*　　*

"아버지를 보고, 당신이 있는 자리에서 얘기하려고 했지만 일이 이렇게 돼 버렸으니 그냥 말할게요. 시간을 더 끌고 있는 것보다는 그편이 나으니까."

"그게 무슨. 전 잠깐 볼 일이 있어서, 밖에 다녀오겠습니다."

호현과 다다미방에 단둘이 있으면서도 주연은 눈에 보일 정도로 선을 그어 예의를 갖췄다.

마치 남을 대하는 듯한 그 행동에 호현은 그녀를 종잡을 수 없는 여자라고 여기고 자리에서 일어섰다.

"좋아하는 사람이 있습니다."

그 걸음을 우뚝 멈추게 만든 것은 조용히 방 안을 울리는 주연의 음성이었다. 미닫이문을 밀어내려던 호현의 손이 미끄러지

듯 문 앞에서 멈췄다.

"그것뿐이라면 걱정 안 하셔도 됩니다. 다들 그런 사정 하나씩 가지고들 결혼하니까. 게다가 첫날 그 태도를 보고 유추하는 건 어렵지 않았습니다. 걱정 마시죠."

"그 사람의 아이도 가졌다면, 말은 달라질 텐데요."

이 시간을 어서 건너뛰고 그에게 가고 싶었다. 주연의 마음 가득 오직 그 생각뿐이었다.

"뭐……라고 했습니까?"

"그 사람의 아이를 가졌다고 했어요. 아버지는 아직 그 사실까지는 알지 못하셔서 이렇듯 폐를 끼치게 되었습니다. 진심으로 죄송합니다."

마음을 다해 사람을 좋아한다는 걸, 박호현이 몰라도 괜찮았다. 그래서 지금처럼 분노를 하는 것이라면 그녀는 괜찮았다.

모든 것을 감내할 수 있었다.

주연은 깊이 머리를 숙여 그에게 미안하다고 말했다.

이 사람이 한국에 돌아간 후 오랫동안 돌아가지 못하겠지만, 그럼에도 괜찮을 수 있었다. 명우와 연락만 닿게 된다면 그의 손을 잡고 오랫동안 살아갈 수 있을 테니까.

"그 사랑이 얼마나 대단한지는 모르겠지만. 호진을 눈뜬장님으로 만든 건 아십니까."

분노의 끝엔 지겨운 집착이 남아 있을 수도 있고, 고마운 용서가 있을 수도 있었다.

하지만 주연은 이 남자의 분노가 끝난 것이 반갑지만은 않았다. 이 남자는 서울에 돌아갈 테니까…….

"소문이 돌 겁니다. 호진이 사람들의 입에 몇 번 오르내리겠지만 적어도 오명은 벗어야 하니까. 최단 기간 약혼은 우리가 갱신한 것 같군요. 만 하루 동안 약혼자였으니 말입니다."

"좋은 분 만나게 되실 거예요."

그녀는 자신이 할 수 있는 말이 많지 않음을 알고 있기에 말을 아꼈다. 그저 미안하기만 했다.

"최 회장님 이길 자신 있으십니까."

그녀가 고개를 들어 방을 나서는 그를 봤을 때, 그가 걸음을 멈추고 주연을 돌아봤다.

"글쎄요."

흐릿하게 웃는 그 모습이 색색의 물감으로 덧그린 그림과 같아 가만히 서 있기만 한 호현을 향해, 명호에게도 하지 못한 말을 입 밖으로 꺼냈다.

"다만 그 사람이 오해를 하지 않기를 바랄 뿐이에요. 당신과의 약혼식이 진행되었다는 걸 알아도, 우리가 만나 온 시간이 있으니 그럴 리 없으리라 생각하지만."

"그 바람, 이뤄지길 바라겠습니다."

멀어지는 걸음 소리를 듣고 나서야, 주연은 쓰러지듯 바닥에 누울 수 있었다. 팽팽하게 유지해 온 경계가 한 번에 풀리자 그녀는 그대로 쓰러져 누워 버렸다.

겨우 지켜 냈다, 라는 말밖에는 머릿속에 떠오르는 것이 없었다. 아무것도 더는 떠오르는 것이 없어서 그녀는 안도할 수 있었다.

이길 자신은 없어도, 지켜 낼 자신은 있었다. 주연은 오늘이 가고 다음 날이 가면 그다음에 그에게 연락을 해야겠다고 생각했다.

우선은 몸을 먼저 추스르는 것이 우선이었다.

아이가 있었기에 그녀는 혼자일 때처럼 생각할 수 없었다.

*　　*　　*

까무룩 정신을 놓았다는 건 두 눈을 뜨고 몸을 일으켜 병원 침상에 있는 자신을 발견하고 나서였다.

주연은 오늘이 몇 시인지, 무슨 요일인지 확신은 할 수 없었지만 적어도 수일이 더 지나 있었다고는 확신할 수 있었다.

그 정도가 아니라면 지금 병원 침대에 누워 있을 리 없었다.

"일어났구나."

아무런 일 없었다는 듯, 병실 문을 열고 들어오는 중문의 얼굴에는 분노도 후회도 없었다. 주연은 그런 아버지에게 미안했다. 미안했지만, 아이에게 미안한 것에는 비할 바가 되지 못했기에 다짐하듯 아랫입술을 깨물었다.

절대 의견을 굽히지는 않을 거라고……

"언제 오셨어요?"

"며칠 됐다. 주연아……. 네가 가고 싶어 하던 곳 둘러둘러 구경하고, 놀기도 하고 그러고 난 뒤에 다시 집으로 오면 모든 일은 깨끗이 해결돼 있을 거다."

"아버지?"

그녀는 중문이 하는 소리를 쉽게 이해할 수 없었다. 그 말이 그녀의 얼굴을 경악으로 물들게 하리라는 건 더욱 알지 못했다.

"아이는…… 포기하자."

"아버지!"

제 새끼를 보호하는 여린 짐승처럼 그녀는 손으로 배를 감싸 안았다.

"워낙 소문이 나는 걸 싫어하는 양반 집안 아니냐. 네가 아이를 가졌는 줄 알았더라면 그 양반도 나도 서로 한 발씩 물러나서 결혼식 올렸을 텐데."

"누가 뭐래도, 오빠랑 제 아이예요. 절대 그렇게는 못 해요. 아버지가 무엇을 요구하시든, 그래서 뭘 포기하라고 하시든, 저는 그렇게는 못 해요. 어떻게 그런 말을 할 수 있으세요?"

"너는 왜 생각을 안 해! 네 앞길을 생각해야 하지 않아!"

엄마가 되어 가는 그녀와, 주연의 아버지로서 앉아 있는 중문은 서로 바라는 것이 다를 수밖에 없었다.

"오빠가 기다린다고 했어요. 그러니까 돌아가서 오빠랑 살면 돼요."

"정명우, 그 녀석 말하는 거라면 벌써 정 의원이 봐 둔 여자랑 결혼했다."

중문의 말에 주연은 들고 있던 물 잔을 떨어트렸다는 것도 깨닫지 못했다. 그만큼 놀라 생각이라는 걸 할 수 없었다.

다만, 귓가에 닿는 소리들이 거짓이기를 바랐다.

"네가 일본으로 가던 날, 정 의원이 사실을 알고 더한 소문이 돌까 봐 서둘러 일을 진행시켰어. 그 양반 눈에는 사돈 될 집이 장사치만 아니라면 다 흡족했겠지."

주연은 믿을 수 없었다. 아직 아이가 있다고 얘기조차 전하지 못했는데, 그가 다른 사람과 결혼식을 올렸다는 사실이 그녀를 절망하게 만들었다.

"어……어떻게……."

"네가 한 달이나 누워 있었으니 그만한 시간이지."

"아버지라도, 말해 줬어야죠!"

주연은 서울로 돌아간 박호현과의 파혼 소식을 듣고 그가 자신을 믿을 거라 여겼다. 하지만 그녀는 몰랐다. 박호현이 바로 서울로 돌아간 것이 아니라는 걸…….

그렇게 길이 어긋나기 시작하고 있었다는 걸, 알기에는 이미 덧없이 흘러간 시간이 길었다.

"내가 수차례 사람을 보냈지만 파혼 소식 자체를 믿지 않았어. 네가 박호현의 아이를 가졌다고 생각하더구나. 아니라고 해도 듣지 않는 사람에게 무슨 말을 더해."

결국 주연은 그 앞에서 터져 나오는 울음을 막지 못했다.

"그러니 그만 포기하자."

그녀에게 아이가 아까웠듯 중문에게는 주연이 그런 존재라는 걸 그녀는 알지 못했다.

그저 명우가 다시 돌아올 수 있도록 기다리면 될 것이라고 여겼다. 굽이져 돌아가겠지만 언젠가는 만나게 될 수 있으리라 생각했다.

아이는 결코 포기할 수 없었다.

주연은 배를 감싸 안은 손을 풀어내지 않은 채로 부서진 믿음에 슬퍼하고 아파했다. 이토록 가벼운 믿음이 자신의 사랑에 존재하고 있을 줄은 몰랐다고 한탄하며 그녀는 내내 아파했다.

＊　　＊　　＊

주연이 약혼을 한 날, 그날이 바로 그가 사흘째 최 회장의 사무실 앞에 무릎을 꿇고 앉아 있던 날이라는 걸 알자마자 아버지의 노기는 걷잡을 수 없이 커졌다.

혼자 힘으로 전임교수직에 안정적으로 자리를 잡은 그를 받아들이지 않는 최 회장 대신 명우에게 든든한 날개를 달아 줄 수 있는 집은 아니더라도, 잡음도 없고 그를 좋아할 만한 집이 선택됐다.

집안끼리의 혼사였고, 결합이었으니 결국 명우는 적당히 따르는 척 행동했다. 하지만 그는 점점 지쳐 가고 있었다.

그 틈에 믿음이 흔들려 가고 있는 건 어려운 일이 아니었다.

벌써 보름째 그녀는 연락이 없었다. 틈만 보면 연락을 줄 사람이라는 걸 아는데도 불구하고 그는 걱정을 하다 지쳐 믿을 수 없었다.

그 약혼에 주연이 동의를 한 건 아닐지, 그래서 아버지의 의지를 꺾는 것보다는 그냥 조용히 사는 것을 더 원하는 게 아닌지.

"명호 씨."

그를 부르는 서 총장의 딸을 보며 아무런 감정이 없음에도 결혼을 해야 한다는 사실이 그의 목을 졸랐다.

"감정, 진심, 이런 걸 제게서 바라지는 말아 주셨으면 합니다. 대신 이 관계가 유지되는 동안 성실할 겁니다."

그는 진심을 다해 그런 마음을 품은 사람은 단 한 명뿐이었으니, 결코 그 마음만은 주지 않겠다고 생각했다.

주연에게서 연락이 없어도, 그래서 이토록 불안했음에도 괜찮았다. 사람들이 여전히 그녀와 호진의 첫째 아들이 잘 지내는 모양이라고 이야기를 해도 듣지 않으면 그만이라고 여겼다.

그게 하루가 되고, 이틀이 되고……. 그렇게 긴 시간이 지나도록 연락이 없는 연인을 기다기만 하는 일이 된다면 믿음은 어느새 불신이 되고, 사랑은 시기가 되어 이 모든 관계를 변하게 하리라는 걸 알지 못했다.

그저 기다리면 되리라고 생각했다.

벌써 삼 주째, 주연은 연락이 없었다. 이처럼 오랫동안 연락이 없으니 그는 결국 그녀가 자신을 버렸다고 생각할 수밖에 없었다.

박호현과 함께 떠난 그 여행길에서 두 사람 중 한 명이라도 돌아오기만 한다면 믿을 수 있을 텐데…… 그럴 수가 없었다.

둘 중 그 누구 하나 서울로 돌아오는 사람이 없었다. 박호현이 미국에 가 있다고 하니, 주연이 그 곁에 있으리라는 생각을 저버릴 수 없었다.

하얀 웨딩드레스를 입은 수진을 보며, 그는 여전히 주연을 떠올렸다.

그러면 안 된다는 걸 알지만 지금 그의 앞에 서서 웨딩드레스를 입고 있는 것이 그녀였으면 좋겠다는 바람은 접을 수가 없었다.

"그분, 박호현 씨와 약혼도 하고 여행도 함께 떠났다면서요. 말이 여행이지, 신혼여행이나 다름없지 않나요? 그러니까 명호 씨도 그만 포기하고 입어요."

턱시도를 맞춰 놓고서도 단 한 번도 입어 보지 않는 그를 지적하는 것이었지만, 명우는 끝끝내 턱시도를 입지 못했다.

수진의 불만 가득한 얼굴을 보며 미안하다고 하면서도 그는 입을 수 없었다.

잘 지낸다는 이야기라도 듣게 된다면, 이 갑갑한 마음이 나아지리라 여겼다. 그런 그를 비웃듯 수진이 가끔 전해 주는 사람들의 이야기는 그를 못난 사내로 만들고 있었다.

"그분, 지금 박호현 씨 아이도 가졌다던데요."

오늘로 그 끝을 마주하게 될 줄은 몰랐지만, 그는 믿지 않는다고 말하면서도 의심하고 있는 스스로를 마주하며 속으로 깊이 자책했다.

주연이 그럴 리 없다고 끊임없이 주문을 외우듯 말하면서도 완고하게 믿지 못하는 자신의 모습이 싫었다.

혼자 속으로 수만 번을 생각하고 다짐하고 있던 그를 향해 언젠가 본 적 있는 사내가 다가왔다.

"정명우 씨."

그런 그를 알아보는 건 쉬운 일이었다. 주연의 곁을 지키던 자 중 한 명이었으니까. 이 사람이 서울에 있다는 건 그녀가 서울에 왔다는 것으로 해석해도 무방할 정도였다.

"무슨 일이십니까. 주연이가 서울에 온 겁니까."

"약혼자분 있는 데서 할 말이 아닌 줄은 알지만. 아가씨께서 지금 건강이 좋지 못하십니다. 일본에서 몸을 추스르는 대로……."

"박호현과 결혼하겠군요."

뒷말을 들어야 했다는 걸, 그때의 그는 알지 못했다. 시기심과 불신이 자리하기 시작한 마음은 쉽게 단정 지었다.

"회장님께서 걱정하시는 일 없을 겁니다. 저도 곧 결혼할 거라. 더는 그럴 일 없을 거라 전해 주십시오."

"그게 아닙니다. 그런 게 아니라……."

"그 사람 아이 가졌다는 소문이 있던데, 사실인가 보군요."

정 실장이 조바심을 내는 모습을 보며 그는 오해했다. 그 행동을 잘못 읽었음을 쉽게 알아차릴 수 없을 정도로 명우는 단정 지은 채 스스로를 미워하고 있었다.

그만큼 그녀도 미워하고 있었다.

"그만 가십시오."

그렇게 오해로 얼룩져, 아직 끝이 난 이야기가 아니었음에도 책을 덮는 오류를 범하듯 혼자 결론을 냈다.

그는 자신의 결혼식이 있는 날까지 원망하고, 싫어하고 미워하기만 했다.

이토록 가벼운 관계였을 뿐인데…….

무엇을 믿고 기대한 건지 그는 자신의 미련한 마음이 어리석다고 생각했다. 오해가 켜켜이 쌓여 눈앞에 내밀어진 진실을 보지 못했음을 모르고 있었다.

결혼을 하고 석 달째, 그는 자신의 상태가 어느 정도 안정됐다고 여겼다. 수군거렸던 사람들의 시선도 소문도 가라앉았고, 아내는 무엇보다 가정에 충실한 사람이었다.

감정이 없는 결혼은 그래서 편하다고 여길 정도로 이 가정이

제법 괜찮게 느껴졌다.

주연이 그가 아니라 그의 아버지를 만났다는 이야기를 듣기 전까지는.

서울로 돌아온 그녀와 박호현이 동시에 나타났다는 사실도, 그들의 약혼이 오래전에 깨졌다는 이야기도, 그것이 무성하게 번져 나가기 시작했다는 것도 중요한 것은 아니었다.

수군거리며 짐작하는 사람들의 이야기에 턱, 숨이 막혔다.

주연은 홀몸이 아니었고, 호현과의 약혼이 깨졌으니 그의 아이일 리 없다는 소문이 그를 괴롭혔다.

그녀는 정말 세진에서 온 사람의 말처럼 건강이 좋지 않아 서울에 들어오지 못했던 것일 수 있다는 생각이 들자마자 자신이 미련했음을 깨달았다.

"당신 여기서 뭐 해요? 왜 안 들어오고 있어요."

하지만 그렇다고 해서 눈앞의 아내에게 한 약속을 저버릴 수도 없었다.

"아, 아냐. 지금 들어가려고 그랬어."

수진의 물음에 그는 어색하게 웃으면서도 아버지의 집으로 들어갔다. 바로 어제, 자신의 아이를 가졌다고 수줍게 말하던 여자를 차마 저버릴 수가 없었다.

만약 주연이 제 아이를 가진 것이 맞다면, 그래서 그치들이 그토록 오랫동안 자신을 찾아온 것이라면 그는 그녀를 한 번 만나서 미안하다고 하고 싶었다.

미안했다.

사랑한 것이 미안했고, 지키지 못한 그 마음이 약해서 미안했다.

지금으로서는 그것밖에 할 말이 없을 것 같았다.

아버지의 노기 서린 시선도, 말도 다 걱정되지 않을 정도로 그는 주연이 걱정되었다.

＊　　＊　　＊

아버지의 끈질긴 부탁에 서울로 들어온 주연은 단박에 변한 사람들의 시선을 통해 그들의 생각을 알 수 있었다.

하지만 아이만큼은 절대 포기할 수 없었다.

아버지도 어느 정도는 포기했으니 자신을 서울로 부른 것이라고 생각해, 주연은 다른 여자들처럼 산부인과에 들러 아이의 상태를 보고, 아이에게 주고 싶은 것들을 보며 하루하루를 보냈다.

외출을 자제했던 건 호현이 들어왔기 때문이라고. 굳이 말하지 않았지만 모두가 알고 있는 사실이었기에, 그녀는 그들의 수군거림을 막지 않았다.

막는다고 막아질 것들이 아니었으니 아예 듣지 않는 편을 택하기 위해 집에만 박혀 나가지 않았다.

그녀가 외출하는 날은 산부인과에 들러 아이의 상태를 보는 날뿐이었다.

지난번에 정 의원을 만나고 온 이후로 주연이 오랜만에 그냥 외출한다는 말에 정 실장은 걱정스러워 그녀의 뒤를 조용히 따랐다.

홀몸도 아닌 아가씨가 다시 한 번 더 쓰러지는 날에는 최 회장마저 몸져누울지도 몰랐다. 단 한 명밖에 없는 자식이 그보다 먼저 세상을 떠나게 될 것 같아 곁에 두고 지키려는 생각에 서울로 불러들인 것이라는 걸 정 실장은 알고 있었다.

주연이 도착한 곳에 명우가 있었다.

주변에는 수많은 눈이 있어 정 실장은 결국 주연의 앞을 막아섰다.

"아가씨, 저기 들어가셔서 정명호 군과 마주 앉으시면. 지금 번져 있는 소문은 더 커질 겁니다. 그만 돌아가시죠."

그런 정 실장을 지나 그녀가 명호의 앞에 앉기까지는 오랜 시간이 걸리지 않았다. 주연은 그녀에게로 쏟아지는 사람들의 시선을 이미 예상하고 나왔던 것이었지만, 생각보다 아팠다.

"오랜만이야. 결혼했다며."

그녀의 말에도 명호는 아무런 말도 하지 않은 채로 고개를 숙이고 있었다. 왠지 그녀는 이 상황 자체가 이상하다고 생각했다.

"근데, 왜 여기서 보자고 그랬어? 사람들이 더 떠들게 만들려고?"

"여전하구나. 다행이다."

명우의 말이 안도하는 것에 가깝다는 사실에 주연은 호현이 자신을 비웃는다고 해도 할 말이 없다는 걸 알았다.

"미안해."

그의 사과를 듣자고, 아이에게 그의 사과를 듣게 하려고 나온 것은 아니었다. 그녀는 다만 아이에게 아빠의 목소리를 한 번이라도 듣게 해 주고 싶었다.

평범한 상황이었더라면 백 번이라도 넘게 들었을 아빠의 목소리를 아이는 지금 처음 듣는 것이니까.

"하지 마, 사과."

"정말 미안하다. 그때, 실장님이……. 정말 진짜 네가 아프다는 걸 말하는 줄 알았더라면……."

"결혼 안 했을 거라는 말을 하려는 거라면 그만해. 오빠는 했을 거야. 정 의원님을 한 번도 이긴 적 없으니까. 단 한 번도 의원님 명령에서 벗어나려 한 적 없으니까. 그런 말 듣자고 여기 온 거 아니야."

하필 아는 얼굴들이 자주 드나드는 카페에서 만나자고 할 줄은, 그래서 카페에 있는 사람들 중 절반이 자신을 알기에 수군거리고 있다는 걸 모를 수가 없다는 사실이 주연의 마음을 찢어 놓기 충분했다.

"그런 말을 듣게 하려고 온 거 아니야. 그러니까, 그만 갈게."

일어서는 그녀의 등 뒤로 그가 하는 말만 아니었더라면, 그녀는 칩거하는 한이 있더라도 서울에서 아이를 낳고 조용히 살 생각이었다.

아직 아버지는 건강했고 그녀는 수면 위로만 나오지 않았을 뿐 일을 처리할 능력이 충분히 있었으니까.

"진짜 미안해. 하지만 갈 수 없어. 그러니까……."

지금의 아내를 버리고 자신에게 올 수 없다는 말을, 이렇게 직접 할 생각이었더라면 부르지 않는 편이 더 나았다고 생각했다.

그녀는 곁으로 다가와 붙들어 준 정 실장이 없었더라면 곧장 쓰러졌으리라는 걸 쉽게 직감할 수 있었다.

"실장님."

그녀는 더는 서울에 있고 싶지 않았다. 사람들의 수군거림도, 아버지가 겪어 낼 무수한 말들도…….

그렇게 아이가 겪을 이런 모든 상황들이 없는 타지가 더 나을 것 같았다.

그곳이라면 아무 생각하지 않고 살 수 있을 것 같았다.

그가 왜 돌아올 수 없는지 듣지 않아, 그녀는 그의 진심을 몰랐다. 오해가 쉽게 사라지지 않을 정도로 깊이 틀어져서 그녀는 그의 말을 왜곡해 들을 수밖에 없었다.

내내 미안하다고밖에 하지 않았던 그였기에…….

"오사카로 데려가 주세요. 다시는 돌아오고 싶지 않아요."

"아가씨."

조용히 읊조리는 주연의 말에 정 실장은 만류했지만 그녀는 완고했다.

"제발, 이곳에 더는 있고 싶지 않아요. 데려가 주세요."

작가 후기

우리가 살고 있는 오늘을, 또 다른 누군가는 간절히 바랄 수도 있다는 생각에 인혜와 선우를 그려 보고 싶었습니다.

그렇게 두 주인공들이 서로를 보듬으며 자신들만의 새로운 가족을 만들어 가기를 바라는 마음에 저는 두 사람에게 가정을 선물해 주고 싶었습니다.

어쩌면, 우리가 살아가는 데 있어서 가장 큰 버팀목이 되기도 하고 든든한 지원군이 되기도 하는 건 가족일 테니까요.

가끔은 주저앉아 일어서지 못해도, 힘이 없어 쓰러져 있어도, 못난 모습에 모두가 등을 돌려도 가족만큼은 곁에 남아 함께 아파해 주고 슬퍼하며 다시 일어설 수 있는 힘을 주곤 합니다.

　그런 작은 힘을 얻어 우리는 지금 오늘의 하루를 살아가고 있는 게 아닌가 생각했습니다.

　그랬기에 선우에게 인혜가 그런 존재가 되기를, 인혜에게 선우가 그런 존재가 되기를 바라는 마음으로 글을 시작했고 맺었습니다.

　저에게 그런 존재인 가족에게, 그리고 항상 함께 원고 작업 이야기를 나누는 모든 분들에게 감사하며…….

　이른 봄, 인사합니다.
　올해도 이렇게 만날 수 있어 감사합니다.

　　　　　　　　　　　　　　　　　　　　2016년 3월

보 / 통 / 의
연   애

초판 1쇄 찍음 2016년 2월 26일
초판 1쇄 펴냄 2016년 3월 4일

지은이 | 사 란
펴낸이 | 정 필
펴낸곳 | **(주)뿔미디어**

기획 · 편집 | 조미연

출판등록 | 2002년 9월 11일 (제1081-1-132호)
주소 | 경기도 부천시 원미구 소향로 17, 303(두성프라자)
전화 | 032)651-6513 / 팩스 | 032)651-6094
E-mail | dahyangs@naver.com
블로그 | http://blog.naver.com/dahyangs
홈페이지 | http://bbulmedia.com

값 9,000원

ISBN 979-11-315-7001-2 03810